Dein Glück stirbt in 4 Tagen

Marcus Ehrhardt

Bibliografische Information der Deutschen Nationalbibliothek: Die Deutsche Nationalbibliothek verzeich-
net diese Publikation in der Deutschen National-
bibliografie; detaillierte bibliografische Daten sind im
Internet über dnb.dnb.de abrufbar.

Impressum:

© 2019 Marcus Ehrhardt
Herstellung und Verlag:
BoD – Books on Demand, Norderstedt
ISBN: 9783749422104

Korrektorat / Lektorat: Tanja Loibl
Covergestaltung: ZERO Werbeagentur, München
unter Verwendung von Motiven
von FinePic/shutterstock

Kapitel 1

Dieser Tag hatte das Zeug dazu, einer der besten seines Lebens zu werden.

Um kurz vor 7 Uhr war George Franklin geweckt worden – Vanessa hatte sich unter der Bettdecke mal wieder selbst übertroffen, sie konnte einfach die unglaublichsten Dinge mit ihrem Mund anstellen. Nach einer gemeinsamen Dusche, bei der er sich revanchierte, verabschiedete er sich nach dem Frühstück von seiner brünetten Freundin, mit der er seit genau einem Jahr eine Beziehung führte. »Und sei heute Abend pünktlich, verstanden?«, hauchte sie ihm ins Ohr, bevor er zur Tür hinausging.

Den Weg von ihrem Apartment am Lake Shore Drive, einer der besten Wohngegenden der am Lake Michigan gelegenen Metropole, die fast 3 Millionen Einwohner beherbergte, bis ins Büro schaffte er in Rekordzeit. Selbst der für Chicago typische Stau auf der Interstate 95 in Höhe der Alexander Hamilton Bridge schien sich einen Tag Urlaub genommen zu haben, und somit fühlte sich der zähfließende Verkehr für ihn an wie freie Fahrt. Er las jüngst in einem Artikel der Chicago Tribune, dass dieser Streckenabschnitt seit Ewigkeiten zu den staureichsten in den ganzen USA zählte und man hier um die hundert Stunden im Jahr mit einer Durchschnittsgeschwindigkeit von nicht einmal 25 Meilen in der Stunde verbrachte – wenn er denn auf der täglichen Route lag. Doch wie von Zauberhand gesteuert fand Georges

SUV jede Lücke und durch geschickten Spurwechsel durchflog er geradezu dieses schwarze Loch der Lebenszeit.

Kaum in der Firma angekommen – er war Teilhaber der Illinois Security Union, kurz ISU, einem Unternehmen, das sich auf Personen- und Objektschutz spezialisiert hatte und in dessen Kundendatei sich namhafte Mandanten aus der Wirtschaft und der besseren Gesellschaft fanden – überraschte ihn ein leitender Mitarbeiter mit der Meldung, dass ihnen ein weiterer Großkunde ins Netz gegangen wäre. Vor fünf Jahren hatte er das Angebot angenommen, dort Partner zu werden. Dank seiner guten Beziehungen zum Militär, wechselte er doch direkt aus der Offizierslaufbahn in die Firma, nutzten auch zahlreiche Einrichtungen *Uncle Sam's* immer häufiger das Know-How und die Technologie der ISU.

Die turnusmäßige, morgendliche Besprechung verlief aufgrund dieser guten Nachricht äußerst entspannt. Sowohl George als auch seine beiden Partner und die anwesenden Abteilungsleiter sahen einen neuen Rekordumsatz für das kommende Geschäftsjahr voraus, und das bereits zum vierten Mal in Folge. Beschwingt von diesen Erkenntnissen machte sich die Arbeit fast von allein, daran änderte auch die überraschende Kündigung seiner Sekretärin nichts, die der Liebe wegen an die Ostküste nach New York ziehen wollte.

»Folgen Sie Ihren Gefühlen, May«, hatte er ihr geraten und damit ein Lächeln auf das runde Gesicht der Mittfünfzigerin gezaubert, die sich mit einem

Aktenberg auf den Armen zurück in ihr Büro verzog. Würdest du so einen Quatsch auch schwafeln, wenn du nicht selbst gerade im siebten Himmel schweben würdest?, fragte er sich gedanklich, schüttelte den Kopf und griff zum Telefon. Nach einem kurzen Gespräch mit einem der bekanntesten Juweliere der Stadt strahlte er umso mehr. Nichts würde ihm den heutigen Tag jetzt noch verderben können, davon war er in diesem Moment überzeugt.

Die Stunden verflogen wie aufsteigender Rauch eines Lagerfeuers in der texanischen Prärie, der vom Südwestwind fortgeweht wurde.

»Verdammt, ich muss los!«, entfuhr es ihm, nachdem er einen Blick auf seine Uhr geworfen hatte. Im Hinauslaufen griff er nach seinem Jackett und spurtete die Treppen hinab, bis er nach fünf Etagen in der Tiefgarage angekommen war.

Auch der abendliche Verkehr schien ihm wohlgesonnen, so erreichte er sein Ziel einige Minuten früher als gedacht.

»Guten Abend, Mr. Franklin«, begrüßte ihn der hagere Mann, der gerade den Inhalt der Glasvitrine neu sortierte, die als Tresen fungierte.

»Guten Abend, Mr. Harper«, erwiderte George den Gruß. »Ich bin schon sehr gespannt, was Sie für mich haben.« Der Angesprochene lächelte und ging ins Hinterzimmer, aus dem er nach einem Augenblick zurückkehrte, ein schwarzes, samtenes Kästchen in seiner Hand haltend. Er stellte es zwischen ihnen ab, drehte es um und hob den Deckel.

»Hier ist das gute Stück. Was sagen Sie?« Das Licht der Deckenstrahler brach sich tausendfach in dem Stein, der spielerisch in den Weißgoldring eingearbeitet war. George starrte darauf, nahm ihn vorsichtig, als würde er jeden Moment zerbrechen können, aus dem Etui und besah ihn sich von allen Seiten.

»Sie haben sich selbst übertroffen, Mr. Harper. Er sieht fantastisch aus.«

»Nun, Mrs. Garcia hat mich hervorragend instruiert.«

»Ja, May ist klasse. Aber ich muss mich leider um Ersatz für sie kümmern, sie verlässt bald das Unternehmen.«

»Das betrübt mich zu hören, hervorragendes Personal ist schwierig zu finden.«

»Das bekommen wir schon in den Griff. Unsere Scoutingabteilung ist gut besetzt.« Der Juwelier lächelte ihn an.

»Freut mich zu hören. Dann hoffen wir gemeinsam, dass die zukünftige Mrs. Franklin unsere Auffassung teilen wird, was den Ring betrifft.«

»Das wird sie – ganz sicher.« Er legte den Ring zurück in die Schachtel, holte darauf seine Geldbörse hervor, zückte seine American Express Card und reichte sie dem Juwelier. Dieser nahm sie, zog sie durch das Lesegerät und übergab George die Quittung zusammen mit dem eingepackten Schmuckstück.

»Ich wünsche Ihnen viel Glück mit diesem Kleinod. Richten Sie Vanessa einen lieben Gruß von mir aus.«

Sie schüttelten sich die Hände und George wandte sich zum Gehen.

»Vielen Dank. Bis zum nächsten Mal«, erwiderte er und wenige Minuten später befand er sich auf dem Weg nach Hause.

Vanessa erwartete ihn bereits mit einem frisch zubereiteten 3-Gänge-Menü. Er wollte sie zur Feier des Tages ursprünglich in eines der vielen Luxusrestaurants der Stadt ausführen, doch sie hatte vorgeschlagen, den Abend daheim zu verbringen, weil es ihr in den letzten Tagen häufiger nicht gut ging und sie nicht riskieren wollte, ein Hundertdollar-Essen direkt nach dem Verzehr wieder auszukotzen, wie sie es wörtlich sagte. Er liebte sie für ihre direkte Art – darüber hinaus für viele andere Dinge. Und in Anbetracht des kleinen Vermögens, das er gerade für den Verlobungsring hatte zahlen müssen, nahm er diese Kostenersparnis gerne mit. Zwar waren ihm in den letzten Jahren Geldsorgen fern, doch er wuchs in einem Arbeiterhaushalt auf und ihm war bewusst, welche Privilegien sie genossen, die jedoch schnell der Vergangenheit angehören könnten, sollte es mit der Firma mal bergab gehen. Daher wusste er den Wohlstand zu schätzen, solange er währte, und achtete darauf, regelmäßig etwas für Notzeiten auf die hohe Kante zu legen.

»Hallo Schatz«, begrüßte sie ihn und hauchte ihm einen Kuss auf den Mund. »Das Essen ist in einer halben Stunde soweit.«

»Passt, dann kann ich in Ruhe vorher duschen.« Er grinste sie an. »Willst du nicht mitkommen?« Sie stieß ihn spielerisch von sich.

»Du bekommst wohl nie genug, was?« Sanft bugsierte sie ihn aus der Küche. »Das verschieben wir auf später, sonst werde ich hier nie fertig.«

Sie hatten gerade den Hauptgang beendet – seine Freundin servierte nach der Hummercremesuppe Steak mit geschmorten Bohnen – da erhob sich George plötzlich, ging um den Tisch und kniete sich zu Vanessas Füßen. Sie sah auf ihn hinab und lachte unsicher.

»Du willst doch wohl nicht –«, doch bevor sie zu Ende gesprochen hatte, hielt er bereits ihre Hand und es folgte eine gut einstudierte, mehrminütige Rede, während der er das Kästchen hervorholte und öffnete. Vanessa hielt die Luft an, als sein Antrag mit den Worten endete:

»... und darum frage ich dich jetzt: Willst du meine Frau werden?« Sie strahlte und blickte zwischen den stahlgrauen Augen Georges und dem Diamantring hin und her. Es war um sie geschehen. Sie ließ den Gefühlen freien Lauf und die Tränen rannen über ihre Wangen.

»Natürlich will ich das!« Sie zog ihn zu sich und sie küssten sich. »Ich krieg keine Luft mehr«, sagte sie kurz darauf und befreite sich sanft aus seiner Umarmung.

»Sorry, aber das musste sein.« Er löste sich von ihr, eilte zum Kühlschrank und kehrte mit einer Flasche Champagner zurück. Gekonnt öffnete er sie und wollte gerade zwei Gläser befüllen, da bedeckte sie eines davon mit ihrer Hand.

»Es ist besser, wenn wir keinen Alkohol trinken.« Klar, dachte er, wie dumm von mir, schließlich kämpfte sie seit einiger Zeit mit Magenbeschwerden. »Aber du darfst natürlich gern ein Glas trinken.« Er schaute sie verdutzt an und wusste nicht, ob es an seinem grenzdebilen Gesichtsausdruck lag, dass ihr Lächeln immer breiter wurde, oder ob sie einfach wegen des Heiratsantrags glücklich war. Doch langsam dämmerte es ihm.

»Wir, ihr, du? Du bekommst, ich meine, wir bekommen –?«

»Ja, du Blitzmerker. Laut Dr. Benson bin ich im dritten Monat.«

Jetzt war es um George geschehen. Vanessa ergriff die Gelegenheit, nahm ihn bei der Hand und zog ihn hinter sich her ins Schlafzimmer, wo sie das fortsetzten, was sie heute Morgen unterbrechen mussten. Erschöpft ließ sie sich neben ihn aufs Bett sinken, nachdem sie fast eine Stunde lang übereinander hergefallen waren. Nun lagen sie nebeneinander und schauten zur stuckverzierten Zimmerdecke. Viele Gedanken schwirrten durch seinen Kopf, doch einer drängte die anderen in den Hintergrund: George Franklin, du bist im Moment wahrscheinlich der glücklichste Idiot des ganzen Landes. Womit hast du das verdient? Bevor er sich seine Frage beantworten konnte, nickte er ein.

Der Klingelton seines Smartphones weckte ihn. Er drehte sich um und nahm es vom Nachtschrank.

Genau Mitternacht, eine unterdrückte Nummer – soll ich trotzdem rangehen? Ok, jetzt bin ich eh schon wach. Er drückte auf das grüne Telefonsymbol.

»Ja?«, nuschelte er und gab sich gar nicht erst die Mühe, munter zu klingen. Erst vernahm er ein Rauschen und nach einem Knacken hörte George die blechern verzerrte, dennoch vertraute Stimme des Anrufers:

»Guten Morgen, George, bist du bereit für ein neues Spiel?« Ein frostiger Schauer lief über seinen Rücken, riss ihn dieser Satz doch binnen einer Sekunde brutal zurück in seinen schlimmsten Albtraum. Jegliche Müdigkeit fiel von ihm ab wie nach einem Tauchbad im Eiswasser.

Kapitel 2

Was ist denn mit dem los?, fragte sich Vanessa, als sich George mit dem Handy in der Hand aus dem Bett wuchtete und die Treppe hinunterlief. Sie amüsierte sich darüber, dass es scheinbar wichtigen Kunden immer wieder gelang, ihren Freund – nein, ihren Verlobten – von dem einen auf den anderen Moment komplett zu vereinnahmen. Anders konnte sie es sich nicht erklären, dass er nach einer kräftezehrenden Liebeseinheit noch zu so einer Energieleistung in der Lage war, der es bedurfte, in diesem Tempo in die untere Etage ihres zweigeschossigen Apartments zu gelangen.

Sie setzte sich auf und lauschte den Geräuschen. Ganz sicher war sie nicht, doch sie meinte am Schlagen der Tür erkannt zu haben, dass er ins Büro gelaufen sein musste.

»Wenn ich das geahnt hätte, mein Lieber, wärst du um eine Extraschicht nicht herumgekommen«, sagte sie, obwohl sie wusste, dass er sie nicht hören konnte. Na ja, du wirst mich schon aufklären, was so wichtig gewesen ist. Sie zuckte mit den Schultern, ging ins Bad, welches durch eine Nebentür vom Schlafzimmer aus zugänglich war, und gönnte sich eine Dusche.

Als sie nach einigen Minuten fertig und George noch nicht zurückgekehrt war, warf sie sich einen Morgenmantel über und stieg ebenfalls die Stufen, die von der Galerie nach unten führten, hinab. Sie verharrte vor dem Büro und horchte hinein. Als sie ihn weder sprechen noch sonstige Geräusche hören konnte, klopfte sie zaghaft an. Da keine Reaktion erfolgte, öffnete sie die Tür und warf einen Blick ins Zimmer. Das Deckenlicht brannte und auf dem Schreibtisch, der gewöhnlich stets aufgeräumt war, lagen mehrere Zettel wild durcheinander. Von George hingegen fehlte jede Spur. »George?«, rief sie, doch er antwortete nicht. Ein ungutes Gefühl beschlich sie. Was zum Himmel war hier los? Wo bist du? »George?«, rief sie erneut, nur diesmal deutlich lauter. »Siri, Küche und Wohnzimmer: Deckenlicht an«, sagte sie und im selben Moment war es im kompletten Wohnbereich taghell. Sie blinzelte etwas, gewöhnte sich jedoch schnell an das Licht und schaute in jedes Zimmer, doch nirgendwo fand sie ihn. Erst jetzt sah Vanessa den Zettel an der Eingangstür. Er klebte neben dem Steuerungsgerät für die Alarmanlage. Sie las leise die mit schwarzem Edding geschriebenen Zeilen: »Musste weg. Geh nicht aus der Wohnung und lass den Alarm aktiv. Bin bald zurück. George.«

Kapitel 3

Die Stimme des Anrufers fraß sich in seine Eingeweide wie hungrige Hyänen in den Bauch eines
erlegten Zebras. Er hielt den Atem an und war für
eine Sekunde lang keiner Bewegung fähig.
Nachdem er die Starre durchbrochen hatte, sprang
George aus dem Bett. Er achtete weder auf Vanessa,
die ihm verwundert hinterher sah, noch darauf, dass
er nackt die Treppenstufen hinab eilte. Seine Finger
schlossen sich fest um das Handy, als könnte er nicht
nur das Gerät zerquetschen, sondern auch den grausamen Menschen darin, dessen Stimme ihm gerade
das Adrenalin durch die Blutbahn jagte.
»Was willst du Schwein von mir?«, raunte er ins
Handy. George hatte die Tür zum Büro hinter sich
geschlossen und ging vor dem Schreibtisch hin und
her. Sich in Ruhe hinzusetzen und seinem Anrufer zu
lauschen war unvorstellbar.
»Na na, George, begrüßt man so einen alten
Freund?« Das folgende Gelächter des Mannes klang
durch den Stimmenverzerrer absurd, fast komisch.
Doch George war absolut nicht zum Lachen zu Mute.
»Fick dich! Was willst du?«
»Ich will nur spielen. Du erinnerst dich sicher noch
an unsere Regeln. Ich hoffe, du hältst dich diesmal
daran.« Wieder folgte ein Kichern. George atmete tief
durch, irgendwie müsste er die Kontrolle über sich
behalten.

»Das sind deine Regeln, du Schwein! Komm raus und zeig dich, dann spielen wir mal ein richtiges Spiel!«

»Ach George, das verschieben wir auf später. Jetzt habe ich erstmal eine neue Aufgabe für dich.« Die Gedanken rasten durch seinen Kopf wie die bunten Strahlen einer nächtlichen Lasershow durch die Finsternis. Sollte er einfach auflegen? Oder wäre es ratsam, den Ausführungen dieses Irren zuzuhören? Da er zu keinen klaren Überlegungen fähig war, antwortete er:

»Was zum Teufel willst du noch von mir?«

»So gefällst du mir schon besser«, schnarrte es. »Du bekommst gleich als ersten Hinweis ein Foto und ich rate dir: Schau es dir ganz genau an. Und George?«

George wusste einfach nicht, wie er mit dieser Situation umgehen sollte, daher stammelte er nur:

»Ja, was?«

»Denk an das letzte Spiel: Keine Polizei! Und lass dein Handy an, sonst heißt es sofort: Game over.«

Es klickte einmal, dann war das Gespräch unterbrochen. George legte das Handy auf die Schreibtischplatte, blickte, immer noch nackt vor dem Schreibtisch stehend, von oben auf das Display wie ein Mungo auf die Schlange: jederzeit bereit in sekundenschnelle auf die kleinste Bewegung zu reagieren. Er zuckte zusammen, als ein Brummen den Eingang einer MMS ankündigte. Wie in Zeitlupe näherte sich seine Hand dem Gerät und er zögerte kurz, bevor er die kühle, glänzende Oberfläche berührte. Innerhalb weniger Sekunden materialisierte sich das von einer unbekannten Nummer gesendete Bild auf dem Touchscreen.

Es war wie ein Déjà-vu. Nicht unbedingt das, was er auf dem Foto sah, eher das Gefühl, welches er empfand, während sich das erst verpixelte Bild langsam scharfstellte. Ungläubig neigte er den Kopf, bis dieser nur noch etwa 30 Zentimeter vom Handy entfernt war, und zoomte das Foto mit Daumen und Zeigefinger der rechten Hand größer, damit er erkennen konnte, was es zeigte. Er stutzte, doch je länger er das Bild betrachtete, umso mehr wühlte es ihn auf.

Ich muss hier raus, an die Luft!, schrie es in ihm, während er wütend einen Stapel Dokumente in die Luft warf. Er schnappte das Handy und merkte erst jetzt, da er es in die Hosentasche stecken wollte, dass er immer noch keine Kleidung trug. Er hastete nach oben ins Schlafzimmer und nahm erleichtert das Rauschen der Dusche wahr. Er zog sich die erstbesten Sachen über, die er fand, und rannte wieder nach unten, wo er in seine Sneakers schlüpfte und die Autoschlüssel aus der Schale neben dem Sofa angelte. George war bereits aus der Wohnung, da kehrte er nochmal um und schrieb Vanessa eine Nachricht, die er neben die Alarmanlage klebte. Dann fiel hinter ihm die Wohnungstür ins Schloss.

***

Vanessa saß mit angezogenen Beinen auf der Couch und starrte auf den Zettel, der neben dem Tee lag, den sie sich gerade zubereitet hatte. Sie hielt ihr Smartphone in der Hand, als würde es eher klingeln, wenn es nicht auf dem Tisch lag. Über eine Stunde war vergangen, seitdem George verschwunden war, und er hatte auf keinen ihrer zehn Anrufversuche reagiert. Was ist nur los und warum schreibt er, ich soll in der Wohnung bleiben?, fragte sie sich zunehmend besorgt. Sie kannte ihren Verlobten seit 18 Monaten und noch nie hatte sie etwas Vergleichbares erlebt. Klar, er musste immer mal wieder spontan zu einem Kunden, wenn es dort Schwierigkeiten gab, doch bislang fand er jedes Mal die Zeit, ihr kurz zu erklären, was los war und wohin er fahren würde.

»Mach dich nicht verrückt«, sagte sie sich, »es wird sich alles aufklären und hinterher lachst du wahrscheinlich über deine konfusen Gedanken.« Aber warum dann der Hinweis auf die Alarmanlage? Und dass ich die Wohnung nicht verlassen soll? Sie blickte zum Steuerungsgerät: Das grüne Lämpchen leuchtete, also war sie aktiv. »Siehst du, alles in Ordnung.«

Das komplette zehnstöckige Apartmenthaus war von Georges Firma mit aktuellster Überwachungssoft- und -hardware ausgestattet worden, was er ihr nicht ohne Stolz bei ihrem dritten Date erzählt hatte. Bislang hatte sie sich also absolut sicher gefühlt. Um in ihre Wohnung zu gelangen, musste man mit einer Schlüsselkarte den Haupteingang und den Lift entsperren und der Scanner vor ihrer Wohnung entriegelte das Türschloss nur, wenn neben der Karte auch der Daumenscan mit dem gespeicherten Abdruck übereinstimmte.

Vanessa wählte erneut Georges Nummer, doch abermals meldete sich nur seine Mailbox. Dort hatte sie bereits zweimal eine Nachricht hinterlassen, daher unterbrach sie die Verbindung. Genervt warf sie das Telefon in die Sofaecke und schaltete das TV an. Sie zappte sich durch ein Gewirr von Werbekanälen und verschiedenen Serien, doch nichts davon bescherte ihr die gewünschte Ablenkung.

Nach etwa einer Stunde des Wartens, die Uhr zeigte mittlerweile auf kurz vor zwei, entschied sich Vanessa, allein ins Bett zu gehen. Soll er mir halt morgen erzählen, weswegen er so Hals über Kopf abgehauen ist. In dem Moment, als sie das Gerät abschaltete, hörte sie Geräusche im Flur. Leise lief sie zur Wohnungstür und warf einen Blick durch den Spion. Sie erschrak, als sie den Mann auf der anderen Seite erblickte.

Kapitel 4

Warum noch einmal? Reicht es ihm nicht? Reicht es ihm überhaupt irgendwann? Womit habe ich das verdient, womit hat überhaupt jemand so etwas verdient? George konnte und wollte es nicht glauben. Die Gefühle spielten verrückt und wechselten sekündlich zwischen Angst, Zorn und Trauer. Doch über allem stand ein großes Fragezeichen.

Fast wäre er beim Herausfahren aus der Tiefgarage mit einem dunklen Van kollidiert, der neben der unbeleuchteten Ausfahrt parkte.

»Verdammter Idiot!«, entfuhr es ihm. Um wenige Zentimeter verfehlte er mit seinem Wagen dessen Heck. Doch im nächsten Augenblick war es wieder vergessen, seine gesamte Konzentration galt dem Telefonat. Er fluchte weiter vor sich hin, pfiff auf jedes Tempolimit. Zügig gelangte er durch das Lichtermeer aus Reklametafeln, Scheinwerfern anderer Wagen und Straßenbeleuchtungen durch die nächtliche City seiner Heimatstadt, bis es die letzte Meile, aus dem Zentrum heraus zum Firmensitz, merklich ruhiger wurde und die Beleuchtung deutlich abnahm. Entgegen der gemäßigten Verkehrslage tobte in ihm weiterhin ein Wirbelsturm der Emotionen.

Das änderte sich nicht, als er das Gebäude erreicht hatte, in dem die ISU drei Etagen gemietet hatte.

»Oh, Mr. Franklin, so früh im Dienst?« Mit einem kurzen Nicken reagierte er auf Pete, den Wachmann des Komplexes, der von seinen Monitoren aufsah, den Kopf schüttelte, sich aber sofort wieder seinen Geräten zuwandte, während George an ihm vorbeistürmte und im mittleren der drei Fahrstühle verschwand.

Er wippte mit dem Fuß, als würde das das Schließen der Aufzugstür und die anschließende Fahrt in den achten Stock beschleunigen können. George atmete geräuschvoll aus und verließ mit großen, schnellen Schritten den stählernen Käfig, kaum dass sich die Tür summend geöffnet hatte. Nur wenige Plätze des Großraumbüros, das eine Etage über der firmeneigenen Entwicklungsabteilung lag, waren beleuchtet. Kein Wunder, dachte er sich, es ist mitten in der Nacht, deshalb ist nur die Notbesetzung im Dienst.

Außer einem jungen Kollegen, den er fast über den Haufen gerannt hätte, nahm augenscheinlich niemand Notiz von ihm. Mittlerweile hatte er sein Jackett ausgezogen, denn trotz der büroüblichen Raumtemperatur, die von einer leise im Hintergrund surrenden Klimaanlage geregelt wurde, hatte er das Gefühl, aus allen Poren wahre Sturzbäche zu schwitzen. Zielsicher steuerte er auf das kleine, baulich abgetrennte Büro in der hinteren Ecke zu.

»Mein Gott, Mr. Franklin, was ist so dringend, dass Sie mich um diese Uhrzeit herzitieren?«, wollte Dave wissen, den er aus dem Auto heraus angerufen und zum Büro gebeten hatte, ohne ihm den Grund dafür zu verraten. George schloss die Tür hinter sich und ließ bei der Scheibe, durch die man den Hauptraum einsehen konnte, die Jalousien hinunter, nicht ohne sich zu vergewissern, dass niemand neugierig in seine Richtung schaute.

»Muss ich Sie auf Ihren Arbeitsvertrag hinweisen?«

»Nein, Mr. Franklin, tut mir leid. Es war nicht so gemeint«, lenkte der schlanke IT-Spezialist kleinlaut ein, was auch daran gelegen haben könnte, dass sein Vorgesetzter mit seinen 1,90 Meter fast einen Kopf größer und wesentlich besser in Form war. »Was kann ich für Sie tun?« George waren die Befindlichkeiten seines Mitarbeiters im Moment vollkommen egal, zumal alle Angestellten in ihrem Arbeitsvertrag eine Klausel akzeptiert hatten, jederzeit zum Dienst einbestellt werden zu können. Zwar galt dies ausschließlich für firmeninterne Belange, aber er musste Dave ja nichts über die wahren Hintergründe erzählen.

»Gut, zur Sache: Sie sind Entwicklungsleiter für die Catch-App. Wie weit sind Sie damit?« Dave schluckte und räusperte sich.

»Ja, nun, wir sind in der Beta-Phase. Es gibt noch kleinere Baustellen, aber ich bin mir sicher, dass wir das in den nächsten Monaten in den Griff bekommen.« George wusste um die Schwierigkeiten, mit denen sie seit etwa einem halben Jahr zu kämpfen hatten, doch im Moment hatte er alles – außer Zeit. Mit dieser App, die eher ein Spielzeug für Erwachsene darstellte, vorausgesetzt, sie würde irgendwann einwandfrei funktionieren, kämen dank Kontrollfreaks die nächsten Millionen Umsatz wie von allein. Die App würde unterdrückte Anrufe zurückverfolgen können und mittels Nutzung von GPS-Signalen und einer neuen Technologie innerhalb weniger Sekunden die Nummer und den Standort des Anrufers ermitteln. Derzeit musste man solche Daten über die Telekommunikationsunternehmen anfordern, was einerseits zeitaufwändig und andererseits bezogen auf Datenschutzaspekte rechtlich höchst fragwürdig war. Doch George und seine beiden Vorstandskollegen vertraten die Meinung, dass die Regierung paranoid genug wäre, die Nutzung der App, zumindest beschränkt auf hoheitliche Aufgaben, durch das Gesetzgebungsverfahren zu peitschen. Und sollte das in den USA scheitern, gab es im asiatischen und südamerikanischen Raum genügend Abnehmer, die das Verteidigen von Menschenrechten – insbesondere den Schutz der Privatsphäre – weit unten auf ihrer Agenda führten.

»Ziehen Sie sie rauf«, sagte George und legte sein Smartphone neben die blau leuchtende Tastatur des Computers. Zögerlich nahm Dave, der mittlerweile hinter seinem Schreibtisch saß, das Gerät in die Hand und schaute seinen Chef fragend an.

»Jetzt? Die Beta-Version?«

»Ja.« Wie begriffsstutzig kann man sein?, fragte er sich und stöhnte leise.

»Gut, na klar, wenn Sie wollen.« Er verband das Telefon und seinen Rechner mit einem USB-Kabel und tippte einige Befehle. »Soll ich Ihre Nummer mit in die Kontrollgruppe aufnehmen?« Nein, zum Teufel!, wollte George darauf erwidern, besann sich jedoch. Es musste schon seltsam genug für seinen Mitarbeiter anmuten, wegen so einer vermeintlichen Lappalie aus dem Schlaf geholt und in die Firma

23

geordet zu werden, daher bemühte er sich, einen plausiblen Grund für sein Vorgehen hinterherzuschieben.

»Ja, nehmen Sie die auf. Ich erwarte heute Abend einen Anruf eines Interessenten aus Hong Kong für die App«, log er, »und dabei möchte ich aus erster Hand Informationen geben können. Das ist aber noch inoffiziell. Daher muss ich darauf bestehen, dass Sie absolutes Stillschweigen über diese Aktion hier bewahren.« George beobachtete Dave, der scheinbar nicht einzuordnen wusste, ob er gerade Teil einer wichtigen geschäftlichen Transaktion geworden war oder ob sein Boss zu viele schlechte Agententhriller gelesen hatte. Erleichtert stellte er fest, dass Dave keine Anstalten machte, irgendetwas zu hinterfragen. Natürlich nicht, dachte er, Dave will so schnell wie möglich wieder ins Bett.

»Selbstverständlich. Auch das steht ja in meinem Vertrag.« Er zog das Kabel aus dem Handy und aktivierte die App darauf. »Fertig«, sagte er und George nahm sein Gerät wieder entgegen. »Wenn Sie jetzt angerufen werden, öffnet die App nach kurzer Zeit ein Fenster mit der Nummer und den Koordinaten des Anrufers. Vorausgesetzt, sie funktioniert.«

»Danke«, sagte er und ging zur Tür. Bevor er das Büro verließ, drehte er sich noch einmal zu ihm um. »Und Dave, Sie machen hier einen hervorragenden Job.«

»Äh, danke, Mr. Franklin, ich arbeite auch wirklich gerne –.« Bevor er den Satz beenden konnte, hatte

George bereits die Tür von außen geschlossen und war auf dem Weg zum Auto.

Langsam machte sich die Müdigkeit wieder bemerkbar, denn obwohl der Anruf weiterhin das Adrenalin durch seine Blutbahn jagte, ignorierte sein Körper nicht, dass er, mit Ausnahme der vielleicht 90 Minuten Schlaf nach dem Schäferstündchen mit Vanessa, seit fast 20 Stunden auf den Beinen war. Und in nicht einmal fünf weiteren Stunden würde ihn der Wecker erneut aus dem Bett holen – vorausgesetzt, er könnte überhaupt schlafen.

Je näher er seiner Wohnung kam, umso mehr Gedanken machte er sich, was und wie viel er Vanessa gleich erzählen sollte. Hoffentlich machte sie sich keine Sorgen, fiel ihm ein, denn die Nachricht, die er hinterlassen hatte, erschien ihm jetzt, da er darüber nachdachte, eher suboptimal. Vielleicht war sie nach dem Duschen aber auch einfach wieder ins Bett gegangen und schlief. Ja, so wird es sein. Natürlich, du Trottel, und die Anrufe auf dein Handy hat sie im Schlaf gemacht.

George bog auf die Zufahrt zur Tiefgarage, da fiel ihm der Van wieder ein, den er beim Herausfahren fast gerammt hätte. Er war fort. Hatte das etwas zu bedeuten oder schob er jetzt Paranoia? Genug Grund dazu hätte er gehabt. Doch er verdrängte den Gedanken daran, lenkte den Wagen auf seinen reservierten Stellplatz und fuhr mit dem Aufzug auf die Etage seiner Wohnung. Die Schlüsselkarte, die er bereits für den Aufzug brauchte, behielt er in der Hand. Er müsste sie eh gleich noch einmal benutzen.

George trat aus dem Lift, schwenkte nach rechts und blieb kurz darauf vor dem Scanner neben der Türzarge stehen. Er zog die Karte durch den Schlitz, während er gleichzeitig seinen Daumen auf das dafür vorgesehene Feld legte. Es summte kurz, dann klickte es und das Türschloss entriegelte. George seufzte und schob sie auf.

»Was zur –«, rief er, als ihm die Tür fast aus der Hand gerissen wurde, er die Klinke jedoch festhielt, durch den Schwung nach vorn stolperte und beinahe stürzte.

Kapitel 5

Es roch muffig. Es war dunkel. Julia zitterte, als würde sie auf einer Vibrationsplatte stehen, die ihr mit 50 Herz Schwingungen durch den ganzen Körper jagte. Einiges würde sie im Moment dafür geben, wenn es so wäre: Dass sie in ihrem Fitnessstudio um die Ecke von Dirk, ihrem Trainer, zu Höchstleistungen gepusht und nach 60 Sekunden für eine halbe Minute durchatmen würde, um sich für den nächsten Durchgang zu erholen. Dass sie spürte, wie ihre Muskeln brannten und die Beine weich wurden.

Doch sie war nicht in ihrem Studio. Nur, wo war sie dann? Sie hob den Kopf und sah sich um, soweit es möglich war. Leichter gedacht als getan, denn ihr Schädel kam ihr zentnerschwer vor. Das schummrige Licht, das durch ein vergittertes Fenster von der Größe eines Pizzakartons in den Raum fiel, ließ sie vermuten, dass sie sich in einem Keller befand. Die Zelle, wie der Raum auf sie wirkte, hatte in etwa die Ausmaße einer Autogarage. Die Decke hing tief, vielleicht waren es zwei Meter vom Boden, und an der gegenüberliegenden Wand glaubte sie, die Umrisse einer Tür auszumachen. Die Mauer links von ihr konnte sie nicht ganz sehen, da sie zum großen Teil von etwas verdeckt wurde, das nach einem Öltank aussah. Zumindest ähnelte er dem, den sie im Haus ihrer Großmutter gesehen hatte.

Julia kniff die Augen zusammen und versuchte zu erkennen, was sich hinter dem Fenster befand, doch sie sah nur grauen Himmel und dünne Zweige, die leicht im Wind wogten. Und die Spitze eines Turms. Oder eines Schornsteins? Julia war unsicher, zu sehr war sie benebelt von – ja, wovon eigentlich? Ihr nächster Blick fiel auf ein Gestänge vor ihren Füßen. Erst jetzt registrierte sie, dass sie in einem Bett lag. Oder eher einer Pritsche, wie sie es aus Knastfilmen kannte. Dieses Gestänge war, sie blinzelte, tatsächlich, es war ein Stativ. Julia ächzte und wollte sich auf die Seite drehen, um aufzustehen, auch wenn ihr dämmernder Verstand ihr sagte, dass dies in ihrem körperlichen Zustand momentan die denkbar schlechteste Idee wäre. Die Lederriemen, die um ihre Arme, Beine und das Becken geschnallt und fest mit dem stählernen Bettgestell verbunden waren, nahmen ihr die Entscheidung ab.

Es schrie in ihr, dass sie in Panik ausbrechen, sich von den Fesseln befreien und aus diesem Gefängnis ausbrechen müsste. Doch sie fühlte keine Angst, keinen Schmerz, nur die Kälte spürte sie. Aus den Augenwinkeln sah sie zwei weitere Gestelle, die jeweils seitlich neben ihr standen. Von beiden führten Bänder, nein, es waren Schläuche, stellte sie beim zweiten Hinsehen fest, zu ihren Handgelenken. Sie nahm nochmal alle Kraft zusammen, hob erneut, trotz des gefühlten Felsbrockens auf ihrer Stirn, den Kopf und besah sich die Bescherung. Wer auch immer hatte ihr in jeden Arm eine Kanüle gelegt. Wozu auch immer. Sie hatte keine Ahnung, was ihr darüber verabreicht wurde. Doch halt, natürlich hatte sie eine Ahnung: Es musste irgendeine Droge sein – damit kannte sie sich schließlich bestens aus – denn nur dadurch konnte sich Julia erklären, dass ihre momentane Situation ihr relativ gleichgültig war.

»Wo bin ich?«, glaubte sie, sich sagen zu hören. Schemenhaft liefen die Erinnerungen ab: Sie kam vom Einkaufen nach Hause in ihre billige Zweizimmerwohnung in Bahnhofsnähe. Sie räumte die Lebensmittel in den Kühlschrank und stellte die Getränke in den Abstellraum, der eher als größerer Wandschrank durchgehen würde. Dann ging sie duschen, während im Topf auf dem Herd langsam die Dosenravioli aufwärmten. Nachdem sie sich in ihren Jogginganzug geworfen hatte, der längst mal wieder in die Waschmaschine gehörte, schnappte sie sich den Kochtopf, goss sich ein Glas Mineralwasser ein und verzog sich damit auf ihr ramponiertes Sofa. Im TV lief irgendeine Serie, es war etwas Kitschig-romantisches, das brauchte sie nach dem Tag, der von vorn bis hinten einer Katastrophe glich. So hatte er sich jedenfalls angefühlt.

Sie kaute gelangweilt auf ihren Tomatennudeln und trank von ihrem Wasser. Es hatte irgendwie bitter geschmeckt, meinte sie, gedacht zu haben. Später hörte sie noch ihr Handy klingeln, doch sie ging nicht ran. Warum bin ich nicht rangegangen? Ich weiß es nicht, vielleicht war ich zu müde. Dann zog irgendwer oder irgendwas an ihr herum. Das war das Letzte, woran sie sich erinnern konnte.

Und nun lag sie fixiert auf diesem Feldbett in einem Kellerloch und hatte absolut keine Vorstellung davon, wo sie war oder welche Uhrzeit, geschweige denn, welcher Tag heute war. Und vor allem: Warum war sie hier?

Noch einmal unternahm sie den Versuch, sich von den Fesseln zu befreien und aufzustehen, doch ihre Glieder fühlten sich an wie mit Blei gefüllt. Sie sah, dass sie nicht mehr den Jogginganzug trug, sondern sich ein Kleid mit Blumenmuster angezogen hatte – oder es ihr angezogen worden war. Sicher das zweite, dachte sie noch, denn weder besaß sie ein solches Kleidungsstück, noch würde sie sich jemals freiwillig so etwas Scheußliches überwerfen. Ein Nebel legte sich über ihr Bewusstsein, wenig später schlief sie ein.

Kapitel 6

George hatte damit gerechnet, dass Vanessa wieder ins Bett gegangen oder wartend auf der Couch eingeschlafen wäre. Womit er nicht rechnete, war, dass sie ihm die Türklinke fast aus der Hand reißen würde. »Was ist denn mit dir passiert?«, rief sie und half ihm durch einen beherzten Griff am Oberarm, dass er auf den Beinen blieb. »Du siehst aus, als ob du seit Tagen keinen Schlaf gehabt und drei Nächte durchgesoffen hättest.« So fühle ich mich auch, stimmte er ihr gedanklich zu, wandte sich von ihr ab und warf einen Blick in den Spiegel neben der Garderobe. Verdammt, sie hatte recht. Wie konnte das sein? »Gib mir ein paar Minuten, dann erkläre ich dir alles.« Er stand ihr wieder zugewandt gegenüber, schob sie sanft zur Seite und ging an ihr vorbei. »Soweit ich es kann«, flüsterte er noch hinterher, dann lief er die Treppe hoch und verschwand im Bad. Bei einem erneuten Blick in den Spiegel, diesmal in den über dem Waschbecken, fiel ihm auf, dass er den Pullover auf links trug. Von den Flecken am Kragen mal abgesehen. »Kein Wunder, dass du aussiehst wie ein Penner.« Was musste Dave sich bei dem Anblick gedacht haben? Auch seine Augen schienen innerhalb der letzten Stunden dunkle Ränder bekommen zu haben, und seine dunklen mittellangen Haare standen in alle Himmelsrichtungen ab. George schüttelte den Kopf. »Und so gehst du aus dem Haus.« Beinahe hätte er laut über sich selbst und das jämmerliche Bild gelacht, das er gerade abgab, doch die Situation war viel zu ernst.

Er entledigte sich der Klamotten und sprang unter die Dusche, in der er vereinzelte Tropfen von Vanessas Benutzung auf den Fliesen sehen konnte. Der harte Strahl aus dem Duschkopf wirkte belebend – und genau das brauchte er, fühlte er sich doch immer noch wie durchgekaut und ausgespuckt. Nach drei Minuten unter der Brause, die letzte davon prasselte eiskaltes Wasser auf seinen trainierten Körper, zog er seinen Pyjama über. Vanessa erwartete ihn auf dem Sofa. Er atmete tief durch und überlegte, während er die Stufen hinab ins Wohnzimmer wankte, wie er ihr erklären sollte, was gerade passiert war. Und vor allem, was noch passieren könnte.

George blickte in die Augen Vanessas, die ihn förmlich durchdrangen. Natürlich erwartete sie Antworten, das war ihm sonnenklar, doch immer noch war er unsicher, mit welchen Informationen er seine Verlobte belasten sollte – immerhin trug sie sein Baby in sich und er wollte keinesfalls ein Risiko eingehen.

»Du siehst schon wieder etwas besser aus«, sagte sie, nachdem er sich neben sie gesetzt hatte. Er rutschte zur Seite und drehte sich so, dass sie sich schräg gegenübersaßen.

»Okay, hör zu«, begann er, »du hast viele Fragen und verdienst auf jede einzelne davon eine Antwort. Und ich versuche, soweit ich dazu in der Lage bin, alles zu erklären.« Das Blau ihrer Augen strahlte gerade besonders kräftig, oder bildete er sich das nur ein? Warum denke ich jetzt über ihre verdammte Augenfarbe nach? Komm schon, George, sie ist stark und verkraftet die ganze Wahrheit. Er streckte den Rücken durch, vereinzeltes Knacken zwischen den Wirbeln unterstrich dies. Er räusperte sich. »Am besten fange ich von vorne an. Beziehungsweise bei dem, was ich für vorne halte.« Sie zog eine Augenbraue hoch, unterbrach ihn jedoch nicht. »Wie du weißt, ist meine letzte Frau Sharon vor ungefähr drei Jahren ermordet worden.« Vanessa nickte. »Du hast mich nie gefragt, was damals wirklich passiert ist und dafür bin ich dir dankbar, denn es war eine brutal schlimme Zeit für mich.«

Vanessa hatte zu der Zeit, als der Mord geschah, noch in einer Kleinstadt nahe Denver gelebt und zog erst kurz darauf nach Chicago. Ihr wurde eine Stelle in einem Architekturbüro angeboten, die sie einfach nicht ausschlagen konnte. Nach wenigen Monaten erkannte ihre neue Chefin ihr Potential, woraufhin Vanessa mehr und mehr eigene Projekte zugeteilt wurden. Bei einem davon hieß der Auftraggeber ISU, die durch George Franklin vertreten wurde. So hatten sie sich kennengelernt und nachdem sie ihn anfangs für einen arroganten Kotzbrocken gehalten hatte, wie sie ihm später einmal lachend gestand, konnten sich beide der knisternden Spannung nicht entziehen, die zwischen ihnen herrschte, und schließlich lud sie ihn zu einem Date ein. Vanessa hatte es geschickt eingefädelt, sodass George auch heute noch glaubte, die Initiative damals wäre von ihm ausgegangen. Auch glaubte er, dass sie über den Mord an seiner damaligen Frau lediglich das wusste, was seinerzeit in der Presse und dem TV darüber berichtet wurde: Die Lösegeldübergabe misslang mit der Folge, dass der Entführer sein Opfer umbrachte. Das war die Version, die George gemeinsam mit Detective Miller, dem leitenden Ermittler für die Öffentlichkeit, gestrickt hatte.

»Schatz, ich denke, ich weiß darüber mehr als du meinst«, sagte sie leise, legte ihre Hand auf seine und drückte sie. »Klar, anfangs hatte ich tatsächlich nur die Informationen, die in der Zeitung über den Fall standen.« Er kräuselte die Stirn. Woher weiß sie mehr? Als könnte sie seine Gedanken lesen, fuhr sie fort: »Doch kurz nachdem wir zusammengekommen sind, hatte ich geschäftlich mit dem Vorgesetzten des damaligen Ermittlers zu tun. Und der beichtete mir unter dem Siegel der Verschwiegenheit, dass es keine willkürliche Entführung gewesen wäre, sondern ein persönlich motivierter Mord. Nähere Details nannte er mir nicht, die wollte ich auch gar nicht hören.«

George unterdrückte seine kurz aufwallende Wut auf den Captain, der seine Klappe nicht halten konnte. Aber das ist jetzt auch völlig egal, dachte er, das macht es mir sogar einfacher.

»Okay. Sharon wollte über das Wochenende zu ihren Eltern. Genau um Mitternacht bekam ich einen Anruf von einem Unbekannten, der behauptete, Sharon in seiner Gewalt zu haben. Zum Beweis schickte er mir ein Foto von ihr in einem abgedunkelten Raum. Ich dachte erst an einen üblen Scherz, unterbrach das Gespräch und versuchte sofort, Sharon zu erreichen. Doch sie ging nicht an ihr

Handy. Dann rief ich ihre Mutter an, die mir bestätigte, dass sie sich unterwegs zwar noch gemeldet hätte, jedoch noch nicht angekommen wäre. Ich beruhigte sie und sagte ihr, dass sie sicher nur eine Panne hätte und bald ankommen würde.« Vanessa hörte ihm aufmerksam zu. George spürte allerdings, dass ihr nicht wohl bei seiner Erzählung war.»Wenig später meldete sich der Unbekannte erneut und fragte mich, ob mein Kontrollanruf zum gewünschten Ergebnis geführt hätte. Darauf lachte er und dieses Lachen werde ich in meinem Leben nie wieder vergessen.«

»Und was passierte dann?«, fragte sie vorsichtig, doch ihre Mimik verriet ihm, dass sie es eigentlich nicht wissen wollte.

»Er diktierte mir die Regeln. Ich hätte genau vier Tage Zeit, Sharon zu finden. Würde ich es in dieser Zeit schaffen, würde sie überleben. Würde ich sie hingegen später finden, wäre sie bereits tot. Und falls mir einfallen würde, die Polizei einzuschalten, würde sie sofort sterben.« George spürte ein leichtes Zittern in Vanessas Hand, die immer noch auf seiner ruhte.

»Des Weiteren sagte er, dass ich täglich genau einen Hinweis über mein Handy bekäme, wodurch ich sie finden könnte, er sei schließlich kein Unmensch, hat er mich verhöhnt.«

»Du hast die Polizei eingeschaltet?« Keinerlei Vorwurf schwang in ihrer Frage mit.

»Erst am zweiten Tag. Ich war natürlich völlig von der Rolle, wusste überhaupt nicht, was ich machen sollte. Und Sharons Eltern lagen mir ebenfalls in den

Ohren, dass ich das FBI oder so um Hilfe bitten sollte. Meine beiden Vorstandskollegen, die ich aus lauter Verzweiflung eingeweiht hatte, bestärkten mich zusätzlich, mit der Polizei zusammenzuarbeiten. Schließlich könnten die heutzutage völlig unsichtbar agieren und so würde der Täter schnell gefasst und Sharon befreit werden. Ich wartete trotzdem, bis um Mitternacht der Anruf mit dem nächsten Hinweis kam.«

»Wieder ein Foto?« George schüttelte den Kopf. »Nein, er schickte mir eine Grafik mit dem Logo von General Motors.«

»Dem Autokonzern? Was sollte das für ein Hinweis sein?« Jetzt zog Vanessa beide Augenbrauen hoch.

»Ja, vom Konzern. Und genau diese Frage stellte ich mir damals auch: Was soll ich damit anfangen? Ich zerbrach mir ein paar Stunden darüber den Kopf und hab dann entmutigt die Polizei informiert. Rückblickend wohl der größte Fehler meines Lebens.« Er atmete tief durch, eine einzelne Träne lief über seine Wange. Vanessa rückte näher an ihn ran und streichelte über seinen Rücken.

»Wie ging es weiter?«, fragte sie leise.

»Detective Miller versprühte Optimismus. Sie hätten Spezialisten, die solche perfiden Rätsel schnell entschlüsseln könnten. Doch noch am selben Tag bekam ich einen Anruf von dem Unbekannten und auch diese Worte werde ich nie vergessen: Du hast dich nicht an die Regeln gehalten, George. Deine Frau findest du hier. Dann nannte er mir die Koordinaten und legte auf. Ich habe sofort Miller angerufen und

36

zwei Stunden später wurde mir mitgeteilt, dass Sharon mit durchtrennter Kehle auf einem stillgelegten Fabrikgelände gefunden wurde, das früher von GM betrieben wurde.« Seine Stimme brach, während er die letzten Sätze sprach.

»Oh mein Gott! Das ist so grausam, wenn man dafür überhaupt Worte finden kann. Aber das war nicht deine Schuld«, versuchte sie, ihn zu trösten. Er zog ein Taschentuch aus der Hose und putzte sich die Nase.

»Nein. Aber ich hätte sie vielleicht retten können, wenn ich mich an die Regeln gehalten hätte.«

»Das kannst du nicht wissen. Vielleicht hat er sie gleich nach der Entführung getötet und wollte dich nur quälen.«

»Nein, sie war erst eine Stunde tot, als die Cops das Gebäude stürmten. Der Killer hatte ihr zwei Kanülen gelegt. Durch eine wurde ihr Flüssigkeit zugeführt, durch die andere Tropfen für Tropfen das Blut abgesaugt. Der Rechtsmediziner sagte mir, dass es nach seiner Einschätzung tatsächlich ungefähr vier Tage gedauert hätte, bis Sharon verblutet wäre, so wie die Kanülen eingestellt waren.«

Von seiner anfangs aufrechten Haltung war kaum noch etwas zu sehen, er saß nun in sich zusammengesunken neben ihr. Sie nahm ihn in den Arm und drückte ihn fest an sich.

»Das ist ja abscheulich, was ist das für ein krankes Schwein?«

»Das weiß ich nicht und auch die Cops haben ihn nie gefasst. Obwohl sie jeden Stein in meinem Leben umgedreht und jeden möglichen Verdächtigen genauestens unter die Lupe genommen haben. Ich musste ihnen die Namen von jedem nennen, dem ich auch nur mal den Parkplatz weggeschnappt oder in der Schule nicht hab abschreiben lassen. Zwar sagte mir Detective Miller noch vor gut einem Jahr, dass sie nicht aufhören würden, nach ihm zu suchen, doch machen wir uns nichts vor, der Fall ist dort längst zu den Akten gelegt worden.« Jetzt war es Vanessa, die etwas von ihm abrückte und ihn ernst ansah.

»Das ist alles wirklich ganz schrecklich und muss grausam für dich gewesen sein«, begann sie und er musste unweigerlich daran denken, wie er sich die Monate nach Sharons Tod fast ausschließlich von Whiskey ernährt hatte, bis ihm sein Jugendfreund Howard Turner den Kopf wusch und ihn langsam wieder ans Weiterleben heranführte. Selbst seine beiden Partner waren trotz großem Verständnis für ihn und seine Situation kurz davor, ihn aus der Firma zu werfen. Doch er fing sich wieder und irgendwann trat diese brünette, blauäugige und äußerst freche Architektin aus Colorado in sein Leben und gab ihm einen neuen Sinn. Ihre Worte rissen ihn wieder ins Hier und Jetzt. »Doch was hat das mit dem Anruf heute Nacht und deinem plötzlichen Verschwinden zu tun?« George atmete geräuschvoll aus und strich mit seinen Händen die Oberschenkel hoch und runter. Der Schweißfilm darauf bremste die Bewegung deutlich.

»Dieser Anruf heute Nacht«, sagte er und Vanessa ahnte offensichtlich, was folgte, »kam von ihm. Er sagte, es sei Zeit für ein neues Spiel.«

»Aber ich verstehe nicht, wen hat er – oder was hat er?« George griff nach dem Handy, das er vorhin auf den Couchtisch gelegt hatte, entsperrte es und wartete, bis das Foto, das er geschickt bekommen hatte, klar erkennbar war. Dann reichte er es an Vanessa, die es ihm zögerlich abnahm und dabei aussah, als wäre es hochinfektiös. Ihr ängstlicher Blick änderte sich, nun wirkte er angewidert und überrascht. Sie blickte vom Display zu George und wieder zum Foto, bevor sie langsam sagte: »Das verstehe ich nicht.« George schüttelte den Kopf und pflichtete ihr bei.

»Ich verstehe das auch nicht.« Doch er konnte sich gut vorstellen, was ihr gerade im Kopf herumgehen musste. Denn genauso verwirrt wie sie jetzt dreinschaute, fühlte er sich vor ein paar Stunden, als er das Foto zum ersten Mal gesehen hatte. Das Foto, auf dem eine junge Frau in einem Blümchenkleid auf eine Liege gefesselt zu sehen war. Der aus jedem Handrücken eine Kanüle ragte. Die mit glasigem Blick in die Kamera schaute, offensichtlich benebelt von irgendeiner Droge oder einem Tranquilizer, was sie zwar wach, aber bewegungsunfähig machte. Auf deren Bauch ein Pappschild lag, das deutlich in deutscher Sprache die Worte *Rette mich, Vater* zierte.

»Wer ist diese Frau? Kennst du sie?« George meinte, einen vorwurfsvollen Unterton in ihrer Stimme auszumachen, ging darauf jedoch nicht ein.

»Ich weiß es nicht. Ich habe sie noch nie gesehen und habe keine Erklärung dafür. Aber schau dir ihre Augenpartie an.« Vanessa besah sich erneut das Foto und wie es George vor ein paar Stunden getan hatte, zoomte auch sie es nun größer und starrte dem Gesicht der Frau, das jetzt das ganze Display ausfüllte, in die Augen.

»Sie hat –«, Vanessa schluckte hart, »deine Augen.«

Kapitel 7

In einem kurzen, aber beängstigend realistischen Alb-traum musste er die Gräueltat an Sharon noch einmal durchleben, bevor er schweißnass aufwachte und sich in den Sitz katapultierte.

»Nein«, stöhnte er und nach kurzer Ungewissheit wurde ihm bewusst, dass er die Sache gerade zwar geträumt hatte, das Telefonat vorhin jedoch grausame Realität war. Die Gedanken rasten erneut, doch er zwang sich, wieder einzuschlafen.

Nachdem er sich lange unruhig hin- und herge-wälzt hatte, rollte sich George gegen 6 Uhr aus dem Bett und schleppte sich unter die Dusche. Ich muss tatsächlich wieder eingeschlafen sein, sonst hätte ich mitbekommen, dass Vanessa aufgestanden ist.

Sie hatten während ihres Gespräches festgestellt, dass sie in ihrem übermüdeten Zustand zu keiner vernünftigen Vorgehensweise gelangen würden. Daher hatte Vanessa angeregt, dass sie sich beide den kommenden Tag freinehmen und nach etwas Schlaf in ausgeruhtem Zustand einen Plan fassen sollten. George war einverstanden, da er selbst nicht wusste, was er anderes hätte tun sollen. Das Einzige, was für ihn unweigerlich feststand, war, dass er nicht die Cops einschalten würde. Nein, er würde den heutigen Hinweis abwarten und danach gemeinsam mit Vanessa entscheiden, was zu tun wäre.

»Du hast ganz schön gearbeitet im Schlaf«, sagte sie zu ihm, nachdem er sich an den Frühstückstisch gesetzt und sie ihm einen Kuss auf die Wange gegeben hatte. »Glaubst du immer noch, dass es sich um die Tochter von dieser Antje handelt?«

Bevor sie ins Bett gegangen waren, hatte er ihr noch seine Vermutung mitgeteilt. Vor über 20 Jahren hatte er eine kurze Affäre mit einer Frau namens Antje Becker. Das war zu der Zeit, als er als junger Offizier auf der US-Militärbasis im deutschen Ramstein stationiert war. Sie hatten sich nur zehn oder fünfzehn Mal getroffen, war sich George sicher, und bei dem vorletzten Treffen überraschte ihn Antje mit der Nachricht, dass sie von ihm schwanger wäre. Sie hätten Stunden darüber diskutiert und schließlich hätte er ihr versprochen, zu dem Kind zu stehen, sollte sie es austragen. Doch Antje, die damals ständig Drogen konsumierte, bestand darauf, das Kind abzutreiben und George sollte gefälligst für den Eingriff und die Schmerzen bezahlen. Da er unsicher und zugegeben etwas erleichtert über ihre Entscheidung war, hinterfragte er es nicht weiter und kratzte soviel Geld zusammen, wie es ihm auf die Schnelle möglich war. Bei ihrem letzten Treffen einige Tage darauf überreichte er ihr die Summe und sah sie niemals wieder. Er hat auch ewig nicht an sie zurückgedacht, bis zu dem Moment, als er gestern das Foto auf dem Handy sah und es ihm irgendwann dämmerte, dass es nicht nur seine Augenpartie war, die ihm bekannt vorkam, sondern auch, dass das Mädchen dieser Antje verdammt ähnelte.

»Ja«, erwiderte er und nippte am Kaffee, dessen Aroma ihm schon im Bad entgegengekommen war.

»Ich habe mir gerade das Foto noch einmal angesehen und ja, ich bin sicher.« Er nahm einen weiteren Schluck. »Aber ob sie meine Tochter ist?« Er zuckte mit den Schultern. Vanessa setzte sich zu ihm.

»Wenn es aber die Tochter dieser Frau ist, dann müsste man sie doch erreichen und nachfragen können, oder?« Er lachte humorlos auf.

»Becker ist in Deutschland ein Name wie Smith hier bei uns, den gibt es wie Sand am Meer. Außerdem ist es ewig her, ich weiß nicht einmal, wo genau sie früher gewohnt hat. Wir haben uns entweder in meiner Bude oder in einem Motel getroffen.«

»Sehr romantisch«, sagte sie augenrollend, entschuldigte sich jedoch gleich.

»Schon gut. Vielleicht sollte ich das auch nicht ernst nehmen und die Sache einfach ignorieren.« Vanessa zuckte zurück.

»Wie bitte? Das ist doch wohl nicht dein Ernst. Wenn das wirklich deine Tochter ist und sie sich in den Händen dieses Psychopathen befindet, können wir das wohl kaum ignorieren.«

»Damit hast du vermutlich recht.«

»Komm schon, George, denk nach. Wenn du selbst nicht wusstest, dass du ein Kind hast, wer könnte es dann wissen?«

»Hm, warum bin ich nicht selbst darauf gekommen?« Ein Schmerz schoss durch seinen Kopf, daher rieb er sich kräftig die Schläfen. »Erzählt habe ich damals niemandem davon – außer Howard. Aber für den lege ich meine Hand ins Feuer. Ansonsten kommen dafür nur Antje und natürlich alle, denen sie davon erzählt hat, in Frage.«

»Dass Howard mit der Sache zu tun hat, halte ich auch für undenkbar«, pflichtete sie ihm bei. Sie hatte seinen besten Freund nicht oft getroffen, seit sie mit George liiert war, die beiden verstanden sich jedoch auf Anhieb, worüber ihr jetziger Verlobter dankbar war. Da seine Eltern früh bei einem Autounfall ums Leben gekommen waren und er außer ein paar entfernten Verwandten, zu denen er keinen Kontakt pflegte, niemanden hatte, zählte er Howard zu seiner Familie. Und da wäre es doch sehr schade, wenn seine zukünftige Frau gerade mit ihm nicht zurechtkäme. »Vielleicht hat er sich mal verplappert.«

»Ausschließen kann ich das natürlich nicht, doch wir haben seit meinem letzten Treffen mit Antje nie wieder darüber gesprochen. Da würde es mich wundern, wenn er die Geschichte auf einmal irgendwo aus dem Hut gezaubert hätte. Aber ja, ganz unmöglich ist es nicht.« Er legte eine kurze Pause ein und drehte lustlos seinen Bagel auf dem Teller herum, als würde dieser ihm die Zukunft orakeln können. »Auf jeden Fall macht es mir Angst, dass dieser Pisser mehr über mich weiß als ich selbst.«

»Und er setzt es gnadenlos gegen dich ein.« Sie stand auf, holte die Kaffeekanne und goss ihnen nach. »Reg dich jetzt nicht auf, aber ich muss dich das fragen: Bist du sicher, dass es derselbe Anrufer war?« George fixierte weiter das Rundgebäck.

»Warum sollte ich mich darüber aufregen? Ich denke selbst die ganze Zeit darüber nach. Vom

44

Gefühl her und wegen des Tonfalls in seiner Stimme und des perversen Lachens bin ich mir zu einhundert Prozent sicher. Aber vom Verstand her zweifle ich daran. Ich meine, wenn er mich fertig machen will und wieder genauso treffen wie beim letzten Mal, warum entführt er dann meine Tochter, von der ich bislang nicht einmal wusste, dass es sie gibt, und nicht –?«

»Und nicht mich?«, beendete sie seinen Satz. »Das ergibt für mich auch keinen Sinn. Nur sollten wir bedenken, dass die Handlung eines Psychopathen nicht unbedingt verständlich und logisch sein muss.«

»Das stimmt. Das erwähnte damals auch Detective Miller. Bei diesen Typen reichen oftmals die banalsten Situationen, über die ein gesunder Mensch vielleicht nur lachen oder schlimmstenfalls die Nase rümpfen würde, um einen psychotischen Schub auszulösen, der in keinem Verhältnis steht.« George erinnerte sich an den Fall eines Mannes aus Boston, der vor einigen Jahren in einem Supermarkt ein wahres Blutbad anrichtete, weil sich jemand an der Kasse vorgedrängelt hatte. Daher fand er die Forderung des Detectives damals plausibel, ihm selbst die kleinste Auseinandersetzung aufzuzählen, so nichtig sie George auch erschien.

***

Der Tag verstrich. George war am Nachmittag noch einmal in die Firma gefahren, um die gröbsten Dinge für die nächsten Tage abzuarbeiten und seine Abteilungsleiter zu instruieren. Zwar war es ungewöhnlich für ihn, dass er an der heutigen Frühbesprechung nicht teilgenommen hatte – das letzte Mal fehlte er vor einem halben Jahr wegen einer Autopanne – doch schien es niemandem aufgefallen zu sein, jedenfalls wurde er nicht darauf angesprochen. Einzig Dave, den er letzte Nacht hergenötigt hatte, warf ihm einen bösen Blick zu, verschwand dann aber schnell in seinem Büro. George seufzte. Du hast allen Grund dazu, sauer auf mich zu sein, dachte er, Klausel hin oder her.

Nachdem er alles erledigt hatte, rief er den diensthabenden Abteilungsleiter für den Personen- und Objektschutz in sein Büro und erteilte ihm einen Auftrag.

»Ich brauche sicher nicht zu hinterfragen, warum wir das tun sollen, richtig?«, mutmaßte der untersetzte Mann mit dem schütteren Haar, der momentan eine kleine Armee von fast 100 durchtrainierten und bestens ausgebildeten Frauen und Männern unter seinem Kommando hatte, die im ganzen Land verteilt für Sicherheit sorgten. Jedenfalls für die, die sich das satte Honorar leisten konnten, das die ISU monatlich einforderte.

»Korrekt, Peters, tun Sie es einfach.« Der Mann nickte und ließ George allein im Büro zurück. Dieser drückte die Durchwahltaste zu seiner Sekretärin. Nach einer Weile meldete sich unerwartet die neue Praktikantin Josephine, die ihr unter die Arme greifen sollte.

»Hi, Mr. Franklin, May ist nicht an ihrem Schreibtisch«, sagte sie mit ihrer piepsigen Stimme.

»Wo ist sie denn?«

»Tut mir leid, Mr. Franklin, ich habe sie heute noch gar nicht gesehen.«

»Gut, dann legen Sie ihr einen Zettel hin, dass sie sich bei mir melden soll.« Er beendete das Gespräch, ohne ihre Antwort abzuwarten, und wählte die nächste Nummer.

Als er wieder zu Hause angekommen war, spekulierten er und Vanessa stundenlang, wo der Entführer die junge Frau gefangen halten könnte und welchen Hinweis er ihnen gleich zukommen lassen würde. Eines stand für beide fest: Egal, ob sie damit spontan etwas anfangen könnten, sie würden auf keinen Fall die Cops alarmieren. Davon hatte George seine Verlobte ohne Nachdruck überzeugen können.

An Schlaf war nicht zu denken. In ihrer Alltagskleidung saßen sie direkt nebeneinander und starrten auf das Display des Smartphones, das bedrohlich wirkend auf dem Couchtisch lag. Die Spannung war fast greifbar und erreichte ihren Höhepunkt, als die Uhr auf dem Gerät von 23:59 Uhr auf Mitternacht sprang. George spürte deutlich Vanessas Fingernägel durch den Jeansstoff. Ihre Hand lag auf seinem Oberschenkel und sie krallte sich förmlich darin fest. Doch nichts passierte. Sie warteten weitere zehn Minuten und als George gerade aufstehen und zu einem Fluch ansetzen wollte, vibrierte es schließlich.

»Nun geh schon ran«, sagte sie und schob es zu ihm. Wie in Zeitlupe griff seine Hand danach, hob es an und sein Daumen drückte das grüne Telefonsymbol. Er stellte auf Lautsprecher und im nächsten Moment erfüllte die ihm bekannte, blecherne Stimme das Wohnzimmer.

»Guten Morgen, George, entschuldige die Verspätung. Ich hatte noch etwas zu erledigen.« Sein widerliches Kichern folgte.

»Sag, was du zu sagen hast, und dann lass mich in Ruhe!«

»Wer wird denn gleich so unleidlich sein, mein Lieber? Aber sei es drum. Ich gehe davon aus, dass du meine gestrige Botschaft bekommen und verstanden hast. Zumal du bislang deinen Fehler vom letzten Mal NOCH nicht wiederholt hast.«

»Ich wusste bisher nicht mal, dass ich Vater sein soll. Warum sollte ich also glauben, dass sie meine Tochter ist?« Wieder kicherte der Anrufer.

»Ach, George, bist du so naiv? Schau sie dir genau an. Und falls du mir nicht glaubst, was natürlich dein gutes Recht ist, lass es doch darauf ankommen. Ich werde dir dann am fünften Tag etwas DNA von ihr zukommen lassen. Willst du das wirklich riskieren? Willst du schon wieder das Leben eines Familienmitglieds auf dem Gewissen haben?« Lautlos ploppte ein Fenster auf dem Display auf, verkleinerte sich sofort und war nur noch als Streifen am oberen Rand zu erkennen. George fuhr kurz zusammen und stieß Vanessa mit dem Ellbogen an, die nur mit den Schultern zuckte. Jetzt hab ich dich, triumphierte er innerlich. Nun muss ich nur noch so viel wie möglich herausbekommen.

»Nicht ich, sondern du bist es, der sie umbringt. Ich hoffe, du schmorst dafür in der Hölle.«

»Was immer du wünschst, möge in Erfüllung gehen.« Die Arroganz in der Stimme machte George rasend, er konnte sich nur mit Mühe beherrschen, das Smartphone nicht gegen die Wand zu werfen. »Du hältst dich selbst nicht an deine Regeln. Wo bleibt der Hinweis?«, sagte er fordernd.

»Der Hinweis, welcher Hinweis? Ach so«, erwiderte er und lachte. »Du bist doch ein kluges Köpfchen. Daher solltest du mich nicht für einen Idioten halten. Mittlerweile hast du es vermutlich geschafft, meine Nummer zurückzuverfolgen, wir quatschen schließlich schon lange genug. Von daher bleibt mir nur, dir eine gute Reise zu wünschen. Wir sehen uns, mein Lieber.«

Es knackte und das darauf folgende Rauschen machte ihnen klar, dass der Irre das Gespräch beendet hatte.

»Dieses Schwein. Woher wusste er das?«

»Woher wusste er was?« Vanessa standen die Fragezeichen auf der Stirn. George tippte mit dem Finger auf das Display und es öffnete sich die Nachricht mit der Handynummer und den Koordinaten. Wenigstens funktionierte die App, dachte er frustriert.

»Ich habe ein Programm auf meinem Handy, das anonyme Anrufe zurückverfolgen kann. Hier siehst du die gefundenen Daten.« Er hielt ihr das Display kurz vor die Augen. »Daran arbeiten wir unter anderem zur Zeit in der Firma.«

»Das ist doch gut.«

»Ja, aber nicht gut ist, dass er davon wusste. Was weiß er noch alles und vor allem, woher?« Ein Gefühl der Nacktheit, der absoluten Angreifbarkeit breitete sich in seinen Eingeweiden aus. Er war der Profi des Überwachens, er sollte Dinge über andere wissen oder in Erfahrung bringen können. Doch scheinbar gab es jemanden, der seine eigenen Waffen gegen ihn verwendete.

»Wichtig ist aber doch erstmal, dass du ihn orten konntest. Woher kam der Anruf?« George drückte auf ein Feld in der App, worauf sich *Google-Maps* öffnete und ein blauer Punkt auf verschwommenem Hintergrund erschien. Innerhalb weniger Sekunden stellte sich das Bild scharf und das Programm zoomte automatisch heran.

»Frankfurt am Main, wie ich vermutet habe«, sagte er nur.

»Frankfurt, also Deutschland? Dann ist der Typ da drüben mit dem Mädchen. Ich wüsste schon nicht, wie wir vorgegangen wären, wenn er hier in der Nähe wäre – aber was zum Teufel sollen wir jetzt machen?« George stand auf und ging im Wohnzimmer umher. Nach einer Weile blieb er vor Vanessa stehen, zog sie zu sich hoch und küsste sie. Dann hielt er sie auf eine Armlänge Abstand.

»Ich sage dir, was wir machen: Ich habe bereits damit gerechnet und mir für heute Nacht einen Direktflug nach Frankfurt gebucht. Er geht um –.«

»Einen?«, fiel sie ihm ins Wort. »Du glaubst doch nicht, dass ich dich das allein machen lasse.«

»Schatz, ich werde dich mit Sicherheit nicht in Gefahr bringen.«

»Aber dich selbst schon, oder was? Da hab ich wohl ein Wörtchen mitzureden.«

»Hör mir zu: Wollte der Typ mir etwas antun, hätte er mich schon längst abgeknallt oder abgestochen. Er will mich leiden sehen, das ist sein Antrieb.« George hoffte inständig, dass Detective Miller mit dieser Vermutung damals richtig gelegen hatte, versuchte nun aber, so überzeugt wie möglich zu klingen. »Und wenn du mit mir kommst, spielen wir ihm vielleicht noch in die Karten und servieren dich auf einem Silbertablett. Nein, das lass ich nicht zu.«

»Aber –.«

»Kein Aber. Ich habe dafür gesorgt, dass du rund um die Uhr bewacht wirst. Sowohl unsere Wohnung als auch das ganze Haus ist perfekt gesichert, dafür hab ich Zusatzkräfte eingeteilt. Was du tun kannst, ist, dich sowenig wie möglich draußen aufzuhalten. Solange du drinnen bleibst, kann dir außer einem Erdbeben oder einem Bombenanschlag nichts passieren.« George konnte in Vanessas Gesicht lesen, wie es in ihrem Kopf arbeitete, doch schließlich gab sie klein bei.

»Okay. Du hast sicher recht. Wann geht der Flieger?« Er schaute auf die Armbanduhr.

»Ich muss in einer Stunde einchecken.«

»Und was wirst du genau unternehmen, wenn du angekommen bist?« Er nahm sie in die Arme und legte sein Kinn auf ihren Kopf, ihre Haare dufteten nach Frühlingsblumen. Ihr Körper bebte und er drückte sie fest an sich.

»Ich habe zehn Flugstunden vor mir und damit genug Zeit, mir darüber Gedanken zu machen. Aber ich werde dich natürlich ständig auf dem Laufenden halten.«

»Das ist ja wohl das Mindeste.«

***

Statt sich ein Taxi zu bestellen, ließ George sich von einem der neu georderten Securitymitarbeiter zum Flughafen bringen. Er nutzte die Fahrt zum O'Hare International Airport, einem der zehn größten Flughäfen weltweit, um Jane, wie die dunkelhaarige Kollegin hieß, noch einmal besonders für die kommenden Tage zu sensibilisieren. Sie nickte nach jedem Satz, der stakkatoartig vom Rücksitz auf sie einprasselte, und als George mit seinen Anweisungen fertig war, ließ er sie alles wiederholen.

»Gut, Sie haben verstanden, Jane. Ich verlasse mich auf Sie und Ihr Team.«

»Das können Sie, Sir«, erwiderte die Frau, die eine Ausbildung bei den Marines hinter sich hatte und in der Lage war, einen kräftigen Mann mit bloßen Händen zu töten.

»Gut, lassen Sie mich da vorne raus.« Er deutete an ihr vorbei auf eine Reihe parkender Taxis.

»Sir, soll ich Sie nicht am Eingang absetzen?« George schmunzelte, hatte der Airport doch weit mehr als nur einen Eingang.

»Ich will mir vor dem Flug noch etwas die Beine vertreten, danke.«

»Alles klar, Sir.« Sie hielt in zweiter Reihe und bevor sie auf die Idee kommen konnte, auszusteigen und ihm aus dem Wagen zu helfen, war George schon rausgesprungen. Er knallte die Tür zu und schlug zweimal mit der flachen Hand auf das Wagendach, worauf sich das Auto in Bewegung setzte und zwischen den hunderten von Fahrzeugen verschwand, die selbst zu dieser nächtlichen Uhrzeit hier unterwegs waren.

Da May Garcia den ganzen Tag nicht mehr aufgetaucht war – wo zum Teufel steckte sie überhaupt? War sie etwa krank? – hatte er am Nachmittag seit Jahren das erste Mal selbst einen Flug für sich gebucht, und es kam ihm komplizierter vor als früher. Doch den Check-in-Schalter der *United Airlines*, deren Maschine ihn sicher über den Teich bringen sollte, würde er mit geschlossenen Augen finden.

Das Boarding und der Start fanden pünktlich und ohne Komplikationen statt. Fünf Stunden später befand er sich, zusammen mit über 200 weiteren Passagieren der *Boeing 747*, von denen der überwiegende Teil jedoch nicht wie er in der geräumigen Ersten Klasse reiste, mitten über dem Atlantik. Seitdem er das Flugzeug betreten hatte, zermarterte er sich das Gehirn, um sich selbst die Frage zu beantworten, die Vanessa ihm vorhin gestellt hatte. Was genau tust du, wenn du in Frankfurt angekommen bist? Gute Frage, gestand er sich ein. Er hatte immer noch keinen konkreten Plan ausgetüftelt. Plötzlich überkam ihn die Müdigkeit und nach einigen Minuten, die er erfolglos dagegen ankämpfte, fiel er in einen unruhigen Schlaf.

Kapitel 8

George wusste im Moment nicht, ob sein unsanftes Erwachen am Druckgefühl in den Ohren, der Durchsage des Kapitäns oder der Schräglage der Maschine lag, die sie angenommen hatte, um in die optimale Anflugposition zur Landebahn zu kommen. Schlussendlich war es ihm auch egal. Er warf einen Blick aus dem Fenster und meinte, in der Ferne bereits die Skyline von Frankfurt erkennen zu können. Sicher war er sich allerdings nicht, da aufgrund der sieben Stunden Zeitverschiebung bereits die Abenddämmerung Einzug gehalten hatte.

Wenig später rumpelte es kurz, als die Reifen des Flugzeugs auf dem Asphalt aufsetzten. Dumpf drang der Applaus der Reisenden aus der Holzklasse zu ihm hoch. Er wartete, bis das Anschnallen-Signal über seinem Platz erloschen war, holte sein Handgepäck aus der Ablage und reihte sich in die Schlange aus Anzugträgern und Kostümträgerinnen ein. Eine Teleskopgangway wurde vom Terminal ausgefahren und schien sich an die Boeing anzusaugen. Die Flugbegleiterin und die Pilotin der Passagiermaschine verabschiedeten freundlich die Reisenden am Ausgang und George rang sich ein Lächeln ab, als er die Gangway erreichte. Er flog wirklich gerne, doch das Gefühl, danach wieder festen Boden unter den Füßen zu spüren, mochte er noch eine Nuance lieber.

Sein letzter Aufenthalt in Deutschland lag nun schon einige Jahre zurück und zu seiner Army-Zeit hatte er nur selten den zivilen Flugverkehr genutzt. Meist wurden seine Kameraden und er mit einer Militärmaschine direkt vom US-Stützpunkt Ramstein aus in die Heimat geflogen. Dennoch fand er sich zügig auf dem großen Flughafen zurecht. Zudem war er positiv überrascht davon, wie gut er sich mit seinem Deutsch noch verständigen konnte. Es hatte sich gelohnt, regelmäßig die Fremdsprachenkurse zu belegen, die den stationierten Soldaten auf freiwilliger Basis angeboten worden waren. So stellte er fest, dass er gar besser dieser Sprache mächtig war, als der Fahrer seines Taxis – ein Schwarzafrikaner, der sich mit einer Mischung aus Englisch, Französisch und Hessisch zu verständigen versuchte. Erst als George englisch mit ihm sprach, fanden die beiden zueinander und der ockerfarbene Mercedes nahm seine Fahrt in Richtung Südwesten auf.

***

Während der eineinhalbstündigen Fahrt unterhielten sie sich über Gott und die Welt, wobei George sich zwingen musste, den Sätzen seines Fahrers konzentriert folgen zu können. Er hatte momentan keinen Kopf für den Niedergang der Volksparteien in Deutschland oder das Aufstreben einer von vielen als Gefahr für die Demokratie eingestuften Partei. Eine Maschine im Landeanflug donnerte über sie hinweg und unterbrach jäh ihr Gespräch, der Lärm war ohrenbetäubend und brachte das Taxi zum Vibrieren. Ach, wie hab ich das vermisst, dachte George.

Sie hatten die Militäreinrichtung in Ramstein fast erreicht und George spürte eine leichte Anspannung, die immer mehr wuchs, je näher sie ihrem Ziel kamen. Unablässig knibbelte er an seinen Fingernägeln oder fuhr sich mit der Hand durchs Gesicht.

Sie hielten vorm Tor. Er drückte seinem Chauffeur das Fahrtgeld in die Hand und packte ein ordentliches Trinkgeld obendrauf. Zum Dank zeigte ihm Carl – den Namen hatte George beiläufig erfahren, als sein Fahrer über Funk gerufen wurde – seine beneidenswert weißen Zähne.

»Merci, Chef«, sagte er, reichte ihm immer noch breit grinsend die Quittung und fuhr nach einem Wendemanöver davon. George atmete einmal kräftig durch, dann näherte er sich den Wachposten.

Es war vollkommen ungewohnt für ihn, einen Besucherantrag für Zivilpersonen auszufüllen, brauchte er doch zu seiner aktiven Army-Zeit nur seinen Dienstausweis vorzeigen und konnte, fast ohne anzuhalten, mit dem Wagen den Eingang passieren. Nun musste er angeben, wen er in der Anlage aufzusuchen gedachte und welchen Grund der Besuch dieser Person hatte.

Nach einer Viertelstunde hatte er die bürokratischen Hürden gemeistert. Der Mann von der Wache übergab ihm die notwendigen Dokumente, um an sein Ziel gelangen zu können.

»Ich hoffe, Sie sind gut zu Fuß, Sir«, merkte er noch an. Vor George lag eine halbe Stunde strammer Marsch.

»Danke, Corporal, ich fühle mich fit genug.« Er hob kurz die Hand zum Gruß und wollte sich schon auf den Weg machen, da kam der zweite Wachmann aus dem Häuschen gelaufen. »Mr. Franklin, bitte nehmen Sie doch einen Moment Platz.« Er deutete auf eine Holzbank, die seitlich am Wachhäuschen angebracht war. »Major Turner schickt einen Wagen. Der wird gleich hier sein.«

»Ich habe die letzten 12 Stunden gesessen und bleibe lieber stehen.«

»Wie Sie wollen«, erwiderte der Mann knapp und verschwand aus Georges Sichtfeld. Auch der Corporal beschäftigte sich mittlerweile wieder mit anderen Dingen.

Es dauerte fünf Minuten, bis ein offener Jeep neben ihm anhielt und weitere fünf, bis sie Gebäude 23 B erreicht hatten. Das Wort Casino stand in unscheinbaren Lettern über dem Eingang des Backsteingebäudes, in dem die Offiziere unter sich blieben und gerade die Piloten gerne mal die Sau rausließen, wie die Deutschen es bezeichneten.

Es fühlte sich fast wie nach Hause kommen an, als George den Gastronomiebereich betrat. Nichts schien sich in den letzten Jahren verändert zu haben, weder die schweren, roten Vorhänge vor den Fenstern noch die völlig fehl am Platz wirkenden Deckenlampen, die im Stile von Kronleuchtern gefertigt waren. Auch der dunkle Parkettfußboden wies Schlieren und Kratzer auf, genauso wie damals. Zwar hatten die USA das wohl weltweit höchste Budget für Verteidigungsausgaben, doch das meiste floss in Waffengattungen und das Personal. Die Besucherzahl hielt sich in Grenzen, vielleicht 25 Offiziere verteilten sich an der ausladenden Theke und um einzelne Tische. Rauchschwaden hingen wie Wolken unter der Decke und im Hintergrund lief Jazzmusik eines ihm unbekannten Interpreten.

»Wenn das nicht der gute alte George Franklin ist!«, schallte es quer durch den Saal und ihm huschte ein verlegenes Lächeln über das Gesicht. Kurz schien die Zeit still zu stehen und alle Augen richteten sich auf ihn, im nächsten Moment allerdings führten die Soldaten ihre Gespräche fort und interessierten sich nicht weiter für den Zivilisten. Außer einem, und der kam mit leicht humpelndem Gang auf ihn zu und umarmte ihn überschwänglich. Eine alte Sportverletzung des Knies forderte seit einigen Jahren ihren Tribut.

»Hey, Major Turner«, sagte George und befreite sich nach einer Sekunde aus dem festen Griff seines besten Freundes, der ihm gerade bis zur Nase reichte, dafür aber doppelt so breit wirkte. »Du zerquetschst mich ja.«

»George, wie geht es dir? Und wie geht es der entzückenden Vanessa? Du warst ja sehr geheimnisvoll heute Morgen am Telefon. Mensch, wie lange haben wir uns nicht mehr gesehen? Sechs Monate? Acht? Ich freu mich über deinen Besuch.« George hob die Hand und lachte.

»Ruhig, Brauner, nicht so schnell.« Howard stimmte in das Lachen ein. »Eins nach dem anderen.«

»Du hast recht.« Er zog George zu einem Tisch und winkte eine Bedienung heran. »Einen Whiskey für mich und ein Ginger Ale für meinen Freund hier.« Der junge Mann nickte, ging zur Theke und erschien gleich wieder mit den bestellten Getränken, die er vor ihnen auf den runden Tisch stellte, in deren Mitte eine Plastikblume in einer hässlichen Vase ihr Dasein fristete. Howard war einer der wenigen Menschen, die um Georges Alkoholproblem wussten und ihn niemals, wirklich niemals dazu drängten, etwas zu trinken. Obwohl er sich durchaus hin und wieder einen Drink genehmigen konnte, ohne gleich rückfällig zu werden, empfand George es doch als sehr angenehm, nicht immer ablehnen zu müssen.

»Also, der Reihe nach«, begann er, »ich freue mich natürlich auch, dich zu sehen, und mir und Vanessa geht es gut.« Er griff nach seinem Glas und stieß mit Howard an. Nachdem sie einen Schluck genommen und die Gläser wieder abgesetzt hatten, fuhr er fort: »Das letzte Mal müsste jetzt vier Monate her sein. Du warst bei deinen Eltern zu Besuch.«

»Ah, genau. Man vergisst echt die Zeit, wenn man so weit ab vom Schuss lebt. Du hast alles richtig gemacht! War echt eine gute Entscheidung, dass du damals den Absprung gewagt hast.«

»Ja, ja, das sagst du jedes Mal, wenn wir uns treffen. Niemand hält dich hier fest und keiner verlangt von dir, dass du auch die nächsten 20 Jahre deines Lebens der Airforce opferst.« Howard lehnte sich zurück, straffte sich und seine Augen verengten sich zu Schlitzen. Dann sagte er mit bedeutungsschwerer Stimme:

»Du sollst nicht fragen, was dein Land für dich tun kann – du sollst nur fragen, was du für dein Land tun kannst!« George hielt Howards ernstem Blick stand und nickte langsam. Dann brachen beide in ein lautes Lachen aus. »Aber nun erzähl, was treibt dich nach good old Germany?«

George wollte gerade ansetzen und Howard erklären, weshalb er nach all den Jahren wieder nach Deutschland kam, doch bevor er beginnen konnte, trat ein schlanker Mann an ihren Tisch.

»Lieutenant Franklin, schön, Sie mal wieder zu sehen.« Er salutierte und reichte ihm darauf die Hand, die George zögerlich griff.

»Sergeant Fulham, Entschuldigung, Lieutenant Fulham. Jetzt bin ich wirklich überrascht.« Er stand auf und betrachtete ihn von Kopf bis Fuß. Fulham war beim letzten Afghanistan-Einsatz der ranghöchste Unteroffizier unter seiner Leitung gewesen und zog sich, kurz bevor sie die Stellung geräumt hatten, bei einem Konvoi eine schwere Verletzung zu. George überraschte es, dass er überhaupt noch diente, anstatt sich ausmustern zu lassen und sich mit der Versehrtenentschädigung eine solide zivile Karriere aufzubauen. Fulham war ihm bei insgesamt drei Auslandseinsätzen direkt unterstellt gewesen und zeigte als seine rechte Hand stets überdurchschnittlichen Einsatz. »Steht Ihnen ausgezeichnet, die neue Uniform.«

»Danke, Sir.«

»Nennen Sie mich George. Schließlich tragen wir denselben Dienstgrad.«

»Das stimmt. Also, George, wie geht es meinem Onkel? Das heißt, Sie sind doch noch bei der ISU, oder?« Eigentlich passte es ihm nicht in den Kram, jetzt bei der Unterhaltung mit Howard gestört zu werden. Er wollte ihn möglichst schnell über den eigentlichen Grund seines Erscheinens aufklären, schließlich rannte ihm die Zeit davon. Andererseits fand er es unangebracht, Fulham vor den Kopf zu stoßen. Dieser hatte ihm nicht nur während seiner Dienstzeit manches Mal den Arsch gerettet, sondern ihm darüber hinaus durch die Vernetzung mit seinem Onkel Paul die Teilhaberschaft in der ISU erst ermöglicht.

Als es auf das Ende der Kommandierung zuging, hatte George seinem Team mitgeteilt, im Anschluss in das zivile Leben zurückzukehren. Da Fulham um Georges Faszination und Sachverstand für technische Überwachungsgeräte wusste, sie selbst allerdings nicht teilte, schlug er ihm vor, sich mit seinem Onkel und dessen Partner kurzzuschließen. Er erzählte, dass diese vor kurzem erst ein Überwachungsunternehmen, die ISU, gegründet hätten und von Georges Sachverstand definitiv profitieren würden. Und so war es auch gekommen, das heißt, die Erwartungen, mit denen die beiden Existenzgründer gestartet waren, wurden um Längen übertroffen.

»Paul geht es gut, außer er patzt mal wieder am letzten Loch, dann ist er für den Rest des Tages unausstehlich. Aber setzen Sie sich doch.« Fulham schmunzelte.

»Ja, Onkel Paul und seine Leidenschaft für das Golfen. Er war schon immer ein schlechter Verlierer, sagt meine Mom.« Die Männer am Tisch und der davor stehende Fulham lachten. »Aber nein, danke, George. Ich wollte nur kurz Hallo sagen, wenn ich Sie schon mal hier sehe. Vielleicht können wir morgen etwas quatschen. Sie bleiben doch sicher ein paar Tage?«

»Ja«, erwiderte er, »drei bis vier Tage sind eingeplant.« Fulham streckte sich und hob die Hand zur Schläfe.

»Also dann: Guten Abend, Major, guten Abend, George.« Die beiden Freunde schauten dem ein paar Jahre jüngeren Mann hinterher.

»Wie kommt es, dass er hier Dienst schiebt? Hast du da deine Finger drin gehabt?«, wollte er von Howard wissen. Der lächelte überlegen.

»Du weißt doch, dass wir keinen Mann zurücklassen. Ich hatte hier eh zwei Posten zu besetzen, als er gerade wieder dienstfähig war. Ein paar Telefonate und das Ding war durch.« Er nahm einen Schluck. »Und du wirst es nicht glauben, aber ich habe neben

Fulham noch Digger Brown hergelotst.« Zum zweiten Mal stand George der Mund offen.

»Was? Digger Brown? UNSEREN Digger Brown, den verrücktesten Sprengmeister aller Zeiten?«

»Genau den«, sagte Howard nickend. »Allerdings vermute ich, er würde sofort wieder seine Sprengstoffkiste gegen den Schreibtisch tauschen, wenn er gefragt werden würde. Aber ich sorge schon dafür, dass die Anfragen ihn gar nicht erst erreichen.« George schüttelte den Kopf und trank sein Glas leer.

»Und wo ist der? Auch hier?«

»Nein, er hat Urlaub.«

»Langsam überlege ich, ob ich nicht wieder in den Dienst von Uncle Sam eintrete und zu euch komme.«

»Du bist zwar etwas verrückt, aber zum Glück nicht übergeschnappt. Dir geht es drüben doch viel besser mit deiner 12«, womit er Vanessa und ihre Platzierung auf der inoffiziellen Top-Frauenskala meinte, die eigentlich nur von 1 bis 10 ging. »Und du hast keinen, der dir vorschreibt, wie du deine Firma zu führen hast – solange du dir mit deinen Partnern einig bist. Aber jetzt genug davon. Warum bist du hier? Du klangst ernst am Telefon.« George zögerte. Er genoss das Treffen und das Gespräch mit Howard und ihm war bewusst, dass sich absolut alles verändern würde, sobald er ihn eingeweiht hatte. Doch es half nichts: Nachdem er sich vergewissert hatte, dass niemand in Hörweite war, begann er mit seiner Geschichte. Howard lauschte aufmerksam und George meinte, das eine oder andere Frösteln bei seinem Freund wahrzunehmen, während er ihm die Ereignisse der letzten Stunden schilderte. Zum Abschluss zog er sein Handy heraus und schob es Howard rüber. Auf dem Display leuchtete das Foto der jungen Frau.

»Das gibt es doch nicht«, sagte er nur und seine Stimmlage ließ keinen Zweifel daran, dass es auch ihm an die Nieren ging. So gut er konnte, stand er George damals bei, als der Killer Sharon entführt und schließlich ermordet hatte. Und er kannte seinen Freund gut genug, um nicht zu hinterfragen, ob er sicher sei, dass es derselbe Täter wäre. Howard nahm das Gerät und bestätigte nach eingehender Betrachtung, dass sich die Ähnlichkeit sowohl mit ihm als auch mit der mutmaßlichen Mutter nur schwierig leugnen ließ. »Ich hab sie –, wie hieß sie noch?«

»Du meinst Antje Becker?«

»Ja, genau. Die hab ich ja nicht so oft gesehen und es ist verdammt lange her. Doch wenn ich mir das Mädel hier ansehe, die Frisur und Haarfarbe etwas anders – alter Schwede, du bist ein Dad.«

»Hm«, machte George. »In sechs Monaten definitiv. Bei ihr«, er deutete auf den Bildschirm, »bin ich nicht ganz sicher.«

»Das heißt, Vanessa ist schwanger? Herzlichen Glückwunsch, gleich zweimal.« Er zwinkerte. »Sorry, der musste sein. Aber nun zum Thema: Du sagst, du konntest seine Nummer nach Frankfurt zurückverfolgen und er wollte das auch so?«

»Ja, er spielt mit mir. Doch ich habe keine Wahl«, sagte George resigniert.

»Man hat immer eine Wahl«, widersprach sein Freund. »Das hast du bei Sharon ebenfalls gesagt, was mit dazu geführt hatte, dass ich die Cops eingeschaltet habe. Wie es ausgegangen ist, wissen wir ja ...«

»Wir werden nie erfahren, ob er sie andernfalls hätte am Leben gelassen. Aber ich verstehe dich vollkommen, dass du dieses Mal die Polizei außen vor lassen willst.« George nickte langsam, aber deutlich. »Das steht fest.«

»Okay, und was sollen wir nun machen? Sollen wir losziehen und ganz Frankfurt und Umgebung nach deiner vermeintlichen Tochter absuchen?«

»Ich will dich gar nicht da mit reinziehen, um 7 Uhr wird er den nächsten Hinweis schicken – falls er sich an seine Regeln hält – dann schaue ich, was ich mache.«

»Zu spät, du hast mich bereits mit reingezogen und ich werde den Teufel tun, dich diese Scheiße allein durchmachen zu lassen.« Er winkte die Bedienung heran und bestellte zwei weitere Drinks. »Mir kommt da eine Idee. Ich kenne einen Privatschnüffler, ehemaliger Bulle von der Kripo. Der hat zwar auch ein kleines Problem mit dem Schnaps, aber bisher habe ich nur Gutes von ihm gehört. Und bei dem brauchst du dir keine Sorgen machen, dass er zu seinen ehemaligen Kollegen rennt. Er lässt kein gutes Haar an ihnen, seitdem er rausgeworfen wurde. Soll ich ihn anrufen?« George war etwas unwohl dabei, jemand Weiteren zu involvieren. Andererseits sagte die Regel dieses kranken Arschlochs nur, dass keine Polizei eingeschaltet werden dürfte. Dass er sich der Technologie seiner eigenen Firma bedient hatte, ließ der Entführer schließlich durchgehen. Und allein, so viel war ihm klar wie fünfundvierzigprozentiger Wodka, hätte er keine Chance, das Mädchen zu finden.

»Ruf ihn an und sag ihm, dass ich ihn morgen früh sprechen will.«

Kapitel 9

Nach fünf Stunden schreckte George aus dem Schlaf. Hektisch griff er zum Smartphone neben seinem Bett. Doch es war nicht der nächste Hinweis, den er gehört hatte, sondern der Weckton, den er in der Nacht eingestellt hatte. Es war 6 Uhr, er hatte also noch eine Stunde bis zum Hinweis und eine weitere, bis er Thomas Schanze hier im Hotel treffen würde, den Privatermittler, bei dem Howard ihm einen Termin besorgt hatte.

Mit seinem Privatwagen hatte Howard ihn kurz nach Mitternacht noch in das *Savoy Hotel* im Bahnhofsviertel Frankfurts gebracht. Es wäre kein Umweg, da seine Wohnung zwar am Stadtrand, aber doch in Frankfurt lag.

Hier hatte George eine perfekte Anbindung an das Nahverkehrssystem der Mainmetropole und könnte schnell agieren, sobald er seinen zweiten Anhaltspunkt bekommen hatte. Howard konnte sich den Tag über zwar nicht vom Dienst freinehmen, er bestand jedoch darauf, von George über jeden Schritt informiert zu werden.

»Toll, damit bist du neben Vanessa der Zweite, dem ich Bericht erstatten darf«, hatte er noch halb im Scherz geantwortet, sich aber einverstanden erklärt. Vor dem Einschlafen hatte er seine Verlobte angerufen und ihr kurz eine Zusammenfassung gegeben, wobei sein hauptsächliches Anliegen darin bestand, zu hören, dass es ihr gut ging.

George schleppte sich unter die Dusche und ließ sich das Frühstück auf sein Zimmer bringen. »Jawohl! Frisch gebackene Brötchen, und dann auch noch verschiedene«, sagte er grinsend, als er das auf einem Servierwagen angerichtete Mahl erblickte. »Deswegen hab ich dich vermisst, good old Germany.« Schneller als gewohnt und die Qualität seines Essens nicht würdigend, bestrich er die halbierten Brötchen mit Marmelade und Nuss-Nougat-Creme und schlang sie herunter. Er spülte mit schwarzem Kaffee nach, setzte sich dann mit seinem Smartphone in der Hand auf den Sessel und schaute aus dem Fenster im neunten Stock auf den Bahnhofsvorplatz, der selbst um diese Uhrzeit – es war mittlerweile kurz vor sieben – schon recht belebt wirkte. Er beobachtete zwei Tauben, die gurrend auf dem stählernen Geländer saßen, das zur Sicherheit vor dem Fenster angebracht war und bis zur Höhe der Griffe reichte. George zuckte zusammen, als das Gerät in seiner Hand anfing zu beben, das Zittern übertrug sich auf seinen gesamten Körper. Was würde er gleich erfahren? Er atmete tief durch, denn ängstlich oder schwach am Telefon zu klingen war das Letzte, das er gebrauchen konnte.

»Ja«, sagte er kurz angebunden.

»Guten Morgen, George«, klang es gewohnt blechern und eine Durchsage für einen gestrichenen Flug, den er im Hintergrund erkennen konnte, machte die Kontrolle über seine App überflüssig: Der Irre war gerade am Flughafen. »Ich hoffe, du hattest eine angenehme Reise.«

»Komm zur Sache«, drängte George, doch erzeugte diese Aufforderung nur ein widerliches Kichern seines Anrufers, das ihm fast das Frühstück wieder hochkommen ließ.

»Ganz ruhig, mein Lieber. Deinen zweiten Hinweis habe ich dir gerade geschickt.« Im selben Moment sah er die Eingangsmeldung einer MMS, es gab also wieder ein Foto. »Viel Erfolg.« Mit einem metallischen Lachen endete das Gespräch. Gut, dachte George, dann schauen wir uns das mal an. Er öffnete die MMS und im ersten Moment dachte er an einen schlechten Scherz in einem eh schon üblen Spiel. Fassungslos starrte er auf das Bild.

***

Julia spürte, dass sie nicht allein war, jemand anderes befand sich mit ihr im Raum. Langsam öffnete sie die Augen, es war deutlich heller als vorhin. Was heißt vorhin? Wie lange habe ich geschlafen?, fragte sie sich. Sie hatte immer noch das Gefühl, in einer großen Wolke aus Watte zu liegen, denn trotz der eingeschalteten Deckenlampe konnte sie ihre Umgebung nur verschwommen wahrnehmen, als würde sie ohne Taucherbrille unter Wasser die Augen öffnen. Aquarium, genau, ich liege in einem Aquarium und nicht in einer Wattewolke. Deswegen ist mir auch kalt.

Was auch immer ihr eingeflößt wurde, es sorgte weiter dafür, dass sie keine Angst oder gar Panik verspürte. Vielmehr kam es ihr vor, als wäre sie eine passive Beobachterin der Szenerie – so, wie man es von

Menschen hörte, die über Nahtoderfahrungen berichteten. Die oberhalb ihres eigenen Körpers schwebten und den Ärzten zusahen, wie sie den Defibrillator auf ihrer Brust platzierten.

Wenn es doch nur nicht so scheiße kalt wäre, dachte sie. Und könnte vielleicht mal jemand am Objektiv drehen, damit das Bild scharf wird?

Der Moment, als die andere Person im Zimmer sie berührte – erst an den Handgelenken, dann an der Stirn – jagte ihr schließlich doch einen Schauer über den Rücken. Dieses Gefühl verflog aber so schnell, wie es gekommen war. Es blieb nur das Frieren.

Julia fielen die Lider zu, daher nahm sie nur schwach die Bewegungen der anderen Person wahr, die was auch immer in diesem Zimmer anstellte. Der Blitz, der kurz darauf ihre Zelle grell erhellte, entging ihr jedoch nicht. Sie wusste nicht, ob er von einem Gewitter herrührte oder von einem Fotoapparat. Es war ihr auch egal. Sie wollte fragen, ob man nicht die Heizung anstellen oder ihr wenigstens eine Decke geben könnte, doch weder hatte sie die Kraft, um ihre Lippen zu öffnen, noch gelang es ihr, Worte damit zu formen. Lediglich ein leises Zischen verließ ihren Mund, dem ein Knarren folgte. Das Knarren der Tür zu ihrem Gefängnis. Genau wusste sie es nicht, doch sie vermutete, wieder allein zu sein, denn sie nahm weder Bewegungen wahr, noch drangen irgendwelche Geräusche zu ihr.

Eine einsame Träne bahnte sich den Weg über ihre Wange, fiel auf die Matratze und wurde gierig vom Baumwollbezug aufgesogen, wie ein Regentropfen vom heißen Wüstensand der Sahara – vorausgesetzt, er schaffte es bis zum Boden.

***

George hatte aus unerklärlichen Gründen mit einem untersetzten Mann in den Fünfzigern, gekleidet mit einem Trenchcoat und einen Krempenhut auf dem Kopf gerechnet. Derjenige, der sich ihm als Thomas Schanze vorstellte, entsprach mit seiner drahtigen Figur, die in einer Jeans und einem T-Shirt steckte, und seinen höchstens 40 Jahren keiner der in seinem Kopf vorgefertigten Schubladen.

»Danke, dass Sie es so schnell einrichten konnten, Herr Schanze«, begrüßte er ihn auf seinem Zimmer und bot ihm den Platz am Fenster an, von dem aus er vorhin das Geturtel der Tauben verfolgt hatte.

»Nennen Sie mich einfach Tom«, bot der Ermittler ihm an und wählte den Sessel, der mit der Lehne zur Wand stand. Gut, dann nehme ich halt meinen Stammplatz.

»Okay, solange Sie mich George nennen.« Nach Toms Nicken fuhr er fort: »Am besten wird es sein, ich erzähle Ihnen von Anfang an, worum es geht. Dass ich höchste Diskretion erwarte, hat der Major Ihnen ja gesagt.«

»Diskretion ist mein zweiter Vorname, George, Sie können sich absolut auf mich verlassen. Doch lassen Sie uns erst die Konditionen klären.«

Schanzes Tagessatz konnte man als gesalzen bezeichnen, doch darüber machte sich George keine

Gedanken. Ihm war bewusst, dass Qualität ihren Preis hatte, und er war gern bereit, ihn zu zahlen.

Er holte aus und begann mit dem Mord an Sharon und dem damit verbundenen, kranken Spiel des Killers, erzählte ihm von seinen in Chicago getroffenen Maßnahmen und schloss mit dem Bild, das er vor etwa einer Stunde geschickt bekommen hatte. Der Privatermittler machte eifrig Notizen und stellte die richtigen Fragen an den richtigen Stellen. Er schien nicht überrascht von der Geschichte zu sein, George vermutete, er hatte in seiner Polizistenlaufbahn oft genug in menschliche Abgründe blicken müssen.

»Das ist soweit alles. Was denken Sie, Tom?«

»Ich denke, Sie handeln richtig.« Er überflog seine Aufzeichnungen und blieb mit dem Finger an einer Stelle hängen. »Hier mein Vorschlag: Ich werde als Erstes diese Antje Becker ausfindig machen. Das sollte kein Hexenwerk darstellen. Wenn ich sie habe, werde ich sie und jeden, mit dem sie verkehrt, überwachen lassen.« Er lächelte, als er Georges fragenden Blick sah. »Ich arbeite nicht allein. Aber für jeden meiner Mitarbeiter lege ich die Hand ins Feuer.« Das habe ich in meiner Firma anfangs auch getan, als wir noch wenige Mitarbeiter hatten, dachte George. Mittlerweile beschäftigte die ISU weit über 400 Leute, was zur Folge hatte, dass er einige nicht einmal persönlich kannte.

»Sie sind ja sehr zuversichtlich.«

»Wir sind gut vernetzt, haben modernes Equipment und arbeiten hochprofessionell. Hält sich diese Frau noch in der Nähe Frankfurts auf, werden wir sie schnell finden. Der Entführer scheint Sie nur von belebten Orten aus zu kontaktieren, daher werde ich morgen früh, wenn wir den nächsten Hinweis erwarten, am Flughafen, Bahnhof und in der Innenstadt jemanden postieren. Wenn wir Glück haben und schnell sind, erwischen wir ihn vielleicht. Aber große Hoffnungen würde ich nicht darauf setzen.«

»Nein, so dumm ist er nicht, sich so einfach kriegen zu lassen. Und was machen wir mit dem Foto? Fällt Ihnen dazu etwas ein? Ich erkenne darauf keinen Hinweis.« Schanze zog sein Handy hervor und musterte das Bild. George hatte ihm die beiden Fotos kurz davor gesendet.

»Auf den ersten Blick stimme ich Ihnen zu. Man sieht halt nur einen Turm oder Schornstein vor grauem Himmel, der aus einem Fenster heraus fotografiert wurde, und das auch noch verschwommen. Aber ich bin zuversichtlich, dass wir das Bild nachbearbeiten und schärfen können. Dann gleichen wir es mit Bildern aus dem Netz ab oder recherchieren vor Ort. Natürlich kommt momentan noch jedes unserer Industriegebiete in Frage, und davon haben wir viele, ganz zu schweigen von der Menge an Schornsteinen, aber wie gesagt, das werden wir schnell herausbekommen. Zeitgleich werden wir nach leerstehenden Fabrikgebäuden recherchieren und mit etwas Dusel sollten wir gut eingrenzen können, von wo aus das Foto geschossen wurde.«

»Das klingt alles plausibel. Und was mache ich in der Zeit?« Schanze seufzte.

»Nun, George, ich denke, Sie können im Augenblick gar nichts tun. Es sei denn, Sie wollen auf gut Glück durch unsere schöne Stadt laufen, um Ihre Tochter zu finden.« Er räusperte sich. »Sie haben einen langen Flug hinter sich und letzte Nacht kaum geschlafen, daher rate ich Ihnen, sich einfach aufs Ohr zu hauen. Damit kontern Sie vielleicht auch den Jetlag aus. Sobald wir etwas Verwertbares gefunden haben, rufe ich Sie an.« George schüttelte den Kopf. Unnütz im Hotelzimmer rumzugammeln gefiel ihm ganz und gar nicht. Er war doch nicht den weiten Weg hergekommen, um zu schlafen oder abzuwarten. Doch trotz seines Unbehagens musste er dem Ermittler beipflichten. Er hing momentan wirklich in den Seilen und ein paar Stunden Schlaf würden ihm guttun.

»Okay, verbleiben wir so.« Beide Männer standen auf und George brachte seinen Gast zur Tür. »Sie melden sich?«

»Sobald ich etwas habe. Ansonsten auf jeden Fall heute Abend.«

***

Das Schrillen des Telefons riss ihn aus seinem unruhigen Schlaf. Er griff danach und rieb sich die Augen, bis er erkennen konnte, wer ihn anrief.

»Hallo Schatz«, sagte er mit belegter Stimme.

»Hi«, antwortete Vanessa und ihre Tonlage ließ ihn schlagartig hellwach werden. Trotz der 4500 Meilen Luftlinie, die sie gerade trennten, verstand er sie einwandfrei. »Störe ich gerade?«

»Nein, natürlich nicht. Ich hatte mich nur etwas hingelegt, damit ich die nächsten Tage hier überstehe. Was gibt es?« Er hatte sie nach seinem Gespräch mit Schanze nicht wecken wollen, schließlich war es in Chicago zu der Zeit noch mitten in der Nacht. Daher schrieb er eine ausführliche E-Mail mit den Maßnahmen, die sie in Frankfurt zu treffen gedachten, und dass er sich am späten Abend melden würde. Seine Armbanduhr zeigte jedoch erst 15 Uhr an. Der verfrühte Anruf gepaart mit ihrem besorgten Unterton beunruhigte ihn.

»Es geht um May, deine Sekretärin.«

»Was ist mir ihr? Ist sie endlich wieder aufgetaucht?«

»Jane, mein Bodyguard hier, sagte mir gerade, dass May tot aufgefunden wurde. Die Polizei geht von einem Raubmord aus. Sie wurde heute früh von Spaziergängern mit ihrem Hund in den Shiller Woods gefunden.« George erstarrte und hielt krampfhaft das Smartphone fest.

»Was? Wieso? Das kann doch nicht sein. Was hatte sie da zu suchen, sie wohnt doch auf der anderen Seite der Stadt!« Er bemühte sich, seine Fassung zu bewahren. May Garcia war seit Jahren sein Mädchen für alles. Jeder Termin ging durch ihren Kalender, keinen Geburtstag konnte er jemals vergessen, da sie ihn stets rechtzeitig daran erinnerte. Es hatte ihm schon nicht behagt, dass sie ihre Stelle kündigte, aber dass sie ermordet wurde, traf ihn mitten ins Herz.

»Wissen die Cops, beziehungsweise, weiß Jane mehr darüber?«

»Nein«, erwiderte Vanessa, »mehr Informationen hatte sie darüber nicht. Soll ich ihr sagen, dass sie recherchieren soll?«

»Um Gottes willen, bloß nicht! Stell dir nur vor, dass die Cops deswegen bei dir auftauchen und nach mir fragen und dieser Psychopath das mitbekommt!« Er schluckte. »Sobald ich die junge Frau befreit habe«, ihm fiel selbst auf, dass er die Bezeichnung Tochter mied, »und wieder zu Hause bin, kümmern wir uns darum. Im Moment müssen wir mit allen Mitteln verhindern, dass sich die Polizei bei dir blicken lässt. Falls sie dich anrufen, vertröste sie irgendwie und sag ihnen, dass ich mich zurückmelde.«

»Okay, das bekomme ich hin. Du hast noch nichts gehört von diesem Tom?«

»Nein, Schatz, bisher nicht. Aber er will sich auf jeden Fall heute noch mal melden. Ich schreib dir nachher.«

»Du Spinner, wenn es bei dir Abend ist, bin ich gerade mit dem Mittagessen fertig. Du darfst also ruhig anrufen. Es sei denn, du möchtest meine Stimme nicht hören.« George seufzte wehmütig, zu gern würde er Vanessa jetzt einfach in den Arm nehmen und festhalten. Doch das ging nicht.

»Nimm's mir nicht übel, aber ich bin momentan nicht sonderlich humorvoll.«

Sie redeten noch eine Weile über eher belanglose Dinge, bevor Vanessa sich verabschiedete. Er starrte auf das Handy, das in den letzten Stunden für ihn zum Nabel der Welt geworden war. May, die arme

May, dachte er und hoffte inständig, dass ihr Tod nichts mit seinem Spiel zu tun gehabt hätte.

***

Auf seinem Streifzug durch das Bahnhofsviertel, er hatte den Versuch aufgegeben, noch einmal einzuschlafen, konnte George die Auswirkungen der jüngsten Flüchtlingswelle deutlich sehen. Ihm bot sich ein wahres Multi-Kulti-Szenario. Menschen aller Hautfarben gingen einkaufen oder standen in Gruppen zusammen, unterhielten sich miteinander oder lauschten den Straßenmusikern, die in großer Zahl im Abstand einiger Meter ihre Konzerte gaben, immer in der Hoffnung, dass ein paar Euro in die vor ihnen ausliegenden Hüte geworfen werden würden. Auch die Polizeipräsenz hatte sich erhöht, soweit es ihm von seinem letzten Aufenthalt im Gedächtnis geblieben war, was offenbar die zwielichtigen Gestalten wie Drogendealer und Hütchenspieler fernhielt. Doch ihm war klar, dass sie immer ihre Kunden finden würden und er ging davon aus, dass dies den deutschen Behörden genauso bewusst war.

Genießen konnte er seinen Spaziergang nicht, zu sehr beschlich ihn das Gefühl, ständig unter Beobachtung zu stehen. »Du wirst langsam paranoid«, sagte er sich, als er schon den achten Mann, mit dem er Blickkontakt hatte, für seinen Peiniger hielt. »Hoffentlich ist dieser Albtraum bald vorbei.«

Tom hatte ihm heute Morgen Mut gemacht, mehr, als er es vor dem Gespräch erwartet hatte, zumal

George es für aussichtslos gehalten hatte, aus dem Hinweisfoto auch nur annähernd Schlüsse ziehen zu können. Er zermarterte sich das Gehirn über den nächsten Hinweis. Würde er damit mehr anfangen können? Und falls ja, würde sich das Schwein an seine eigenen Regeln halten und das Mädchen laufen lassen, sollten Tom und er sie tatsächlich rechtzeitig finden? Oder würden sie sie ebenfalls mit aufgeschlitzter Kehle finden, wie damals Sharon?

Der Anruf des Ermittlers zerrte ihn aus seinen Gedanken.

»Haben Sie etwas herausgefunden, Tom?«, fragte er aufgeregt.

»Eine ganze Menge. Wollen Sie eben vorbeikommen? Mein Büro liegt nur zwei Blöcke von Ihrem Hotel entfernt.« Da alles besser war, als allein durch die Stadt zu laufen oder auf dem Zimmer nur darauf zu warten, den nächsten Anruf zu bekommen, musste er keine Sekunde darüber nachdenken. Tom nannte ihm die Adresse und keine fünfzehn Minuten später saßen sie sich in einem kleinen Besprechungsraum in der Windmühlstraße gegenüber.

»Möchten Sie einen Kaffee, George?« Ich will nur wissen, was du herausgefunden hast, dachte dieser, antwortete jedoch:

»Gern. Aber nun spannen Sie mich bitte nicht länger auf die Folter.« Tom lächelte und drehte den auf dem Tisch stehenden Laptop so, dass beide ihn einsehen konnten.

»Natürlich. Fangen wir mit Antje Becker an.« Auf dem Bildschirm öffnete sich die Kopie einer Geburtsurkunde. »Sie hat ein Mädchen namens Julia Becker geboren. Wie Sie sehen können«, er zeigte auf das eingetragene Geburtsdatum, »passt es von der Zeitspanne her, die Sie mir genannt haben.« Er sah George an, der gebannt auf das Dokument starrte.

»Vater unbekannt steht da.«

»Ja, stimmt. Sie hat ihn wohl, warum auch immer, nicht angegeben. Und später nachholen konnte sie es nicht mehr.« Tom drückte eine Taste und das nächste Dokument erschien. »Sie ist noch im Wochenbett verstorben. Die genaue Todesursache konnten wir auf die Schnelle nicht herausbekommen, aber meine Kollegin meint, ihr drogengeschwächtes Immunsystem kam möglicherweise nicht mit einer Nachblutung zurecht. Wir konnten aber ausschließen, dass wegen einer unnatürlichen Todesursache ermittelt wurde.«

George spürte ein schlechtes Gewissen aufsteigen. Er hätte sie damals nicht mit der Situation allein lassen dürfen, sie war noch genauso jung wie er und absolut überfordert. Dass er an sich ganz froh darüber gewesen war, nichts weiter mit Antje zu tun zu haben und scheinbar elegant einer ungeplanten Vaterschaft aus dem Weg zu gehen, verstärkte das Gefühl der Schuld zusätzlich. Schuld an Antjes Tod und daran, dass seine Tochter – davon war er mittlerweile überzeugt – als Vollwaise aufwachsen hatte müssen.

»Kam sie in ein Heim?«

»Julia? Nein, sie wuchs in Offenbach bei ihrer Großmutter auf, einer Anneliese Becker. Ihre erste eigene Adresse hatte sie mit 17 und seit einem Jahr ist sie gemeldet in der Mendelsohnstraße im Westend-Süd. Das ist so ein Wohnbunker mit zig kleinen Wohnungen. Ich habe aber noch niemanden hingeschickt, das wollte ich erst mit Ihnen abklären.« Der Angesprochene reagierte nicht, schaute weiter auf den Bildschirm, als würde er träumen oder sich besonders konzentrieren.»George?«

»Ja«, sagte er endlich, schüttelte sich unmerklich und wandte seinen Kopf zu Tom.»Haben Sie sonst noch was? Von dem Bild?«

»Ja, dazu komme ich gleich.«

»Dann erzählen Sie es mir erstmal und dann sehen wir weiter.«

»Sie sind der Boss«, erwiderte Tom und fuhr fort. Nach einem Klick erschien das auf Bildschirmgröße gezoomte Foto, das er heute Morgen geschickt bekommen hatte.»Sie sehen, unser Bildbearbeitungsprogramm hat ganze Arbeit geleistet.«

»Ach ja?«, hakte George nach.»Für mich sieht das immer noch nach einem verschwommenen Schornstein aus, wie er bestimmt bei hunderten von Fabriken hier zu finden ist.« Sein Optimismus bröckelte langsam.

»Das stimmt, mit dem Schornstein können wir nicht viel anfangen, aber sehen Sie hier.« Er deutete auf die Wand des Gebäudes, die zwischen dem Fenster und dem Schornstein zu sehen war.

»Und nun? Fragen Sie jetzt bei allen Maurern nach, wer solche Steine verbaut hat?« Das Lächeln Toms nervte ihn zusätzlich.»Ich glaube, Sie können mir nicht wirklich helfen.« Er wollte schon aufstehen, da legte Tom die Hand auf seinen Unterarm.

»Tut mir leid, ich sollte es nicht so spannend machen, mein Fehler.« Er deutete abermals auf die Wand und nun glaubte auch George zu erkennen, was der Ermittler meinte.

»Das ist ein Graffiti. Davon gibt es sicher tausendmal mehr, als es Schornsteine gibt, meinen Sie nicht?« Langsam kam er sich etwas veralbert vor und belegte seinen Freund Howard mit einem stummen Fluch, dass er ihm diese Flachzange von Privatdetektiv empfohlen hatte.

»Ja, das ist es. Aber wussten Sie, dass die meisten Sprayer ihre Werke signieren? Jedenfalls die, die ihre Bilder für Kunst halten. Und wir gehen stark davon aus, dass dieser Schwung hier quasi die Unterschrift dieses Sprayers ist.« Mit einem Finger fuhr der Ermittler ein Zeichen nach, das George entfernt an das griechische My erinnerte, nur mit einem Schlenker zuviel. »Leider sind diese Leute nicht so einfach zu finden, da sie in der Regel illegal arbeiten und es ziemlich teuer wird, wenn man sie erwischt. Aber«, er hob beide Hände, »ein Kollege ist seit zwei Stunden unterwegs und grast alle uns bekannten Kanäle nach dem Typen ab. Finden wir ihn, sollten wir auch das Gebäude finden. Und dann finden wir auch Julia Becker.« Das klang wieder plausibel in Georges Ohren, doch fragte er sich, wie viele Sprayer es hier tatsächlich gab und ob die wirklich alle ihre Bilder signierten. Es war besser als nichts, aber immer noch nicht mehr als die Nadel im Heuhaufen.

»Okay. Dann hoffen wir, dass Ihr Kollege die richtige Nase hat. Meinen Sie, in Julias Wohnung etwas Wichtiges finden zu können?« Das Lächeln in Toms Gesicht verschwand, nun presste er die Lippen aufeinander.

»Ehrlich gesagt, verspreche ich mir nicht viel davon. Mein Vorschlag ist, wir warten die nächsten Stunden ab und wenn wir den Sprayer finden, setzen wir alles in Bewegung, schnellstmöglich dieses Gebäude ausfindig zu machen. Falls die Suche im Sande verläuft, würde ich morgen früh um 7, wenn er Sie wieder anrufen will, jemanden zu Julias Wohnung schicken. Dann wissen wir über Ihre App ja, ob er sich in der Nähe aufhält oder nicht.«

»Klingt schlüssig. Das machen wir so.«

***

Am selben Tag, nur war es in Chicago erst kurz nach Mittag, eilte Jane die Treppe hinauf, die zur Galerie führte. Vanessa legte *Stolz und Vorurteil* von der Namensvetterin ihres Bodyguards, *Jane Austen*, zur Seite, *Elisabeth Bennet* und *Fitzwilliam Darcy* würden auch einen Moment ohne sie überstehen. Es war kaum zu ertragen, nichts tun zu können und sich nur in der Wohnung aufzuhalten, deshalb versuchte sie, sich mit Lesen abzulenken. Sie blickte neugierig zu der athletischen Frau, die ihre lateinamerikanischen Wurzeln nicht verleugnen konnte.

»Die Polizei steht unten vor der Tür und möchte mit Mr. Franklin sprechen.«

»Haben Sie denen gesagt, dass er momentan nicht erreichbar ist?«

»Natürlich, aber sie lassen sich nicht abwimmeln. Sie wollen jetzt mit Ihnen reden.« Vanessa seufzte. Was sollte sie tun? Nichts. Sie konnte sich nur bemühen, sich unauffällig zu verhalten und weder die Aufmerksamkeit der Cops noch die des irren Killers zu erregen.

»Schicken Sie sie hoch.« Jane neigte den Kopf zur Schulter und sprach in ein Mikrofon, das unscheinbar am Kragen ihrer Bluse haftete. Wenige Minuten später klopfte es an der Wohnungstür. Vanessa, die Jane darum gebeten hatte, sich im hinteren Bereich der Wohnung aufzuhalten, damit die Polizei keine Fragen wegen ihrer Anwesenheit stellen würde, warf einen Blick durch den Türspion. Ein Mann, der etwa in ihrem Alter sein müsste, wartete davor.

»Detective Fred Miller«, stellte er sich vor, nachdem sie ihn hineingebeten hatte. »Sie sind Mrs. Walker, die Lebensgefährtin von Mr. Franklin?«

»Ja, ich bin seine Verlobte. Was kann ich für Sie tun, Detective Miller?« Sie bot ihm einen Barhocker an der Theke an, die den großzügigen Wohnbereich von der Küche trennte, die zum großen Teil hinter einem gemauerten Raumteiler lag und kaum einsehbar war. Er lehnte dankend ab, stützte sich jedoch mit dem Ellenbogen auf der Platte ab.

»Ich würde mich gern mit Mr. Franklin unterhalten, doch unten sagte man mir, er wäre nicht da. Jetzt hoffe ich, dass Sie mir da aus der Patsche helfen können.« Er lächelte Vanessa freundlich an, die sich auf einen der Hocker gesetzt hatte.

»So ein Pech, er ist in Deutschland und besucht einen alten Freund von der Army.« Sie zuckte entschuldigend mit den Schultern.

»Ach, Lieutenant Turner?« Vanessa zog die Augenbrauen hoch.

»Äh, Major Turner, ja. Woher kennen Sie ihn?« Bevor er antworten konnte, erkannte sie es selbst. Er hatte sich mit Detective Miller vorgestellt. Und nun war klar, dass es sich bei ihm um denselben Miller handeln dürfte, der die Ermittlungen wegen des damaligen Mordes geleitet hatte.

»Nun, ich war ... bin verantwortlich für die Ermittlungen im Fall Sharon Franklin. Sie wissen davon?«

»Ja«, sagte sie schnell. »George hat mir alles darüber erzählt, auch, dass Sie den Täter in all den Jahren nicht gefasst haben und wahrscheinlich gar nicht mehr nach ihm suchen.« Das Lächeln auf dem Gesicht des Cops wurde schmaler.

»Ich versichere Ihnen, dass wir nach wie vor alles in unserem Rahmen Mögliche –.«

»Ersparen Sie mir das bitte«, unterbrach sie ihn. »Es sei denn, Sie sind gekommen, um uns zu informieren, dass er endlich geschnappt wurde.« Vanessa spürte, wie er sich krampfhaft bemühte, freundlich zu bleiben.

»Nein, leider nicht. Es ist auch eher dem Zufall geschuldet, dass ich überhaupt hier bin.« Vanessa atmete aus. Erst jetzt merkte sie, dass sie den Atem angehalten hatte. Konzentrier dich, Mädchen, du wolltest dich unauffällig verhalten!

»Zufall? Was für ein Zufall?«

»Sie sind über den Tod der Sekretärin Ihres Mannes informiert?«

»Ja, das ist schlimm. Sie wollte gerade einen neuen Lebensabschnitt beginnen und zu ihrem Freund ziehen. Uns wurde gesagt, es wäre ein Raubmord gewesen?«

»Danach sieht es auf den ersten Blick aus«, bestätigte er. »Das ist auch nicht mein Fall, ich habe es anfangs nur am Rande mitbekommen. Erst als ich hörte, dass sie bei der ISU beschäftigt war und ihr die Kehle aufgeschlitzt wurde, bin ich neugierig geworden.«

»Jetzt machen Sie mich neugierig.«

»Entschuldigen Sie, Mrs. Walker, wahrscheinlich stellt sich das alles als reine Spekulation heraus, aber wenn ich zwei auf dieselbe Art ermordete Frauen habe, die beide mit Ihrem Verlobten in Verbindung zu bringen sind, muss ich dem natürlich nachgehen.«

»Das verstehe ich. Aber das heißt doch jetzt nicht etwa, dass Sie George der Taten verdächtigen?« Ihre Stimme wurde zum Ende des Satzes hin lauter.

»Gott bewahre«, beschwichtigte er sie mit erhobenen Händen. »Aber ich muss jeder Spur nachgehen. Also: Wann erwarten Sie Mr. Franklin zurück?«

»In zwei bis drei Tagen. Länger hält er es meist nicht aus, durch die Clubs zu ziehen«, log sie. Denn sie hatte keine Ahnung, wie oft er in der Zeit vor ihrer Beziehung überhaupt zu Howard geflogen war, und schon gar nicht, ob sie dann Party in der City gemacht hatten. Seitdem sie zusammen waren, war der derzeitige Aufenthalt Georges in Frankfurt eine Premiere. Detective Miller schien sich damit zufriedenzugeben. Er schob ihr seine Karte hin – sie war sicher, dass George bereits eine von ihm haben würde, nahm sie aber trotzdem in die Hand – und wandte sich zum Gehen. In der Tür drehte er sich noch einmal um und es schien Vanessa, als wollte er sie etwas fragen, sagte aber lediglich:

»Richten Sie Mr. Franklin bitte aus, dass er sich bei mir melden möchte.« Dann ging er.

Vanessa erschrak, als sie plötzlich eine Stimme neben sich hörte.

»Gibt es etwas, das wir wissen sollten?«, fragte Jane, die sich ihr unbemerkt genähert hatte.

»Nein, Jane, alles ist bestens, danke.« Vanessa machte sich wieder auf den Weg zu ihrem Buch, doch sie war sicher, dass sie jetzt keine Seite lesen, geschweige denn sich darauf konzentrieren könnte.

***

Detective Miller saß in seinem Dienstwagen und starrte durch die Windschutzscheibe auf das Apartmenthaus am Lake Shore Drive, in dessen vierzehntem Stockwerk er gerade Vanessa Walker befragt hatte. Einen guten Frauengeschmack hatte George Franklin ja, das musste er ihm lassen. Dennoch beschlich ihn bei dieser ganzen Sache ein komisches Gefühl. Und das nicht zum ersten Mal, seit er vor

Jahren den Entführungsfall Sharon Franklin übertragen bekommen hatte.

Für den Tod der Frau übernahm er keine Verantwortung, schließlich lagen zwischen der Übernahme des Falles und der Ermordung nur wenige Stunden. Viel zu wenig Zeit, um überhaupt zielführende Ermittlungen in die Wege zu leiten. Dass sie nach Jahren den Täter immer noch nicht geschnappt hatten, fiel allerdings in seinen Verantwortungsbereich. Er nahm Vanessa Walker ihre diesbezügliche Spitze nicht übel, trotzdem traf sie ihn. Und das mehr als im lieb war. Miller unterstellte weder sich noch seinen Kollegen, schlampig gearbeitet und deswegen über Jahre keine heiße Spur gefunden zu haben. Möglicherweise waren sie aber nicht richtig an die ganze Sache herangegangen.

Klar, sie hatten bei der Leiche Sharon Franklins keine verwertbare Spur finden können, weder Fingerabdrücke, Fasern oder gar DNA. Die Profiler der Behavioral Analysis Unit, der Verhaltensanalyseeinheit des FBI, die sie zur Unterstützung angefordert hatten, erstellten ihnen ein aussagekräftiges Täterprofil, welches jedoch auf keinen der von Franklin genannten möglichen Kandidaten zutraf. Und wenn es bei einigen von ihnen Schnittmengen gab, konnten sie entweder ein Alibi vorweisen oder waren bereits selbst verstorben.

Sie suchten nach einem männlichen, zwischen 30 und 50 Jahre alten, kontrolliert handelnden, weißen Täter, der über eine medizinische und auch technische Vorbildung verfügte. Außerdem war er mutmaßlich narzisstisch veranlagt, überdurchschnittlich intelligent und im administrativen Bereich tätig. Er agierte aus persönlicher Motivation heraus und sein Vorgehen richtete sich ausschließlich gegen George Franklin, was sie unter anderem daran festmachten, dass sie die tote Sharon mit vor dem Körper verschränkten Armen gefunden hatten und dies als ein Zeichen der Reue gedeutet wurde. Auch waren an ihr keine körperlichen, sexuellen oder andere überflüssige Gewaltaktionen vorgenommen worden. Sie wurde bei oder nach ihrer Entführung sediert und hatte von dem Ganzen und wahrscheinlich auch von ihrer Tötung kaum bis nichts mitbekommen.

So hatten sie in der Vergangenheit George Franklins gegraben, waren Verdächtige abgelaufen, bis ihm und seinen Kollegen die Füße bluteten. Doch sie blieben erfolglos. Als bisher einziger Trost blieb Miller, dass es sich bei dem Mord offensichtlich um eine Einzeltat handelte. Die Ermordung May Garcias, die Detective Miller wirklich eher zufällig mitbekommen hatte, weckte jedoch kurzzeitig die schlafenden Hunde in ihm. Und dass George Franklin ausgerechnet jetzt bei Major Howard Turner zu Besuch war – dem einzigen Mann in Franklins Umfeld, der die Profilmerkmale fast vollständig erfüllte, außer, dass er kein Motiv hatte – nährte sein ungutes Gefühl zusätzlich. Natürlich hatte sich auch Turner damals einer Befragung unterziehen müssen, was sich bei Army-Angehörigen wegen des Kompetenzgerangels mit der Militärpolizei oft als kompliziert erwies. Miller hatte jedoch keinen Ansatzpunkt finden können, der weitere

Ermittlungen gegen den damaligen Lieutenant rechtfertigen konnte. Genauso, wie bei allen anderen Verhörten, daher verliefen die Nachforschungen irgendwann im Sande und aktuelle Straftaten rückten in den Fokus seiner Arbeit. Er musste Vanessa Walker im Nachhinein zustimmen – der Fall lagerte im großen Berg der ungelösten Fälle.

Miller seufzte, startete den Motor und fuhr los. Wahrscheinlich würden ihm die Kollegen später mitteilen, dass es sich bei May Garcia eindeutig um Raubmord gehandelt und er völlig unnötig die Pferde scheu gemacht hätte.

Kapitel 10

Nachdem er die Nachricht Vanessas gelesen hatte, er solle sie dringend anrufen – wahrscheinlich hatte sie genau in dem Moment versucht, ihn zu erreichen, als er unter der Eisenbahnbrücke durchgelaufen und der Empfang gestört war – drückte er sofort auf die Schnellwahltaste 1.

»Hey Schatz, was gibt es?«

»Detective Miller war gerade hier«, sagte sie mit flüsternder Stimme. »Er leitet die Ermittlungen beim Mord an May. Ihr wurde die Kehle durchgeschnitten – genau wie bei Sharon damals, meinte er.«

»Ist jemand bei dir?« Ihm war gerade nicht klar, welcher Umstand ihn mehr beunruhigte: ihr Flüstern oder die Tatsache der identischen Todesursache.

»Ja, natürlich. Mein Bodyguard Jane. Sie fragt ziemlich viel.«

»Sie ist halt aufmerksam, das ist ihr Job«, besänftigte er sie. »Aber du hast ihr doch nichts erzählt?«

»Nein, natürlich nicht.« Sie machte eine kurze Pause. »Das alles macht mir langsam Angst. Wenn es wirklich derselbe Täter war, wie kann das sein, dass er gestern in Deutschland jemanden entführt und am selben Tag hier einen Mord begangen hat? Ich mache mir wirklich große Sorgen um dich!« Die Ausführung Vanessas hielt George ebenfalls für höchst beunruhigend. Könnte es sein, dass es nicht ein, sondern zwei oder mehrere Täter waren, die sich gemeinsam gegen ihn verschworen haben? Das widersprach zwar allem, was er jemals über Serienmörder gelesen und im TV gesehen hatte, für undenkbar hielt er jedoch mittlerweile gar nichts mehr.

»Ich pass schon auf mich auf. Und ich bin ja nicht alleine. Tom und seine Mannschaft sind bei mir und Howard ist auch nur einen Katzensprung entfernt. Ich verspreche dir, dass ich vorsichtig sein werde.« Nur was hilft mir dieses Team hier, wenn der Irre oder sein Partner jetzt gerade in Chicago den Plan schmiedet oder gar umsetzt, sich Vanessa zu schnappen. Er entschied, sofort nach dem Telefonat bei der ISU noch weitere Personenschützer für seine Verlobte zu ordern. Doch das sagte er ihr besser nicht.

»Hoffentlich. Habt ihr denn schon was rausbekommen?«

»Leider nein, Toms Leute verfolgen ein paar Spuren, doch ob sich daraus etwas ergibt, bezweifle ich ehrlich gesagt. Es wird wohl darauf hinauslaufen, dass wir den nächsten Hinweis abwarten müssen.«

***

Irgendetwas war anders. Der Nebel, der sie seit Stunden – oder waren es Tage? – umgeben hatte, löste sich langsam auf. Julia fühlte neben der Kälte, an die sie sich fast gewöhnt hatte, jetzt auch den Schmerz in ihrem Rücken, wahrscheinlich vom langen Liegen. Außerdem taten ihr die Einstichsstellen in ihren Handrücken weh, dort, wo die Kanülen steckten. Und sie spürte Angst, große Angst. Warum war ausgerechnet sie an diesen Ort verschleppt worden? Hatte sie noch eine Chance, hier lebend rauszukommen? Vorsichtig öffnete sie die Augen. Grelles Licht, das von einer an der Decke hängenden Lampe ausging, blendete sie. Reflexartig presste sie die Lider aufeinander. Ein Geräusch neben ihr ließ sie zusammenfahren und mit einem bemitleidenswerten Quieken darauf antworten. Sie drehte den Kopf zur Seite und sah ihn. Der Ständer, an dem ein Infusionsbeutel mit einer klaren Flüssigkeit hing, verbarg ihn zum Teil und der Beutel verdeckte das Gesicht des Mannes.

Julia reckte den Kopf, um daran vorbeizusehen, um endlich zu sehen, wer ihr das antat. Doch bevor sie ihn erkennen konnte, wurde ihr schwarz vor Augen. Sie spürte einen kräftigen Druck auf ihrer Stirn und ihren Augen. Sie wollte schreien. Ihn anschreien, dass er seine Hand dort wegnehmen und sie gefälligst gehen lassen sollte. Doch sie brachte nur ein Röcheln zustande. Ein monotones Summen des Mannes war die einzige Reaktion darauf. Sie vermutete, dass er sie damit beruhigen wollte. Lass mich in Ruhe, du Schwein, schrie sie innerlich, doch selbst diese Rufe verhallten zusehends in der endlosen Leere, in der sie sich gefangen fühlte. Kurz darauf fiel sie wieder in ihren Dämmerzustand zurück. Sie konnte noch schemenhaft die Umrisse des Mannes von hinten sehen, als er zur Tür hinausging. Das Klicken des Schlosses, das durch das Umdrehen des Schlüssels entstand, nahm sie schon nicht mehr wahr.

***

Lautes Grölen drang von der Straße in sein Hotelzimmer. George wusste sofort, was das bedeutete. Trotzdem schaute er den vornehmlich mit rot-schwarzen Schals und ebenso gestreiften Trikots gekleideten Gruppierungen junger, wahrscheinlich angetrunkener Männer zu, die fortwährend *SGE! SGE!* und andere Fußballschlachtrufe von sich gaben. Dann wird die Eintracht wohl das heutige Spiel gewonnen haben, schlussfolgerte er. Sein Sport war Fußball nie gewesen und würde es wohl auch nie werden. Er zog American Football und Baseball ganz klar vor, obwohl er seine Stadionbesuche im ehemaligen Waldstadion durchaus als faszinierend in Erinnerung hatte, trotz der mitunter ziemlich deftigen Gesänge aus der jeweiligen Fankurve, die er aus seiner Heimat so nicht gewohnt war. Der Blick zum Radiowecker verriet ihm, dass es auf 23 Uhr zuging. Heute wird wohl nichts mehr kommen, da kann ich besser ins Bett gehen, damit ich morgen früh fit bin. Er fingerte sich eine Zigarette aus der Schachtel, die er sich auf dem Flughafen gekauft hatte, und zündete sie an. Den Qualm blies er durch das geöffnete Fenster in den Frankfurter Nachthimmel.

Die Fans zogen weiter, ihre Gesänge und Rufe wurden von der Dunkelheit verschluckt. George inhalierte einen letzten, tiefen Zug, schnippte die Kippe nach draußen und ging Richtung Bad, da läutete sein Handy. Tom. Mit leicht zitternder Hand drückte er auf das grüne Symbol.

»Franklin hier.«

»George, hier ist Tom Schanze. Es gibt Neuigkeiten. Wir sind bereits auf dem Weg zu Ihrem Hotel. Sie sind doch im Hotel, oder?«

»Ja, natürlich.«

»Gut, dann machen Sie sich fertig, wir warten in fünf Minuten vorm Haupteingang. Wir haben eine heiße Spur.« George nickte, dann wurde ihm bewusst, dass Tom das natürlich nicht sehen konnte.

»Ich komm runter«, sagte er daher und beendete das Gespräch. Während er sich hastig anzog, rief er Howard auf dessen Mobiltelefon an.

»Howard, hier ist George.«

»Das sehe ich selbst, du Spinner, schließlich bist du eingespeichert.« Er lachte.

»Falscher Zeitpunkt für Späße. Tom holt mich gleich ab. Sie glauben, dass wir Julia finden können.«

»Ich bin gerade in der Stadt unterwegs«, erwiderte Howard jetzt mit ernster Stimme. »Schreib mir gleich, wo ihr hinfahrt, ich komme dazu.«

»Mach ich, zwei Augen mehr können nicht schaden. Danke.«

»Dafür nicht, mein Freund, dafür nicht.« George durchströmte eine Mischung aus Erleichterung und Optimismus. Sie würden das Mädchen – nein, sie würden seine Tochter rechtzeitig finden. Daran zweifelte er jetzt nicht mehr.

Der Fahrstuhl brachte ihn ohne Zwischenstopp ins Erdgeschoss. George durchquerte am verdutzten Nachtportier vorbeieilend das Foyer. Vor dem Eingang wartete bereits ein Audi mit laufendem Motor, aus dem Tom ihn vom Beifahrersitz aus heranwinkte.

»Das ist Max«, stellte Tom den Fahrer vor, während sich George auf die Mitte der Rückbank quetschte, sodass er zwischen den Lehnen der Vordersitze hindurchsehen konnte. »Er hat Dark Master ausfindig gemacht. Bevor Sie fragen: So nennt sich unser gesuchter Sprayer. Wir hatten viel Glück und es kostete neben eingem an Überredungskunst auch ein kleines Vermögen, welches ich mir erlaube, Ihnen auf die Rechnung zu setzen.« Scheiß auf das Geld, dachte George und nickte grimmig. Das Foto blitzte vor seinem inneren Auge auf und ja, die Signatur unter dem Graffiti sollte wohl die Kombination der griechischen Buchstaben Delta und My, die Initialen des Künstlers darstellen. Das Delta war also der vermeintlich überflüssige Schlenker.

»Meinetwegen kann er sich Van Gogh nennen, wenn es hilft, Julia zu finden.«

»Er hat uns gesagt, dass es sehr wahrscheinlich im ehemaligen Hoechst-Gelände im Frankfurter Westen gewesen sein muss. Soll zwar schon Jahre her sein und nur als Übung für ihn gedient haben, doch er klang ziemlich sicher.« Das Hochgefühl Georges erhielt einen Dämpfer. Ziemlich? Sehr wahrscheinlich? Na ja, besser als nichts.

»Geben Sie mir die Adresse, zu der wir fahren. Howard Turner will uns bei der Suche helfen.« Der Fahrer drückte einen Knopf am Lenkrad und deutete dann auf das Navigationsgerät, auf dem der Straßenname und die Hausnummern zu lesen waren. George tippte sie in sein Handy und schickte die Nachricht ab.

»Und Sie sind nach wie vor sicher, keine Polizei einschalten zu wollen? Auch jetzt nicht?« George dachte kurz nach und schüttelte dann den Kopf. »Nein. Falls wir uns irren oder besser gesagt, falls sich dieser Dark Master irrt und es der Psychopath irgendwie erfährt, tötet er Julia, ohne mit der Wimper zu zucken.« Er schaute aus dem Fenster und sah die Lichter der Stadt vorbeiziehen, die immer weniger wurden, je näher sie dem verlassenen Industriegebiet kamen, das lediglich durch vereinzelte Straßenlaternen und den Mondschein in ein Zwielicht getaucht wurde. »Nein«, wiederholte er. »Die Cops schalten wir ein, sobald meine Tochter in Sicherheit ist.« Oder tot, dachte er und ein Ziehen ging durch seine Eingeweide. Er wagte es nicht, diese grausame Möglichkeit auszusprechen.

***

Kurz nach ihnen traf Howard ein. Er trat zu den drei Männern, die mit Taschenlampen ausgestattet gerade ihr Vorgehen besprachen.

»Howard, gut, dass du da bist«, begrüßte ihn George und schlug ihm leicht auf die Schulter. »Wir haben überlegt, uns aufzuteilen, damit wir schneller vorankommen.« Howard zog die Augenbrauen hoch.

»Einerseits vernünftig«, sagte er, »andererseits gefährlich, wenn sich der Irre hier herumtreibt und bewaffnet ist.« Tom zog etwas aus seiner Jackentasche und gab es dem Major.

»Kanal 2«, sagte er und ergänzte:»Wir sind auch nicht unbewaffnet«, wobei er auf sich und seinen Kollegen Max deutete.»Und wie ich sehe, Sie auch nicht, Major. Aber natürlich sollten wir sehr vorsichtig sein.« Toll, dachte George, da sind wir zu viert hier und der, auf den es der Killer abgesehen hat, ist der einzig Unbewaffnete. Ein Hoch auf die liberalen Waffengesetze der USA, denn dort würde er sich jetzt bis an die Zähne bewaffnet auf die Jagd nach dem Irren machen.

Sie besprachen kurz die Details, dann schwärmten sie in verschiedene Richtungen aus. George prägte sich das Foto vom Turm und dem Graffiti ein, steckte sein Handy zurück und nahm den Weg entlang der großen Halle vor ihm. Der Wind pfiff durch die zerstörten Fenster in das Gebäude und ließ einzelne, nur noch rudimentär befestigte Wellblechplatten in unregelmäßigem Rhythmus aneinanderscheppern. Sofort erinnerte ihn das metallische Geräusch an die verzerrte Stimme des Entführers. Jetzt, wo er darüber nachdachte, fiel ihm auf, dass er vielleicht bei seinen Anrufen so abgehackt sprach, um einen möglichen Akzent zu vertuschen. Weil er ein Deutscher war? Vielleicht aus dem Umfeld von Antje Becker? Sobald sie Julia gefunden hatten, musste er mit Tom und Howard über diesen Gedanken sprechen, nahm er sich vor.

Ein Rascheln rechts neben ihm schreckte ihn auf. Der Lichtkegel von Georges Taschenlampe erfasste einen Stapel verrotteter Paletten, denen etliche Streben fehlten. Eine fette Ratte flüchtete vor dem Licht-

strahl und verschwand hinter einem offenen Stahl-
fass, wie es die Obdachlosen in den Staaten oft als
Ofen benutzten. So schnell sein Puls hochgeschossen
war, beruhigte er sich wieder.

»Hau bloß ab, Drecksvieh«, zischte er und ging
weiter. Er entdeckte auf der weiteren Suche einige
Graffitis an den Wänden der Hallen und Schuppen,
an denen sein Weg vorbeiführte, doch das gesuchte
war nicht dabei. Die Hoffnung schwand mit jedem
Werksgebäude, das er passierte und jeder Minute, die
sich seine Mitstreiter nicht mit einer positiven Nachricht meldeten. Bis es plötzlich in seinem Walky Talky
rauschte.

»Ich glaube, ich hab es«, hörte er die Stimme von
Tom. Dann gab dieser seine Position durch und keine
zehn Minuten später traf George vor Gebäude 4 ein.
Die Vier, wie treffend, dachte er sarkastisch.

»Wo ist Howard?«, wollte er von den beiden
wissen. Max zuckte die Schultern und Tom erwiderte:
»Keine Ahnung.« Er griff zum Funkgerät und rief
nach dem Major. Nach einer kurzen Pause knackte es
in den Geräten der drei.

»Sorry, Jungs, dieses Geröllfeld hier ist die Hölle
für mein Knie. Ich gehe zum Wagen zurück. Meldet
euch, wenn ich die Cops alarmieren soll, okay?«

»Okay«, antwortete Tom und sah fragend zu
George, der eine entschuldigende Geste zeigte.

»Alte Sportverletzung, die plagt ihn seit Jahren.«

»Egal, also weiter.« Sie suchten die Umgebung ab
und trotz der Dunkelheit fanden sie schnell die einzige Stelle, die ihren Überlegungen nach in Frage

kam. Als sie die Rückwand des nach Georges Schätzung über hundert Meter langen Gebäudes erreicht hatten – mutmaßlich handelte es sich dabei um eine Lagerstätte mit angeschlossenem Bürotrakt – wandten sie sich um. Dann sahen sie es: Das Graffiti vom Foto, signiert mit einem ineinanderübergehenden Delta und My.

»Es muss eines dieser Fenster sein«, sagte George und deutete auf eine Reihe von vielleicht vierzig oder fünfzig davon, die zu zwei Dritteln aus dem Boden ragten und bei den vorherrschenden Sichtverhältnissen auf ihn wirkten wie Schießscharten.

»Da vorn ist auch der Schornstein«, bestätigte Tom. George und Max folgten seinem ausgestreckten Arm und nickten. Es bestand kein Zweifel, auch wenn sie ihn nur schemenhaft vor dem Hintergrund des Sternenhimmels ausmachen konnten.

»Tom, Sie fangen an der linken Seite an und Max, Sie an der rechten. Ich arbeite mich von der Mitte nach außen.« Ohne Diskussionen liefen die Männer zu den Fenstern, bückten sich und leuchteten in jedes davon, immer in der Hoffnung, das Mädchen hinter einem zu entdecken.

Es gestaltete sich schwieriger als erwartet, denn Spinnweben und die jahrelange Ansammlung von Staub und Dreck erschwerten die Sicht durch die Scheiben, die zu allem Überfluss teilweise blind oder gesprungen waren. Verdammt, fluchte George innerlich, als er durch sein viertes Fenster fast gar nichts erkennen konnte. Erst in dem Moment, wo er kurz davor war, die Scheibe einzuschlagen, traf sein Lichtstrahl drinnen auf eine Spiegelscherbe. Dadurch wurde der ganze Raum gut einsehbar. Aber Fehlanzeige: Außer umgekippten Möbeln befand sich nichts darin. Er wollte die Hoffnung schon aufgeben, da fiel ihm das achte Fenster ins Auge. Warum war ihm das nicht gleich aufgefallen, es war anders als die anderen, fast sauber. Er leuchtete hinein. »Ach du scheiße!«, entfuhr es ihm und er spürte einen Klumpen in seinem Hals. Dort lag sie, schlafend oder bewusstlos und hilflos auf einem Feldbett, daneben erkannte er einen Infusionsständer. Kurz setzte seine Atmung aus. »Hier! Ich hab sie! Hier!«, rief er den beiden zu und seine Stimme überschlug sich.

»Wir müssen durch den Vordereingang«, bemerkte Max neutral, nachdem er George erreicht und ebenfalls einen Blick in den Kellerraum geworfen hatte. »Durch das Gitterfenster haben wir keine Chance.« George rührte sich nicht, er wollte sie nicht allein lassen, hatte er sie doch gerade erst gefunden.

»George!« Tom stieß ihn an der Schulter. »Kommen Sie! Hier können Sie ihr nicht helfen.« George erwachte aus seiner kurzen Starre und folgte den beiden, die in einer irrwitzigen Geschwindigkeit um das Gebäude rannten, sodass er, obwohl er sich für gut trainiert hielt, kaum Schritt halten konnte.

Sie hatten Glück, der Haupteingang war unverschlossen, trotzdem, oder gerade deshalb, mahnte Tom zur Vorsicht, indem er seinen Zeigefinger vor die geschlossenen Lippen hielt. Max und er hatten ihre Waffen gezogen und traten langsam durch die zweiflüglige Tür.

»Riecht ihr das?«, wollte Tom wissen und auch den anderen war es nicht entgangen.

»Ja, riecht wie an einer Tankstelle«, bestätigte Max und George nickte zustimmend.

»Bleiben Sie hinter uns«, flüsterte Tom, doch George hörte nicht zu. Er sah als Erster die Treppe, zwängte sich an den beiden vorbei und rannte sie hinunter. Tom schaute zu seinem Kollegen und verdrehte die Augen.

Nach wenigen Sekunden hatten sie wieder zu George aufgeschlossen, der jede Tür auf dem Korridor aufriss und wenn sie nicht sofort nachgab, wie von Sinnen dagegen trat. So auch an dieser, die trotzdem nicht nachgeben wollte.

»George«, versuchte Tom, ihn zu beruhigen. Doch er hörte nicht zu. Erst als Tom seinen Namen laut wiederholte, reagierte der Angesprochene. »Der Schlüssel steckt.« Erst jetzt registrierte es auch George und öffnete die Tür, der Geruch von Fäkalien schlug ihnen entgegen – kein Wunder, das Mädchen lag seit zwei Tagen hier. Doch das störte ihn überhaupt nicht. Er stürzte zu Julias Bett und raufte sich die Haare.

»Rufen Sie einen Krankenwagen, Mann«, rief er den beiden zu, doch in diesem Gemäuer hatten sie keinen Empfang. Mit dem Funkgerät hingegen schon, so wies Tom Howard darüber an, den Notarzt und die Polizei zu verständigen.

»Tom?«, sagte Max plötzlich mit nervöser Stimme. Thomas Schanze schaute zu seinem Mitarbeiter.

»Was ist?« Dann folgte er dessen Blick vorbei an George, der neben der bewusstlosen Frau kniete und offenbar nicht wusste, was er tun sollte, unter das Bett. Jetzt sah auch Tom das rot blinkende Licht. »Wir müssen hier raus! Sprengladung!«, schrie er. Jetzt war George es, der in seinem Element war, kannte er solche Situationen doch aus seinen Einsätzen im Nahen Osten. Er riss die Kanülen aus den Händen Julias, öffnete in Windeseile die Lederriemen, mit denen sie fixiert war. Tom griff Julias Beine und George unter ihre Arme, dann rannten sie, so schnell es ihnen möglich war, die Treppe hoch und stürmten auf den Ausgang zu. Max hatte ihn vor den anderen erreicht und hielt die Tür auf, dann hörte George nur noch einen markerschütternden Knall, der das Gebäude einem Erdbeben gleich erzittern ließ.

Kapitel 11

Was ist passiert? Wo bin ich? Langsam, ganz langsam kam er wieder zu sich. Verwirrt blickte er umher. Es stank nach Qualm und verbranntem Öl und Rauchschwaden stiegen zum Nachthimmel empor. Um ihn herum herrschte aufgeregtes Treiben: Uniformierte Polizisten und Rettungssanitäter sprangen aus den Einsatzfahrzeugen, die mit eingeschalteten Signallichtern in sicherer Entfernung vor dem Gebäude hielten. Doch waren sie real? Denn sie sahen aus wie flackernde Schatten. George schaute nach hinten und erkannte den Grund dafür: Das Fabrikgebäude, aus dem sie gekommen waren, brannte lichterloh und die züngelnden Flammen schienen die Menschen davor tanzen zu lassen.

Außer einem Dauerpiepen hörte er nichts, daher schüttelte er den Kopf, als ein Polizist an ihm rüttelte und ihn, gemessen an dessen verzerrtem Gesichtsausdruck und den Speicheltropfen, die George an der Wange trafen, wohl anschrie. Er war nicht sicher, doch er meinte, von seinen Lippen zu lesen, dass er wissen wollte, ob noch jemand im Gebäude wäre. George schüttelte den Kopf und zuckte mit den Schultern. Er wusste es nicht.

Was war da gerade passiert?, fragte er sich noch einmal und dann fiel es ihm wieder ein: Max oder Tom hatten gerufen, dass sie eine Sprengfalle entdeckt hätten. Daraufhin waren sie mit Julia nach oben gelaufen. Er erinnerte sich an Howards erschrockenes

Gesicht, als er ihn von der Türschwelle aus draußen erblickt hatte. Der Knall und die darauf folgende Druckwelle, die ihn nach draußen geschleudert hatte, war das Letzte, woran er sich noch erinnerte. Wo ist Julia und wie geht es ihr? Und was ist mit den anderen? George sammelte seine Kraft und zwang sich, aufzustehen, doch er wankte gefährlich. Sofort kam ein Sanitäter herangeeilt und stützte ihn.

»Sind Sie verletzt?«, hörte er ihn fragen. Hörte er ihn wirklich? Ja, nach und nach verrichtete sein Gehör wieder den Dienst, das Knistern und Krachen der zerstörerischen Flammen nahm er jetzt genau so deutlich wahr wie die herannahenden Feuerwehrwagen und die Stimmen der Beamten, die aus seiner momentanen Sicht völlig planlos durcheinanderredeten.

»Wo ist Julia?«

»Wer? Die junge Frau?«

»Ja, wer sonst?«, fauchte er. Der Sanitäter schien es ihm nicht zu verübeln und antwortete ruhig, während er auf einen davonfahrenden Krankenwagen zeigte.

»Sie wird in die Klinik gebracht. Wie es ihr geht, kann ich Ihnen leider nicht sagen. Aber wir bringen Sie und Ihre drei Bekannten ebenfalls in die Klinik. Solange müssen Sie sich gedulden.« Dann sah er aus dem Augenwinkel jemanden auf sich zu rennen.

»George, alles okay bei dir?« Er drehte sich zu der wohlbekannten Stimme um und war froh, dass es Howard offenbar gut ging. Zumindest sah er unversehrt aus – im Gegensatz zu ihm selbst, hatte er vorhin doch gesehen, dass seine Klamotten teils zerrissen und total verdreckt waren.

»Ja, außer einem Tinnitus, aber der verabschiedet sich gerade. Wie geht es Julia?«

»Deine Tochter war bewusstlos, als ihr sie rausgebracht habt, und die Druckwelle der Explosion – meine Güte, das war wirklich heftig – hat euch rausgehauen und mir Julia fast vor die Füße gerollt. Sie wurde als Erste von den Sanis versorgt. Tom und sein Kollege haben außer ein paar Schrammen genauso wenig abbekommen wie du.« Howard erschauderte. »Weißt du eigentlich, wie viel Schwein ihr gerade hattet?«

***

Ungeduldig ließ er die Prozedur über sich ergehen. Doch wie erwartet konnten die Ärzte des Universitätsklinikums Frankfurt bei George außer oberflächlichen Verletzungen nichts diagnostizieren.

»Mir fehlt nichts, das habe ich doch schon gesagt«, fuhr er den diensthabenden Unfallchirurgen zum dritten Mal an. »Sagen Sie mir lieber, wie es meiner Tochter geht!«

»Und ich habe Ihnen schon gesagt, dass ich Ihre Tochter nicht kenne und sie nicht behandelt habe«, erwiderte der in weiß gekleidete Mediziner stoisch. »Gut, wir sind hier fertig. Draußen wartet bereits jemand auf Sie.« Er wies die ihm assistierende Krankenschwester an, Georges größere Schürfwunden zu verbinden, und ging aus dem Behandlungszimmer.

Georges Finger trommelten auf den metallischen Behandlungstisch, seine herunterhängenden Unterschenkel wippten unaufhörlich hin und her. Davon unberührt schnitt die Krankenschwester in aller Seelenruhe das Pflaster zurecht. Draußen wartet jemand, sagt der Doc? Na klar, Howard oder Tom.

»Fertig«, sagte die junge Frau und räumte die Schnittreste weg, während George aufsprang und seine Klamotten wieder anzog.

»Danke«, sagte er, worauf sie lediglich ein leises Murmeln von sich gab. Er nahm dieselbe Tür wie vor zwei Minuten der Arzt.

»Herr Franklin, mein Name ist Charlotte Meyer. Ich bin von der Kriminalpolizei und habe ein paar Fragen an Sie«, sprach ihn eine unscheinbare Frau an, die er auf etwa sein Alter schätzte. Polizei, natürlich, darauf hätte ich auch selbst kommen können.

»Was wollen Sie wissen, Frau Kommissar«, antwortete er, nachdem er einen Blick auf ihren Dienstausweis geworfen hatte.

»Einfach gefragt: Was ist da passiert im Industriegebiet?« George lachte humorlos auf.

»Eine Explosion, das konnte man wohl kaum überhören und vor allem nicht übersehen, oder?«

»Ach wirklich, eine Explosion? Und als Nächstes wollen Sie mir weismachen, dass es dort anschließend gebrannt hat?« Jetzt war es an ihr, kurz aufzulachen. Doch im nächsten Augenblick wurde sie wieder ernst.

»Warum finden wir vier Personen, von denen zwei amerikanische Staatsbürger sind, vor einem verlassenen Fabrikgebäude, das gerade in die Luft gejagt wurde?«

»Ich beantworte Ihre Fragen, wenn Sie mir sagen, wo meine Tochter Julia ist.«

»Die junge Frau, die wir vor Ort bewusstlos aufgefunden haben? Das ist Ihre Tochter?« Sie blickte ihn skeptisch an.

»Ja, das ist sie. Und nun zum Herrgott nochmal, sagen Sie mir, wo sie ist und wie es ihr geht.« George war natürlich bewusst, dass das Anschreien von Polizisten in Deutschland eine ebenso schlechte Idee war wie in den Staaten, doch er konnte nur mit Mühe die Beherrschung bewahren.

»Beruhigen Sie sich, Herr Franklin. Sie wurde in eine andere Klinik gebracht. Dort wird man sich bestmöglich um sie kümmern.« George raufte sich die Haare, und das nicht zum ersten Mal am heutigen Tag.

»Sind Kollegen von Ihnen vor Ort? Ich meine, wird sie bewacht?«

»Warum sollte sie bewacht werden? Sie war bewusstlos und laut des Rettungsarztes ziemlich schwach. Sie wird wohl nicht abhauen.«

»Es geht auch nicht darum, dass sie abhaut, sondern darum, dass sie beschützt werden muss!«

George nahm die Polizistin zur Seite und klärte sie in Kurzform über den Sachverhalt auf, soweit er ihn zusammenbekam. Kurz darauf erschien ihr Kollege und bestätigte es. Er hatte gerade mit Tom Schanze gesprochen, dessen Aussage sich weitestgehend mit seiner deckte. Kommissarin Meyer verzog keine

Miene, nur die leichte Veränderung ihrer Stimme ließ für George den Schluss zu, dass sie die Sache nicht auf die leichte Schulter nahm.

»Gut, Herr Franklin, wir werden sofort einen Beamten vor Julias Zimmer postieren. Wenn Sie möchten, können Sie uns dorthin begleiten.«

»Ja, natürlich. Danke.«

***

Während der Fahrt zum Nord-West-Krankenhaus, in dem Julia behandelt wurde, teilten die Beamten George mit, dass die beiden Privatermittler ebenfalls entlassen wurden und auf dem Weg nach Hause waren.

»Und was ist mit Howard Turner? Wo ist er? Wie geht es ihm?«

»Er wurde nicht in ein Krankenhaus gebracht, denn er ist der einzige von Ihnen, der scheinbar überhaupt nichts abbekommen hat. Die Kollegen haben lediglich seine Daten aufgenommen und ihn gebeten, sich für Fragen zur Verfügung zu halten. Wohin er gefahren ist, kann ich Ihnen nicht sagen«, erklärte ihm Charlotte Meyer in einem nach wie vor sachlichen Ton. George zückte sein Smartphone und stöhnte auf, denn der Akku hatte den Geist aufgegeben. Verdammt, ich wollte ihn über Nacht aufladen! Wie soll ich jetzt Howard oder Vanessa erreichen?

»Alles in Ordnung bei Ihnen?«, fragte Meyer und drehte sich zu ihm. Er antwortete mit einem Nicken, während er die Lippen aufeinanderpresste.

Sie erreichten das Krankenhaus und der Kollege der Polizistin ließ die beiden an der Straße aussteigen. George folgte der Kommissarin, die ihn mit ihrem flotten Tempo erstaunte, über den Parkplatz und wartete hinter ihr an der Anmeldung, als sie nach der Station fragte, auf der sie Julia finden würden. Es erschien ihm vernünftiger, jetzt keine Einzelaktion zu starten, sondern der Polizistin, die sich hier eh besser auskannte, die Führung zu überlassen.

»Und der Mann hat es bei Ihrer damaligen Frau wirklich genauso angestellt wie jetzt bei Ihrer Tochter?«, fragte sie ihn auf dem Weg in die dritte Etage.

»Ja, nur hat er Sharon nicht in die Luft gejagt, wie er es mit Julia vorhatte, sondern ihr die Kehle durchtrennt.«

»Grausam«, sagte sie. »Aber wir werden die menschlichen Abgründe wohl nie vollends verstehen.« George nickte. Vermutlich hatte Kommissarin Meyer in ihrer Karriere oft genug ähnliche Dinge miterlebt, von daher lag es ihm fern, sie in irgendeiner Weise darüber zu belehren, dass sie keine Ahnung davon hätte.

»Das ist wohl so«, sagte er knapp. Die Polizistin drückte auf einen silberfarbenen Kippschalter, worauf die breite Glastür zur Station automatisch aufschwang. Der Flur war menschenleer und nur notdürftig beleuchtet. Klar, dachte George, es ist mitten in der Nacht, warum sollten sie dann hier Festtagsbeleuchtung auffahren?

Der Bereich vor dem Stationszimmer wurde von der Innenbeleuchtung in warmes Licht getaucht.

Nachdem Charlotte Meyer angeklopft hatte, erschien der diensthabende Arzt und klärte die beiden über den Zustand Julias auf. »Sie erlitt einen großen Blutverlust, nicht lebensgefährlich, aber bedenklich. Wir haben ihr eine Transfusion gegeben und ich denke, morgen wird sie wieder fit sein.«

»Danke, Doktor. Ist sie ansprechbar?«

»Sie war zwischendurch kurz wach, aber sie ist sehr schwach. Ich denke, Sie sollten mit einer Befragung bis morgen warten.«

»Kann ich zu ihr?«, mischte sich George ein. »Ich bin ihr Vater.« Der Mediziner zuckte mit den Schultern. »Wenn Sie sie nicht aufwecken, habe ich keine Einwände. Alles andere müssen Sie mit der Polizei klären.« Er deutete auf Kommissarin Meyer und winkte eine Krankenschwester heran, die gerade an einem Kaffee nippte.

Die untersetzte Frau zeigte ihnen den Weg zu Julias Zimmer. Sie folgten dem ausgestreckten Arm der Frau, nachdem sie um die Ecke nach links abgebogen waren. Am Ende des Flures erblickten sie einen uniformierten Polizisten, der mit überschlagenen Beinen neben einer Tür sitzend in einer Illustrierten blätterte.

»N´abend Karl, alles ruhig hier?« Er schlug seine Zeitschrift zu und sah hoch.

»Hey Charlotte, ja, alles in Butter. Warum ich allerdings hier sitze, verstehe ich nicht«, sagte er und deutete mit dem Kopf in Richtung Zimmer. Kommissarin Meyer blickte ihn stirnrunzelnd an:

»Nun, dich wird wohl keiner nur zum Spaß hierhin bugsiert haben, oder? Also, erledige einfach deinen Job und sei aufmerksam!«

George und Charlotte Meyer betraten leise das Zimmer, in dem nur das Notlicht über dem Kopfende des Krankenbettes brannte. Da auch die Vorhänge zugezogen waren, konnten sie lediglich Umrisse erkennen. Plötzlich ging ein Licht in der Ecke gegenüber des Bettes an. Die beiden zuckten zusammen.

»Das wurde auch Zeit, dass du hier aufschlägst«, sagte Howard seelenruhig.

»Was machst du hier?«, wollte George wissen, nachdem er sich wieder gefangen hatte. Julia lag mit dem Kopf zur Wand im hinteren Bett des Zweibettzimmers, das vordere war unbelegt, wie sie jetzt sehen konnten.

»Einer muss doch auf deine Tochter aufpassen, während du deine lebensgefährlichen Verletzungen behandeln lässt.« George lächelte ihn an.

»Sie sind Major Howard Turner?« Die Polizistin stellte sich vor.

»Ja, in voller Größe.«

»Meinen Sie, dass ich noch einen Moment mit meiner Tochter allein sein dürfte?«, fragte George. Sie blickte von ihm zu Julia und schließlich zu Howard.

»Nun, da er hier auch stundenlang Wurzeln geschlagen hat, sehe ich keinen Grund, warum Sie nicht noch etwas bleiben dürften.«

»Ich mach mich dann auf nach Hause«, sagte Howard. »Meld dich nachher bei mir, klar?«

»Mach ich«, sagte George.

»Ach, Herr Franklin, ich habe im Stationszimmer ein Ladekabel gesehen. Wenn Sie freundlich fragen –.« Sehr aufmerksam, dachte George. Das war ihr vorhin also nicht entgangen. »Hast du deinen Akku schon wieder geschrottet? Gib her, ich klär das mit der Schwester.« George bedankte sich und drückte ihm sein Telefon in die Hand. Er wartete, bis die beiden das Zimmer verlassen hatten, dann zog er sich einen der Besucherstühle dicht an das Bett Julias und ließ sich darauf nieder.

Ein Lächeln umspielte seine Lippen, als er sie genau anschaute. Trotz ihres ramponierten Gesichts und des fahlen Mondlichts war die Ähnlichkeit zwischen Julia und ihrer Mutter unübersehbar. Und tatsächlich, die Augenpartie hatte sie definitiv von ihm. Er lehnte sich zurück, seufzte und sah sie einfach nur an. Du bist also meine Tochter. Ich freue mich sehr, dich kennenzulernen. Jetzt, wo er endlich etwas Ruhe fand, spürte er jeden einzelnen Knochen in seinem Körper, der nach Erholung rief.

Ein Klopfen ließ ihn aufschrecken. Er war doch tatsächlich eingenickt. Die Schwester von vorhin betrat das Zimmer und kam auf ihn zu.

»Hier ist Ihr Handy, der Akku ist geladen«, sagte sie leise und gab es ihm.

»Danke. Wie spät ist es?«

»Viertel nach vier«, antwortete sie nach einem Blick auf ihre Uhr. Oh, dann hab ich fast eine Stunde geschlafen. Die Schwester warf einen Blick auf Julia, vergewisserte sich, dass die Infusionsbeutel richtig eingestellt waren, und ließ ihn wieder mit Julia allein. Plötzlich murmelte die junge Frau etwas vor sich hin. George rückte näher an sie ran, vielleicht sagte sie etwas, das für die Ergreifung des Entführers wichtig wäre. Doch er konnte nichts davon verstehen. Er legte seine Hand auf ihre und drückte sie vorsichtig. Ein warmes Gefühl breitete sich von seinem Magen beginnend aus und durchströmte jede Faser seines Körpers.

Julia öffnete die Augen und drehte wie in Zeitlupe den Kopf zu ihm.

»Bin ich? Wo bin ich?«, fragte sie mit dünner Stimme.

»Du bist in Sicherheit«, sagte er. »In einem Krankenhaus mit einem Polizisten vor der Tür. Dir kann nichts mehr passieren. Das verspreche ich dir.«

»Wer, wer sind Sie?« Er litt förmlich mit ihr, da er ihre Anstrengung spürte, mit der sie versuchte, ihre Augen geöffnet zu halten und zu sprechen.

»Mein Name ist George Franklin. Ich bin dein Vater, Julia.« Insgeheim rechnete er damit, dass sie ihre Hand wegziehen und ihn anschreien würde, doch er sah nur, wie ihre Lider zufielen und sie einen letzten Satz formte, bevor sie wieder einschlief:

»George Franklin ... mein Vater.«

»Ruh dich aus, wir reden morgen«, sagte er, drückte zum Abschluss noch einmal ihre Hand und schlich aus dem Krankenzimmer. Vor der Tür ermahnte er den Polizisten, besonders wachsam zu sein, woraufhin dieser mit den Augen rollte, als

George ihm den Rücken zugedreht hatte. Dann rief er sich ein Taxi und fuhr in sein Hotel.

***

Bereits im Taxi hatte er sein Smartphone angestellt, worauf einige Anrufe in Abwesenheit auf dem Display erschienen. Zwei stammten von Vanessa, einer kam aus seinem Büro und ganze vier waren von Howard. Doch er wollte erst auf seinem Zimmer sein, unter die Dusche springen und saubere Klamotten anziehen, bevor er die Anrufe der Reihe nach in Ruhe abarbeiten würde. Vanessas Erleichterung war für ihn durch das Telefon förmlich greifbar.

»Ja, wir haben sie gefunden und es geht ihr den Umständen entsprechend ganz okay«, sagte er, nachdem er die letzten Stunden für sie zusammengefasst hatte. Er sah sie regelrecht vor sich, wie sie vor Schreck die Augen aufgerissen und die Hand vor den offenen Mund gehalten hatte, als er das Finale widergegeben hatte.

»Ich bin so froh. Und nun? Wann kommst du zurück?«

»Lass mich erstmal ausschlafen, Schatz, ich komm mir vor wie durchgekaut und ausgespuckt.« Er lachte und sie stimmte mit ein.

»Jaaa, nachdem du ausgeschlafen hast, du Idiot.«

»Ich möchte mich natürlich morgen mit Julia unterhalten. Vorausgesetzt, sie spricht mit mir. Vielleicht will sie auch gar nichts von mir wissen. Aber ich verspreche dir, dass ich so schnell wie möglich heim-kommen werde.«

»Soll ich Detective Miller Bescheid geben?« George überlegte. Jetzt befanden sich alle, die ihm etwas bedeuteten, in Sicherheit. Von daher sprach nichts dagegen.

»Klar, warum nicht. Sag ihm, dass eine Hauptkommissarin Charlotte Meyer vom Ersten Fachkommissariat der Kripo Frankfurt hier die Ermittlungen leitet. Dann können die sich kurzschließen. Das habe ich ihr zwar auch schon gesagt, aber vielleicht geht es schneller, wenn die Initiative von Chicago ausgeht.«

»Erstes Fachkommissariat Kripo Frankfurt«, wiederholte sie. »Notiert. Gut, mein Schatz, dann schlaf dich aus und ich wünsche dir viel Glück morgen mit Julia.«

George beendete mit einem Kuss das Gespräch und schaute auf die Anrufliste. Howard zu antworten konnte er sich sparen, dessen Anrufe stammten allesamt aus der Zeit, bevor sie sich im Krankenhaus getroffen hatten. Blieb nur noch der Anruf aus seinem Büro. Dort würde er morgen anrufen, dafür fehlte im jetzt die Lust und auch die Kraft, zumal er sich nicht vorstellen konnte, dass es sich dabei um etwas Dringendes handelte. George schaltete das Gerät aus und warf es auf sein Bett. Er brauchte jetzt unbedingt eine Zigarette.

Kapitel 12

Das Gourmet-Frühstücksbüffet hatte seinen Namen mehr als verdient, so stieg George satt und zufrieden ins Taxi, auch wenn ihm die lediglich vier Stunden Schlaf zu schaffen machten. Seinen ursprünglichen Plan, sich zuerst auf dem Polizeirevier von Kommissarin Meyer auf den neuesten Stand bringen zu lassen, verwarf er und entschied spontan, zuvor bei Julia im Krankenhaus vorbeizuschauen.

Aufgeregt wie vor seinem ersten Date, eilte er, zwei Stufen auf einmal nehmend, die Treppe zur Station 3 hinauf. Ebenso aufgeregt ging es vor dem Stationszimmer zu: Zwischen dem Beamten Karl, der zum Schutz Julias abgestellt war, einer Schwester und Kommissarin Meyer tobte ein Wortgefecht. Sich darüber zu freuen, den Weg zur Polizeidienststelle damit gespart zu haben, lag George jedoch fern. Was geht da vor?, fragte er sich besorgt.

Er beschleunigte seinen Schritt und hatte das diskutierende Trio schnell erreicht.

»Guten Morgen, was ist passiert?«, richtete er das Wort an die Kommissarin. Sie drehte sich zu ihm, ihr Gesicht zeigte eine Mischung aus Wut und Unverständnis.

»Julia ist weg«, sagte sie knapp, und bevor George darauf reagieren konnte, fügte sie hinzu: »Wir gehen davon aus, dass sie sich aus dem Staub gemacht hat, während Karl auf der Toilette war.« Der angesprochene Polizist sah betreten zu Boden.

»Ich bat die Schwester, solange einen Blick auf die Tür zu haben.«

»Und ich habe bereits gesagt«, echauffierte sich die Krankenhausangestellte, »dass ich es getan habe, aber ins Nachbarzimmer musste, weil der Patient dort geklingelt hat.« George musste sich zusammenreißen. »Was heißt das jetzt, Julia ist weg? Ist sie wieder entführt worden?« Er sprach direkt Karl an. »Was ist das überhaupt für eine Dienstauffassung?«

»Nun beruhigen wir uns erstmal«, beschwichtigte Meyer. »Es ist eigentlich nur so zu erklären, dass Julia einen passenden Moment abgewartet hat – sie konnte durch die Glasscheibe in der Tür ja den Flur einsehen – und ihn genutzt hat. Bei aller Liebe kann ich mir nicht vorstellen, dass in den zwei Minuten jemand hätte eindringen und Julia ungesehen herausschaffen können. Dafür spricht, dass ihre Sachen weg sind und es keinerlei Anzeichen eines Kampfes im Zimmer gibt.«

»Wie lange waren Sie weg?«, wollte George wissen.

»Vielleicht zwei oder drei Minuten, länger auf keinen Fall.« George kam nicht umhin, der Erklärung der Kommissarin zu folgen. Scheinbar wollte Julia einfach weg, warum auch immer. Die Hauptsache war, dass sie nicht wieder entführt worden war.

»Nun, hoffen wir, dass sie schnell wieder auftaucht. Gibt es sonst was Neues?«

»Nein, Herr Franklin, die Löscharbeiten sind noch in vollem Gang. Es wird nach Auskunft des Brandmeisters dort wohl auch noch den ganzen Tag dauern, bis das Feuer komplett eingedämmt ist. Und

Detective Miller hat noch nicht zurückgerufen.« Sie wirkte nachdenklich. »Hat sich der Entführer noch einmal bei Ihnen gemeldet?« Daran hatte George, seit er Julia das erste Mal gesehen hatte, keinen Gedanken mehr verschwendet. Seltsam eigentlich, selbst den geplanten Hinweistermin vor etwa einer Stunde hatte er verstreichen lassen. Jedenfalls blieb sein Handy ruhig. Oder? Hastig kramte er es hervor und stellte es an. Doch auf dem Display erschien keine Meldung. »Nein.« Er machte kehrt und ging ohne ein weiteres Wort davon. Meyer rief ihm noch hinterher, dass er sich zur Verfügung halten solle, worauf George mit einem Schnauben reagierte.

***

Drei Mal drückte er auf den Klingelknopf neben dem Namen J. Becker, doch weder wurde die Haupteingangstür geöffnet, noch antwortete Julia. Kurzentschlossen drückte er auf zehn weitere Knöpfe, worauf sich nach wenigen Sekunden mehrere Bewohner meldeten und mindestens einer den Türöffner betätigt haben musste, denn sie wurde entriegelt, was sich durch ein Summen bemerkbar machte. George reagierte nicht auf die Fragen über die Gegensprechanlage, wer denn dort wäre, sondern schob die Eingangstür auf und suchte nach der Wohnung seiner Tochter. Schnell lief er den Flur in beide Richtungen ab, doch ohne Erfolg.

Im zweiten Stock wurde er schließlich fündig. Mit derselben Schrift wie am Klingelschild hing ein

Namensschild in einem kleinen, dafür vorgesehen Rahmen an der Zarge. George klopfte gegen das graue, lieblose Furnier. Nach einem Moment öffnete sich die Tür gegenüber und ein verschlafen wirkender, junger Mann, dem die blonden Haare kreuz und quer vom Kopf abstanden, sagte mit genervter Stimme:

»Da können Sie tausendmal klopfen, Julia ist nicht da. Das hab ich dem anderen Kerl eben auch schon gesagt.«

»Welchem anderen Kerl? Und woher wissen Sie, dass Julia nicht da ist?«

»Zum einen hätte sie wohl längst aufgemacht, schließlich ist sie nicht taub, zum anderen hab ich sie vor etwa einer Stunde rausgehen sehen, nachdem sie mich geweckt und sich Kohle von mir geliehen hat.« Er kratzte sich am Kopf. »Steckt sie in Schwierigkeiten? Ich meine, sehe ich meine Kohle wieder?«

»Welcher andere Kerl?«, wiederholte er, ohne auf die Frage des Mannes einzugehen.

»Was weiß denn ich? Irgend so ein Typ, der an Julias Tür geklopft hat. So wie Sie auch.«

»Wie sah er aus?«, fragte George, jetzt mit deutlich freundlicherer Stimme. »Können Sie ihn beschreiben?« Der schlaftrunkene Nachbar Julias verzog das Gesicht. Mit seinen zerzausten Haaren und der von schwarzen Stoppeln übersäten Kinnpartie, wirkte er im Moment auf George wie die menschgewordene Figur *Tingeltangel-Bob* von den *Simpsons* – nach drei Tagen Schlafentzug und mit einer halben Kiste Whiskey intus. »Was hat er gesagt?«

»Ich hab den nur von hinten gesehen. Als ich ihn klopfen hörte, hab ich ihm Bescheid gesagt. Darauf ist er wortlos weggegangen. Er sah normal aus, eher dünn als dick, vielleicht 1,80 m groß, ungefähr Ihr Alter. Hatte nichts Auffälliges an, `ne Lederjacke und Jeans.« Er kratzte sich am Kinn, was ein schmirgelndes Geräusch ergab. »Aber warum interessiert Sie das überhaupt? Sind Sie ein Bulle?« Das Lächeln auf Georges Gesicht verschwand. Wer zum Teufel wollte zu ihr? Und was sollte er dem neugierigen Hausbewohner sagen? Er entschied sich für den einfachsten Weg – die Wahrheit.

»Ich bin Julias Vater und nein, ich bin nicht von der Polizei.« Er zog eine Visitenkarte aus der Tasche und reichte sie dem verdutzten Mann. »Falls sie auftaucht, sie möchte mich bitte dringend unter dieser Handynummer anrufen.« Er wartete auf das Okay, doch der Nachbar studierte in aller Seelenruhe den rechteckigen, strukturgeprägten Karton, auf dem unter der Firmenbezeichnung der ISU noch etliche Informationen über George standen. Der Mann stieß einen anerkennenden Pfiff aus.

»Chicago, wow. Ist Ihr Unternehmen börsennotiert?« George bemühte sich, nicht allzu ungehalten zu wirken.

»Nein, noch nicht. Würden Sie ihr nun Bescheid geben?«

»Ach so, ja klar, Herr –.« Er hielt die Karte vor seine Nase. »Mister Franklin. Sobald ich sie sehe, sag ich´s ihr.«

»Danke«, erwiderte er und erkundigte sich auf dem Weg nach draußen über sein Smartphone im Internet nach der nächstgelegenen Autovermietung. Die noch vor ihm liegenden Fahrten würden mit dem Taxi doch etwas teuer werden. Er hatte Glück, die nächste *Sixt-Station* lag nur zehn Minuten zu Fuß entfernt. Eine weitere Viertelstunde ging für die obligatorische Bürokratie drauf. Nach der letzten Unterschrift händigte man ihm die Schlüssel aus und wenige Zeit später rollte er in einem dunkelblauen Honda vom Hof. Er klopfte zwei Mal mit den Fingerknöcheln gegen seine Stirn. War der alte Holzkopf doch noch zu etwas gut, denn dank seines guten Gedächtnisses konnte er sich an die Zieladresse erinnern und hatte sie vor dem Losfahren bereits ins Navigationsgerät eingegeben.

***

Detective Miller war außer sich und der Officer, der seinen Vorgesetzten bisher freundlich und ausgeglichen kannte, verstand die Welt nicht mehr.

»Woher sollte ich denn wissen, dass eine Entführung in Deutschland, noch dazu von einer Deutschen, für Sie so wichtig ist?«

»Es ist nicht Ihre Aufgabe, zu beurteilen, was wichtig und was unwichtig ist«, herrschte er ihn an.

»Ist ja gut, beim nächsten Mal hol ich Sie von der Toilette, wenn ein Anruf aus Timbuktu oder sonst wo für Sie reinkommt.«

»Sie brauchen jetzt nicht auch noch unverschämt zu werden!«

»Ach, lecken Sie mich doch. Ich bin nicht Ihr Telefonist.« Ohne ein weiteres Wort drehte ihm der Officer den Rücken zu und entfernte sich. Gut, vielleicht war ich etwas drüber, dachte Miller, dann las er nochmal die Information auf dem Zettel, den ihm der Kollege gerade überreicht hatte: *Kommissarin Charlotte Meyer von der Kriminalpolizei Frankfurt am Main bittet um Rückruf unter 0170-8313941. Betrifft Entführung einer Julia Becker. Offensichtlich besteht ein Zusammenhang mit George Franklin. Detective Miller wüsste Bescheid.* Die Antwort des Officers auf die Frage Millers, von wann der Anruf stammte – nämlich, dass er fast einen Tag her war, hatte die kleine Streiterei verursacht. Zu viele Gedanken machte sich Miller jedoch nicht darüber, die Cops in dieser Stadt waren hart im Nehmen und den mitunter rüden Umgangston nahm niemand persönlich.

Seine Vermutung, dass Franklins Sekretärin tatsächlich einem Raubmord zum Opfer gefallen war, hatte sich in den letzten Stunden verdichtet. Umso mehr überraschte ihn diese Nachricht aus Deutschland. Er eilte zu seinem Schreibtisch und fluchte erneut, weil sein Telefon unter zahllosen Akten verborgen lag und er gefühlt ewig brauchte, bis er es fand. Wenigstens hat er eine lesbare Handschrift, dachte Miller, als er die Handynummer mit der internationalen Vorwahl in sein Gerät tippte. Nach wenigen Sekunden meldete sich eine Frau am anderen Ende.

»Meyer, Kripo Frankfurt.« Miller war kurzzeitig verwirrt. Zwar hatte er die Zeitverschiebung bedacht, jedoch völlig außer Acht gelassen, dass er kaum ein Wort Deutsch sprach. Er räusperte sich und sagte mit etwas Verlegenheit in der Stimme. »Detective Miller, Chicago Police Departement.« Er atmete tief durch, als seine Gesprächspartnerin in nahezu akzentfreiem Englisch die Unterhaltung fortsetzte.

»Vielen Dank für Ihren Rückruf, Detective.«

»Ja, tut mir leid, dass es so lange gedauert hat. Wir haben viel zu tun. Die Bandenschießereien hier ufern langsam zu kleinen Guerillakriegen aus.« Er klopfte sich für diese Ausflucht gedanklich auf die Schulter, wobei die Sache an sich nicht gelogen war, seine Abteilung allerdings in der Regel nicht damit in Berührung kam. »Was kann ich für Sie tun, Mrs. Meyer?« Er hörte es rauschen und befürchtete einen Moment, dass die Verbindung abgebrochen war, kurz darauf verstand er sie wieder deutlich.

»Mr. Franklin bat mich, Sie zu informieren. Seine uneheliche Tochter Julia Becker ist hier gekidnappt worden. Und nach seiner Aussage zweifelsfrei vom selben Täter, der damals seine Frau entführt und ermordet hat.«

»Mr. Franklin hat eine Tochter?« Miller zog die Augenbrauen hoch und winkte in Richtung einer Kollegin ab, die ihn wohl wegen seines Gesichtsausdruckes fragend ansah.

»Er sagte mir, er hätte es selbst nicht gewusst und es erst durch die Hinweise des Täters erfahren. Längere Geschichte. Jedenfalls konnte die Frau rechtzeitig gerettet werden. Allerdings wären sie, Franklin und zwei Privatermittler, die er hier vor Ort engagiert hat, bei einer Explosion fast ums Leben gekommen. Die Bombe war unter der Liege platziert, auf der Frau Becker gefesselt war. Ich kann Ihnen gern die Details zukommen lassen und es würde uns sehr helfen, wenn wir von Ihnen ebenfalls etwas bekommen könnten.« Millers Gedanken rasten. Und wenn es ihn schon so durcheinanderbrachte, wie musste es erst Franklin ergangen sein? Ein winziger Teil in ihm war nicht unbedingt traurig über die Tatsache, dass der Täter erneut zugeschlagen hatte: Vielleicht würde nun wieder Bewegung in die Sache kommen und mit etwas Glück könnte er doch noch eine Verhaftung vorweisen und den Fall endgültig schließen.

»Selbstverständlich können, nein, sollten wir uns austauschen. Ich muss das natürlich mit meinem Captain absprechen, aber das dürfte kein Problem sein.«

»Danke nochmal«, hörte er sie erleichtert sagen. In der Folge brachte sie ihn auf ihren aktuellen Stand einschließlich der Tatsache, dass Julia heute Morgen verschwunden war, sie aber eindeutig nicht von einer weiteren Entführung ausgingen. »Eine Sache habe ich noch, das ist ganz aktuell, die Meldung kam vor wenigen Minuten rein –.«

»Ich höre.«

»Bei den Löscharbeiten, die immer noch andauern, ist eine Leiche gefunden worden, die bis zur Unkenntlichkeit verbrannt sein soll. Ich selbst habe sie noch nicht gesehen, aber ich würde Ihnen gern unsere Laborergebnisse darüber zukommen lassen, sofern wir nichts über sie in unseren Dateien finden.«

»Eine Leiche? Das wäre natürlich ein Traum, wenn sich der Täter selbst geröstet hätte. Aber natürlich, schicken Sie mir alles an die E-Mail-Adresse, die ich Ihnen vorhin genannt habe. Und eines noch: Bestellen Sie bitte Mr. Franklin einen Gruß von mir und richten ihm aus, dass wir mit Volldampf die Ermittlungen vorantreiben werden.«

So richtig fassen konnte Miller diese Story noch nicht. Obwohl das Gespräch beendet war, hielt er den Hörer in der Hand und betrachtete ihn gedankenverloren. Er ertappte sich dabei, dass es ihn im Augenblick mehr interessierte, ob diese Julia Becker wirklich Franklins Tochter war, als die Antwort auf die Frage, ob es sich bei der verkohlten Leiche wirklich um den Entführer handelte. Vielleicht hatte aber auch das eine mit dem anderen zu tun.

Er schaltete den Computer an und gab die Fallnummer ein, die sich mittlerweile fest in sein Gehirn eingebrannt hatte. Unter einem Quietschen gab die Lehne seines Schreibtischstuhls nach, als er sich streckte, und einen Moment dachte er, sie würde dem Druck nachgeben und abbrechen.

Während er die Maus über das rote C auf dem Pad hin- und herschob, dessen Form ihn immer an eine liegende Zitrone erinnerte – es stellte das Logo der *Chicago Bears* dar, einem Gründungsmitglied der *National Football League* – starrte er auf den Bildschirm, auf dem seitenweise Protokolle, Tatortfotos, Berichte, Analysen und andere nur denkbare

Dokumentationen erschienen. Mit einem Bleistift notierte er, welche der Informationen er später nach Frankfurt senden würde, doch vorher musste er seinen Captain von der interkontinentalen Zusammenarbeit überzeugen.

Kapitel 13

Von Erzählungen deutscher Zivilangestellter auf der US-Militärbase in Ramstein wusste George noch, dass zwischen den Nachbarstädten Frankfurt und Offenbach – die letztgenannte hatte er gerade erreicht – eine historisch gewachsene Rivalität herrschte, deren Ursprung man im 15. Jahrhundert vermutete. Genau bekam er nicht mehr zusammen, worum es sich damals gedreht hatte, doch die vorgetragenen Anekdoten sorgten stets für gute Laune auf der einen und einiges Kopfschütteln auf der anderen Seite.

Er warf einen Blick auf das Navi: noch zweimal rechts abbiegen, dann wäre er am Ziel. George ordnete sich in die Rechtsabbiegerspur ein, wartete die Rotphase der Ampel ab und bog ab, wobei er fast eine Radfahrerin touchiert hätte. Die attraktive Radlerin schaute verärgert zu ihm, lächelte dann plötzlich und fuhr kurz winkend geradeaus weiter. Wie so oft fragte er sich, ob solche Reaktionen seinem guten Aussehen geschuldet waren, oder ob sein grenzdebiler Gesichtsausdruck den Frauen ein Mitleidslächeln abrang. Glaubte er seiner Verlobten, wie sie ihm laut lachend erklärte, müsste er sich mit dem Zweiten abfinden.

Fast hätte George die Einfahrt in die Stichstraße verpasst, in der die Großmutter Julia Beckers laut Tom Schanze lebte. Er lenkte den Honda unter Inkaufnahme einer Kollision zwischen seinem linken Vorderreifen und dem Bordstein hinein und suchte nach der Hausnummer 24. Von einer Ulme fast verdeckt fand er sie und hielt am Fahrbahnrand. Viel los ist nicht, stellte er anhand der wenigen Autos fest, die hier fuhren oder parkten. Daher verzichtete er auf das Einlegen der Parkscheibe oder das Suchen eines Parkscheinautomaten. So lange wird es sicher nicht dauern.

George betrachtete das hinter einem gepflegten Vorgarten etwas zurückgelegene, grau verputzte Zweifamilienhaus, atmete durch und stieg die Stufen zur Haustür hinauf. Anneliese Becker stand auf dem, wie er fand, kitschig-verspielten Klingelschild. Kein Zweifel: Hier bin ich richtig. Abermals pustete er geräuschvoll durch und läutete. Ein Hundegebell war die prompte Antwort darauf und wenn er sich nicht gewaltig irrte, gehörte das zu einem ziemlich kleinen Vertreter seiner Spezies.

Schritte näherten sich auf der anderen Seite der Tür und mit jedem einzelnen stieg sein Puls um einige Schläge an. Womit hatte er zu rechnen?

Auf die Antwort darauf musste er nicht lange warten. Eine grauhaarige Frau erschien, die um die 70 sein musste, was George aufgrund der Falten in ihrem Gesicht allgemein, im Besonderen wegen der um ihre Lippen vermutete. Wenn man einem Unwissenden den Begriff Zitronenmund hätte erklären müssen, ein Foto Anneliese Beckers hätte es enorm vereinfacht. Zwischen ihren mit Krampfadern übersäten Schienbeinen, die unterhalb des knielangen Rocks zu sehen waren, schoss ein Norwich Terrier auf ihn zu und sprang an ihm hoch, beziehungsweise, er versuchte es. George bückte sich zu dem kleinen Hund hinunter und tätschelte dessen Kopf, worauf dieser wieder im Hausflur verschwand.

»Ja bitte?«, krächzte sie mit einer Stimme, die zu ihrem Erscheinungsbild passte, und musterte ihn misstrauisch. Er richtete sich wieder auf und versuchte, ein freundliches Lächeln aufzusetzen.

»Guten Tag, Frau Becker. Mein Name ist George Franklin. Ich möchte zu Julia. Ist sie bei Ihnen?« Die Frau trat einen kleinen Schritt zurück, bevor sie ihn fast anschrie.

»Sie sind also dieser tolle Soldat, der meine Tochter auf dem Gewissen hat. Und jetzt wollen Sie noch meiner Enkelin an den Kragen?« Sie funkelte ihn zornig an und George war klar: Wenn Blicke töten könnten, wäre er gerade exekutiert worden.

»Das ist ein Missverständnis«, versuchte er, sie zu beschwichtigen. »Ich wusste –.«

»Seien Sie ruhig!«, unterbrach sie ihn barsch. »Verlassen Sie auf der Stelle mein Grundstück! Oder ich rufe die Polizei.«

»Sagen Sie mir wenigstens, ob sich Julia bei Ihnen gemeldet hat, nachdem sie aus dem Krankenhaus abgehauen ist«, bat er. Anneliese Becker trat jetzt auf ihn zu, sodass sie eine Armlänge vor ihm stand, und blickte ihm in die Augen, wozu sie wegen des Größenunterschiedes den Kopf weit nach hinten neigen musste. Unbeteiligte hätten vermuten können, dass sie sich darauf vorbereitete, von ihm geküsst zu werden.

»Ja, sie war vorhin bei mir und hat mir alles erzählt. Schlimm, was das Kind wegen Ihnen durchmachen musste.« Sie kam noch näher an ihn heran und zischte, während sie ihren Zeigefinger in seine Brust bohrte, der wie ein Stilett von ihrer mit Altersflecken übersäten Hand abstand:»Sie werden sie niemals finden. Und jetzt hauen Sie ab!«

Trotz der surrealen Situation fiel ihm ein Stein vom Herzen. Julia ging es gut. Das war im Moment das Einzige, was für ihn zählte. Dass ihre Großmutter ihn offensichtlich nicht ausstehen konnte und dafür verantwortlich machte, was Julia widerfahren war, konnte er verstehen. Nein, nicht nur verstehen, sie hatte recht damit. Er hätte Antje damals nicht so einfach allein lassen dürfen, ohne sich jemals wieder nach ihr zu erkundigen. Und ja, dass Julia entführt worden war, hing zweifellos mit ihm zusammen. Auch wenn George immer noch keine Ahnung hatte, was er diesem Menschen wann angetan haben musste, dass der ihn so abgrundtief hasste und seine perversen Spiele mit ihm spielte. Aber er würde es herausbekommen. Früher oder später.

George sammelte sich und unternahm einen letzten Versuch, Anneliese Becker von seinen guten Absichten zu überzeugen. Aus seiner Jackentasche zog er einen Briefumschlag, den er der Frau hinhielt.

»Würden Sie den bitte Julia geben und ihr ausrichten, dass sie auf sich aufpassen soll?« Sie blickte auf den Brief und schüttelte den Kopf.

»Was ist da drin? Ein Scheck, der alles wieder gutmachen soll, wie es bei euch reichen Spinnern üblich ist?«

»Nein, natürlich nicht, ich habe ihr –.« Weiter kam er nicht. Anneliese Becker war zurück ins Haus gegangen und hatte ihm die Tür vor der Nase zugeschlagen, die mit einem Krachen ins Schloss fiel.

»– nur versucht, alles zu erklären«, schloss er den unterbrochenen Satz flüsternd ab. Er seufzte und schaute sich um, dann steckte er den Umschlag mit dem Brief an seine Tochter, den er vorhin im Auto geschrieben hatte, in den gusseisernen Briefkasten, der neben der Tür an der Hausfassade angebracht war, und kehrte zu seinem Wagen zurück.

***

George packte seine Sachen im Hotelzimmer zusammen, hier könnte er nichts mehr tun. Julia war untergetaucht, was ihn einerseits beruhigte, andererseits die Frage aufwarf, warum sie das tat. Er hoffte, irgendwann eine Antwort darauf zu bekommen. Momentan hielt er es jedoch für sinnlos, nach ihr zu suchen, schließlich war sie hier aufgewachsen und kannte sich in dieser Gegend bestens aus. Und George hielt es für wahrscheinlich, dass Frankfurt mit seinen Nachbarstädten genug Möglichkeiten bot, um sich eine zeitlang unsichtbar zu machen. Nein, er würde seine Zeit nicht damit verplempern, hier planlos nach ihr zu suchen – er würde von Chicago aus alles unternehmen, um diesen Irren ausfindig zu machen. Es war Zeit für ein Spiel – doch dieses Mal würde es nach seinen Regeln ablaufen.

Sein Handy klingelte. Und wie jedes Mal, wenn es läutete, nachdem sie Julia befreit hatten, rechnete er mit der blechernen Stimme.

»Charlotte Meyer hier, Kripo Frankfurt.«

»Hallo, Frau Kommissar. Was kann ich für Sie tun?«, fragte er erleichtert.

»Ich wollte Sie davon in Kenntnis setzen, dass es Julia den Umständen entsprechend gut geht. Wir haben mit ihrer Großmutter gesprochen, die sie heute noch gesehen hat.«

»Okay, das ist gut«, sagte George, verwirrt darüber, dass die alte Lady der Polizei gegenüber ihre Begegnung nicht erwähnt hatte. Er schloss daraus, dass sie vor ihm da gewesen sein müssten, zur Sicherheit schob er hinterher: »Waren Sie bei Julias Wohnung?«

»Ja, natürlich, gleich als Erstes, nachdem sie aus der Klinik verschwunden war.« Das erklärte den anderen Mann bei ihrer Wohnung, auch wenn es ihn wunderte, dass dieser sich Julias Nachbarn gegenüber nicht als Polizist zu erkennen gegeben hatte.

»Gibt es sonst was? Ich meine, irgendetwas vom Täter?«

»Einiges, Herr Franklin, einiges. Detective Miller hat zurückgerufen und wir sind dabei, gemeinsame Ermittlungen zu koordinieren. Da fällt mir ein, ich soll Ihnen von Miller ausrichten, dass das Chicago Police Departement den Fall wieder ganz oben auf die To-do-Liste gesetzt hat.« Alles andere wäre auch eine Unverschämtheit, dachte er, blieb jedoch freundlich, schließlich könnte sie nichts für die Arbeitsweise ihrer amerikanischen Kollegen. »Dann wird es hoffentlich bald zu Ende sein.« »Vielleicht«, begann sie, »ist es das bereits.« Sofort wurde er hellhörig.

»Was meinen Sie damit?«

»Nun, wir haben im abgebrannten Fabrikgebäude eine Männerleiche gefunden. Es ist noch zu früh, Genaueres darüber zu sagen. Bis die Laborergebnisse eintreffen, dauert es sicher zwei bis drei Wochen. Aber wenn wir Glück haben, hat der Täter sich selbst mit in die Luft gesprengt.« George zweifelte nicht an der Tatsache, dass eine Leiche aufgefunden wurde, aber er hielt – und auch die Profiler des FBI sahen es so – den Täter für sehr gut organisiert und professionell. Warum um alles in der Welt sollte er sich selbst mit hochgejagt haben? Andererseits, so erlebte er es bei seinen Einsätzen im Nahen Osten, kam es bei Sprengungen und Explosionen immer mal wieder zu Fehleinschätzungen, die zu ungeplanten Schäden führten. »Auch dabei arbeiten wir mit den Chicagoer Kollegen zusammen«, riss sie ihn aus den Gedanken. »In der Kelleretage des Gebäudes befanden sich mehrere Treibstofftanks, die offensichtlich nicht vollständig entleert worden waren, als der Betrieb dort eingestellt wurde. Nach Ansicht des Brandmeisters führte das zu der massiven Explosion und dazu, dass das anschließende Feuer so schnell um sich gegriffen hat.« Das würde erklären, warum der Typ selbst dabei draufgegangen ist, dachte George.

»Ich werde gespannt auf die Ergebnisse warten. Übrigens geht in ein paar Stunden mein Flieger. Falls Sie noch etwas von mir benötigen, wenden Sie sich bitte an die Agentur von Thomas Schanze. Solange die ganze Sache nicht aufgeklärt wurde, ermitteln er und seine Leute ebenfalls hier weiter.« George hatte Tom instruiert, seine Augen und Ohren offenzuhalten, ihn sofort zu informieren, sollte Julia auftauchen und in diesem Fall unauffällig für ihren Schutz zu sorgen. Der Privatermittler, der bei der Explosion ebenfalls nur leicht verletzt worden war, stimmte unter der Voraussetzung zu, dass George eine wöchentliche Abschlagszahlung leisten würde.

»Gut, wir werden uns mit denen in Verbindung setzen. Aber wir haben ja auch Ihre Nummer und die Ihrer Firma. Ich wünsche Ihnen einen guten Heimflug und hoffe für uns alle, dass der Täter tot ist.« Ja, das wäre besser für uns alle, für euch Cops, damit ihr keine Arbeit damit habt, aber vor allem für Julia, Vanessa und das Baby und für mich. Beim Gedanken an seine Verlobte spürte er, wie groß das Verlangen war, endlich wieder nach Hause zu kommen und sich nicht mehr nur auf Jane und ihr Team verlassen zu müssen, obwohl er der lateinamerikanischen Securitymitarbeiterin sein absolutes Vertrauen schenkte.

Das Zimmertelefon läutete, sein Taxi stand vor dem Hotel bereit. George bedankte sich, ließ seinen Blick noch einmal durch den kombinierten Wohn- und Schlafbereich und das angrenzende Bad schweifen. Er hatte alles eingepackt. Auf dem Bett hinterlegte er einen Zwanzig-Euro-Schein für das Reinigungsperso-

nal, griff seinen Koffer und machte sich auf den Weg
nach unten. Er ließ sich ohne Umwege zum Frankfurter Flughafen bringen.

Kapitel 14

»Darauf pfeife ich«, erklärte Vanessa ihrem Bodyguard Jane, die gerade ihre Zweifel am Entschluss ihres Schützlings mitgeteilt hatte. »Entweder fahren Sie mich zum Flughafen und haben ein Auge auf mich, oder Sie können dem Taxi hinterherfahren, das ich mir andernfalls rufen werde.«

»Aber Mrs. Walker –.«

»Kein Aber, Jane, entscheiden Sie sich jetzt.« Vanessa deutete das Seufzen ihrer Aufpasserin als Zustimmung, griff nach ihrer Handtasche und ging zur Wohnungstür hinaus. Auf dem Flur blieb sie stehen und schaute zurück zu Jane, die immer noch in der Wohnung stand. »Worauf warten Sie? Auf besseres Wetter?«

»Sie sind der Boss, aber ich wiederhole nochmal, dass ich es für unvernünftig halte, das Gebäude zu verlassen.« Mittlerweile war sie über die Hintergründe ihres Sondereinsatzes informiert worden und die Kenntnis darüber, dass es ein psychopathischer Killer möglicherweise auf Vanessa abgesehen hatte, sensibilisierte ihre Antennen zusätzlich. Sie sprach einige Anweisungen in ihr Mikrofon und folgte der Verlobten ihres Chefs.

»Was denken Sie nur?«, begann Vanessa im Fahrstuhl. »Meinen Sie, ich werde mich den Rest meines Lebens vor dem Irren verstecken? Da kennen Sie mich schlecht. Ich bin in meinem Leben noch nie vor etwas davongelaufen.«

»Manchmal ist es ratsam, davonzulaufen«, erwiderte Jane ruhig. »Eine Bitte: Halten Sie sich gleich wenigstens an meine Anweisungen.« Plötzlich lächelte Vanessa. »Warum nicht gleich so? Und ja, ich werde mich daran halten. Ich möchte nur George in Empfang nehmen, wenn er ankommt. Schließlich war ich seit seiner Abreise in der Wohnung eingesperrt.«

Auf der Digitalanzeige über den Etagenknöpfen erschien eine Minus 1 und kurz darauf bremste der Aufzug seine Fahrt und stoppte in der Tiefgarage. Jane schob Vanessa vorsichtig an eine Wand und stellte sich vor sie, während sich summend die Türen des Lifts öffneten. Vor dem Aufzug erschien das ihr bekannte Gesicht eines Kollegen, der ihr zunickte. Jane verstaute die Pistole wieder im Holster und bedeutete Vanessa mit einer Handbewegung, hinauszutreten. Das ist ja wie in einem Agententhriller, dachte Vanessa, die gar nicht mitbekam, dass Jane ihre Waffe gezogen hatte. Wenn es nicht so ernst gewesen wäre, hätte sie ihrer Anerkennung darüber mit einem Pfiff Ausdruck verliehen. Doch sie wollte auch nicht, dass Jane es als Spott missverstehen würde, hatte sich ihre Aufpasserin doch in den vergangenen Stunden als äußerst angenehme und sympathische Gesellschaft erwiesen.

Und so erging es Prominenten und führenden Politikern tagein tagaus, gruselige Vorstellung, wenn man sich ohne Security nicht mehr mit einem sicheren Gefühl in die Öffentlichkeit wagen durfte, ging ihr durch den Kopf, während sie Jane an den parkenden

Autos der Mitbewohner vorbei zu deren Dienstwagen folgte. Jemals First Lady zu werden schied für Vanessas persönliche Lebensplanung in diesem Moment aus, selbst wenn Barack Obama, der längere Zeit in Chicago lebte, noch Präsident wäre und ab morgen eine solche suchen würde.

Sie stieg in den dunklen Van, wobei sie es sich nicht nehmen ließ, die Tür zum Fond selbst zu öffnen und auch wieder zu schließen, nachdem sie sich hineingesetzt hatte. Jane nahm neben ihr Platz, ein weiterer Kollege auf dem Beifahrersitz. Vanessa hörte, dass Jane noch etwas in ihr Mikro flüsterte, verstand den Inhalt jedoch nicht und fragte auch nicht nach. Denn falls sie ihr antworten würde, dass es Anweisungen für den Helikopter wären, der sie hoch über den Dächern Chicagos zum Airport geleiten würde, wüsste sie nicht, was sie darauf noch sagen sollte.

***

Julia fühlte sich wie ein Häufchen Elend und fragte sich immer noch, wie sie es geschafft hatte, dem Entführer und später ihrem Wachhund im Krankenhaus zu entkommen. In ihrem ersten klaren Moment sah sie die Kanüle in ihrem Handrücken und den Beutel mit der Infusionslösung am Ständer neben ihrem Bett. Genauso, wie in diesem Kellerloch, in dem sie gefangen gehalten wurde, mit dem Unterschied, dass ihr Krankenzimmer hell und sauber war. So schnell, wie ihr Zustand es erlaubte, zog sie die Nadel aus ihrer Hand und streifte sich ihre Klamotten über, die lieblos in den Wandschrank gesteckt worden waren. Dafür brachte sie allerdings Verständnis auf, denn dieses Blümchenkleid sah wirklich schrecklich aus. Ab diesem Augenblick positionierte sie sich so, dass sie den Polizisten vor ihrer Tür im Blick behielt und als dieser seinen Platz verlassen hatte, schlich sie in das Zimmer gegenüber und betätigte den Schwesternruf. Jetzt brauchte sie nur noch zu warten, bis die Nachtschwester zu diesem Patienten ging, was nach ein paar Sekunden der Fall gewesen war. Sie ergriff die Gelegenheit und hatte die Station verlassen, bevor der Cop, der ihrer Vermutung nach auf der Toilette weilte, sein Geschäft beendet hatte.

Erinnerungsfetzen tauchten auf, wie ein Mann an ihrem Bett gesessen hatte und erzählte, er wäre ihr Vater. George Franklin. Wo zum Teufel warst du mein ganzes Leben lang, George Franklin? Und woher kommt deine plötzliche Erkenntnis, dass du mein Vater bist? Seit sie denken konnte, hatte ihre Großmutter ihr erzählt, dass ihr Erzeuger ein amerikanischer Soldat gewesen sei, dessen Namen ihre Mutter nie preisgegeben hatte. Bis zu ihrem Tod. Warum also tauchst du jetzt auf und rettest mich vor diesem Irren, wenn du gar nichts von mir wusstest? Oder wusstest du doch von mir? Hat meine Mutter dir von der Schwangerschaft erzählt? Diese und viele weitere Fragen brannten förmlich Fragezeichen in ihren Kopf, doch im Moment gab es keine Antworten darauf. Im Moment zählte für Julia nur, in Freiheit zu bleiben, auch wenn dies bedeutete, die nächste Zeit weiter unterzutauchen.

Ihre derzeitige Behausung, eine unentgeltliche, von der Kirche finanzierte Unterkunft für Obdachlose, musste sie bald verlassen. Für zwei Nächte einschließlich täglich dreier Mahlzeiten durfte man hier unterkommen, bevor man freundlich und mit Gottes Segen wieder auf die Straße gesetzt wurde. Sorgen darüber, wo sie dann hingehen sollte, machte sich Julia nicht. Sie war ein Kind Frankfurts und kannte etliche leerstehende Wohnungen. Kirchen und andere karitative Einrichtungen gab es ebenfalls zu Genüge. Nein, ein Dach über dem Kopf würde erstmal kein Problem sein, nur musste sie darüber nachdenken, wie es mit ihr weitergehen sollte. Und sie müsste auf der Hut sein, denn wer wusste schon, ob ihr Entführer sich nicht bereits wieder an ihre Fersen geheftet hatte. Jetzt galt es vorrangig, dass sie sich wieder erholte und sich nicht wie eine Scheintote durch die Gegend schleppte. Was danach käme, würde sie dann sehen. Eine Idee allerdings keimte bereits in ihr.

***

George warf Jane einen tadelnden Blick zu, nachdem Vanessa ihm um den Hals gefallen war, kaum, dass er die Eingangskontrollen hinter sich gebracht hatte. Ihre entschuldigende Miene und das Schulterzucken deutete er jedoch so, dass sich Vanessa über ihre Bitte, in der Wohnung zu bleiben, hinweggesetzt hatte. Natürlich hat sie das, sie ist genau so stur wie ich. Abgesehen davon war es helllichter Tag und auf dem Flughafen trieben sich tausende Fluggäste und

Besucher herum, die eine Entführung so gut wie unmöglich machten. Nicht zu vergessen, mit Jane und ihrem Team passten drei hervorragend ausgebildete Leute auf seine schwangere Verlobte auf.

»Ich freue mich so, dich wieder hierzuhaben«, flüsterte sie ihm ins Ohr und drückte ihn fest an sich. Er spürte die Wärme und das Kribbeln, das sich immer noch in seinem Körper ausbreitete, wenn er sie nach ein oder zwei Tagen Trennung wiedersah. Unwillkürlich lächelte er.

»Ja, ich bin ehrlich gesagt auch froh, wieder in der Heimat zu sein. Frankfurt ist ja gut und schön, aber irgendwie hatte ich es schöner in meiner verklärten Erinnerung.« Er nahm ihr Gesicht in seine Hände, zog sie heran und küsste sie. »Aber anderes Thema: Ist irgendetwas passiert, während ich im Flieger saß?«

»Du meinst abgesehen davon, dass ich wie eine VIP mit Security zum Flughafen eskortiert wurde und der Überwachungshelikopter immer noch über dem Parkhaus seine Kreise zieht? Nein, nichts. Aber ich möchte jetzt von dir noch einmal alles ganz genau erzählt bekommen.«

»Helikopter?« Da war es wieder: Sein dämliches Grinsen, das sowohl Vanessa als auch Jane zu einem Lachen provozierte.

»Vergiss es. Komm, lass uns fahren.«

»Ja, na klar. Und ich erzähle dir alles in Ruhe zu Hause, okay?«

Kapitel 15

Fünf Tage später

Langsam pendelte sich der gewohnte Tagesablauf im Hause Franklin-Walker wieder ein. Weder die Ermittler um Tom Schanze noch die Kommissarin Meyer oder Detective Miller, mit denen George in täglichem Austausch stand, konnten mit neuen Erkenntnissen aufwarten. Der Psychopath hatte sich nicht mehr gemeldet, was ohnehin schwierig für ihn zu bewerkstelligen wäre, sollte er der Tote in dem abgebrannten Fabrikgebäude gewesen sein.

Trotzdem hielt er es für angebracht, die Sicherheitsvorkehrungen weiterhin aufrechtzuerhalten, auch wenn Vanessa mitunter sichtlich genervt von ihrem Schatten war, der sie auf Schritt und Tritt begleitete. Die Tratschereien an ihrem Arbeitsplatz, für welche diese Maßnahme gesorgt hatte, endeten erst, nachdem Vanessa ihre Kollegen in einer Teamsitzung eingeweiht hatte, warum sie unter Personenschutz stand. Das Angebot, einige Wochen unbezahlten Urlaub zu nehmen, bis die Sache ausgestanden wäre, lehnte sie zwar dankend ab, brachte allerdings kein Verständnis dafür auf. Denn es erschien ihr, so erzählte sie George am Abend, als sollte sie aufs Abstellgleis abgeschoben werden.

»Schwanger und von einem Irren verfolgt! Das schadet sicher unserem Image«, fluchte sie und schlug mit der flachen Hand auf den Tisch.

»Auch wenn du es nicht gern hörst, aber ich kann es teilweise nachvollziehen. Aus Sicht deiner Firma.«

»Na toll, jetzt fällst du mir auch in den Rücken?«

»Nein, Schatz, niemals. Aber schau mal: Wenn du bei einem Kundentermin mit Bodyguard auftauchst, stellen die Kunden Fragen oder Vermutungen an. Und gerade Letztere können schnell ins Kraut schießen und hinterher wird deinem Arbeitgeber noch eine Verstrickung mit der Mafia unterstellt oder was weiß ich.«

»George Franklin, ich hasse dich für dein rationales Denken«, erwiderte sie und fügte mit einem Seufzen hinzu: »Möglicherweise hast du damit nicht ganz unrecht.«

Das Klingeln an der Tür unterbrach ihr Gespräch abrupt. Nachdem George sich über die Überwachungskamera vergewissert hatte, wer etwas von ihnen wollte, bat er ein paar Minuten später Detective Miller in die Wohnung.

»Können wir uns setzen?«, fragte der, ohne sich mit überflüssigen Begrüßungsfloskeln aufzuhalten. George führte ihn ins Wohnzimmer und ließ sich wieder auf der Couch neben Vanessa nieder. Miller wählte einen Sessel ihnen gegenüber.

»Was gibt es, Detective? Sie wirken etwas aufgeregt«, bemerkte Vanessa. Auch George hatte die ungewohnte Stimmlage Millers wahrgenommen. Miller räusperte sich.

»Mr. Franklin, kennen Sie einen Robert Michael Brown?« George stutzte und schaute mit gerunzelter Stirn von Miller zu Vanessa.

»Nein, sollte ich?« Doch bevor Miller darauf antworten konnte, fiel es ihm wie Schuppen von den Augen. »Doch, klar. Robert Michael Brown ist der richtige Name von Digger Brown. Sorry, er wird von uns nur so genannt, deswegen bin ich nicht gleich darauf gekommen.« Er lächelte beim Gedanken an den verrückten Hund. »Was ist mit ihm?«

»Es war seine Leiche, die im gesprengten Fabrikgebäude gefunden wurde.«

»Wer ist das? Du hast nie von ihm erzählt?«, wollte Vanessa wissen, doch George ignorierte ihre Frage, zu sehr hatte ihn die Nachricht überrumpelt.

»Was? Aber wieso? Sind Sie sicher? Ich meine, das kann doch nicht sein.« Warum zum Teufel sollte Digger das getan haben? George war fassungslos. Natürlich hatte er mit Spannung das Ergebnis erwartet, wessen Leiche es war und ebenfalls war ihm irgendwo in seinem Unterbewusstsein klar, dass es jemand sein musste, den er persönlich kannte, doch der Moment der Wahrheit sorgte für mehr Fragen und Verwirrung, als dass er eine Erklärung brachte.

»Ja, Mr. Franklin. Wir haben seinen Zahnstatus und DNA-Material, das uns die Kollegen vom FBI ausnahmsweise besonders schnell analysierten, mit unserer Datenbank und derer anderer staatlicher Behörden abgeglichen und sind schließlich bei der US-Army fündig geworden.«

»Aber, aber warum? Warum Digger? Was hab ich ihm jemals getan?«

»Soweit sind wir noch nicht. Die deutschen Behörden haben heute Morgen einen Antrag auf

Befragung seiner Kameraden in Ramstein gestellt. Das kann ein paar Tage dauern, wie wir aus Erfahrung wissen. Sie kennen das Militär ja selbst, die lassen sich nicht gern in ihre eigene Welt hineingrätschen.« George nickte abwesend. Miller schaute auf seine Notizen, die er vor sich auf den Tisch gelegt hatte. »Bei ihm wurde übrigens auch ein verkohlter Fernzünder gefunden, mit dem mutmaßlich die Bombe scharfgemacht wurde. Also in dem Raum, wo man seine Leiche gefunden hat.«

»Ich begreife das alles nicht.«

»Wie gut kannten Sie ihn?«, wollte Miller wissen.

»Gute Frage. Wie gut kennt man jemanden wirklich, mit dem man jahrelang zusammengearbeitet und einige Male gemeinsam an der Front unter feindlichem Beschuss gelegen hat?« George schüttelte unmerklich den Kopf, während Vanessa ihm zärtlich über den Rücken strich. »Wahrscheinlich kennt man sich nicht wirklich, bis auf die Verhaltensweisen, die derjenige in Extremsituationen an den Tag legt. Und Digger schien selbst dann noch besonnen zu sein, wenn uns die Granaten und Kugeln um die Ohren geflogen sind. Aber wahrlich gekannt habe ich ihn nicht. Er redete auch nicht viel, war eher der Schweigsame, Sie verstehen?«

»Verstehe«, sagte Miller. »Wussten Sie, dass Brown drei Semester Medizin studiert hat?« George schüttelte den Kopf. »Dann wurde er von der Universität geworfen.«

»Nein, das wusste ich nicht. Warum flog er?«

»Jetzt wird es interessant: Er wurde rausgeschmissen, weil er und eine Kommilitonin einen unautorisierten Selbstversuch unternommen hatten, an dessen Folgen die Studentin um ein Haar gestorben wäre.« Er ließ die Worte bei seinem Gegenüber sacken. »Die beiden wollten herausfinden, mit welcher Mindestmenge Blut der menschliche Organismus seine Grundfunktionen aufrechterhalten kann und ab wann ein Bewusstseinsverlust eintritt. Sie haben sich gegenseitig in verschiedenen Tests Blut abgenommen, mal schnell, mal langsam, mal viel, mal weniger. Was genau sie damit bezweckten, konnten sie der Kommission, die ihren Rauswurf beschlossen hatte, nicht schlüssig erklären.«

»Also so in der Art, wie es bei Sharon und Julia gemacht wurde?«

»Ja, Mrs. Walker.«

»Das mag ja sein, aber erklärt nicht, warum er es auf mich abgesehen hat?«

»Richtig. Deswegen bin ich hier. Denken Sie bitte ganz genau darüber nach, ob Sie mit ihm in der Vergangenheit aneinandergeraten sind. Gab es einen Streit oder hat er mal einen Befehl in Frage gestellt? Hat er Ihnen gegenüber mal etwas erwähnt, das Ihnen merkwürdig vorkam?«

»Nein«, sagte George und schüttelte jetzt energisch den Kopf. »Wie gesagt: Wir haben kaum – eigentlich nie – außerhalb des Dienstes miteinander geredet. Aber Ihnen dürfte genauso klar sein wie mir, dass sich in der Befehlskette immer mal zweifelnde Glieder finden. Doch kann ich mich nicht erinnern, von

Digger Brown jemals einen Einwand gehört zu haben.«

»Okay«, sagte Miller, steckte seinen Notizblock ein und stand auf. »Vielleicht fällt Ihnen später etwas dazu ein, Sie haben meine Nummer. Und in ein paar Tagen wissen wir hoffentlich auch mehr aus Ramstein.«

Der Detective ließ die beiden mit mehr Fragen als Antworten in ihrem Appartement zurück.

»Ist es nun vorbei?«, wollte Vanessa wissen. George zuckte mit den Schultern und pustete geräuschvoll aus.

»Keine Ahnung, ich denke schon. Obwohl ich absolut keinen Schimmer habe, was den Typen dabei geritten haben soll.«

»Na ja, wir wissen doch, dass man das Verhalten eines Psychopathen nicht mit Logik erklären kann, dazu braucht man sich nur drei vier Folgen von Criminal Minds ansehen, schließlich baut das auf realen Fällen auf. Vielleicht hatte er eine schwierige Kindheit und ihm saß gerade dann ein Furz quer, als du vorbeigegangen bist, und das machte dich zu seinem Sündenbock.«

»Ja, sicher, das könnte sein, aber solange nicht ein einigermaßen nachvollziehbares Motiv vorliegt, werde ich Zweifel daran haben, dass Brown der Täter war.«

»Meinst du, ich kann mich trotzdem jetzt wieder frei bewegen? Ohne Anstandswauwau?«

»Mh«, machte George nur. Er kämpfte gegen den Drang an, sofort bei Tom und Howard anzurufen, doch er wollte den Ermittlungen von Kommissarin Meyer nicht vorgreifen. Die Polizei hatte doch andere Mittel als er. Er beschloss, deren Ergebnisse abzuwarten. Falls er damit unzufrieden wäre, könnte er immer noch selbst recherchieren.

»Okay, soll ich ihr Bescheid geben?«

»Was? Wem?«

»Jane. Dass du sie abziehst.« Er schaute verdattert zu seiner Verlobten.

»Warum sollte ich sie abziehen?«

»George Franklin«, begann sie mit ernster Stimme, »ich habe dich vor dreißig Sekunden danach gefragt. Mir ist klar, dass dich das alles mitnimmt, aber wenn du dich mit mir unterhältst, höre mir bitte auch zu.«

Nachdem er sich für seine gedankliche Abwesenheit entschuldigt und sie ihr Anliegen wiederholt hatte, nahm er mit etwas Widerwillen den Hörer in die Hand und gab Jane und ihrem Team die Anweisung, sich wieder bei ihrem Abteilungsleiter verfügbar zu melden. Vanessa beobachtete ihn grinsend bei seinem Telefonat und belohnte ihn dafür mit einem Kuss, der zu einem anschließenden Quickie in der Küche führte.

***

Fast eine Woche dauerte ihr Versteckspiel mittlerweile an und es war nicht absehbar, wann es vorbei sein würde.

Wann immer Julia eine herrenlose Tageszeitung fand, blätterte sie hastig darin, ob sie eine Meldung über ihre Entführung oder die Explosion darin fand. Oder noch besser: dass der Entführer gefasst wäre. Doch entweder hatten die Cops bisher keinen Erfolg gehabt oder die Presse erachtete eine Meldung darüber als unwichtig. Klar, Berichte über Stadtratsentscheidungen oder Bankenfusionen waren natürlich von wesentlich größerer Bedeutung.

Vor drei Tagen, sie kaufte auf dem gutbesuchten Wochenmarkt ein paar Äpfel, die sie in ihrer provisorischen Behausung zusammen mit einem Brötchen vom Vortag essen wollte, beschlich sie plötzlich das Gefühl, beobachtet zu werden. Sie hatte sich ihre langen Haare abgeschnitten und mit einer billigen Tönung aus dem Drogeriemarkt fast schwarz gefärbt. Sollte sie trotzdem erkannt worden sein? Genau konnte sie den Mann nicht sehen, jedoch war sie sicher, dass er sie über eine halbe Stunde lang verfolgt und sie nicht aus den Augen gelassen hatte. Erst, nachdem Julia sich im Kaufhaus unter hunderte von Kunden gemischt hatte, meinte sie, ihren Verfolger abgeschüttelt zu haben. Jedenfalls blieb das Gefühl des Observiertwerdens auf dem Weg zu dem Bauwagen, in dem sie die letzte Nacht verbracht hatte, zu ihrer Beruhigung aus.

In unregelmäßigen Abständen rief Julia ihre Großmutter über ein öffentliches Telefon an, wobei sie ihr eigenes Verhalten schon ein bisschen befremdlich fand, aber sicher war sicher. Leider konnte Anneliese Becker ihrer Enkelin ebenfalls keine guten Nachrichten übermitteln, bei ihrem letzten Gespräch allerdings rückte sie mit dem Besuch von George Franklin heraus und damit, dass er ihr einen Brief hinterließ, was sie ihrer Enkelin bislang verschwiegen hatte.

»Was steht drin?«, wollte sie wissen.

»Wo denkst du hin, Kindchen, ich öffne doch nicht deine Post. Aber er ist ziemlich dick, könnten also einige Seiten sein, die dir der Drecksack geschrieben hat.«

»Ich weiß, dass du ihn nicht leiden kannst –.«

»Nicht leiden kann?«, unterbrach Anneliese Becker ihre Enkelin. »Ich verachte ihn, wünsche ihm die Pest an den Hals und Cholera obendrauf und ewiges Höllenfeuer. Er ist ein egoistisches Arschloch und hat deine Mutter auf dem Gewissen. Hast du das etwa vergessen?« Julia wusste, dass sich Widerworte nicht lohnten, wenn sich ihre Oma in Rage geredet hatte. Daher ließ sie ihren Redeschwall unkommentiert und wartete, bis sie zu Ende geflucht hatte.

»Ich möchte den Brief haben. Bringst du ihn mir?«

»Ach Kind, am liebsten würde ich ihn ungeöffnet ins Feuer werfen. Dieser Mann ist schlecht für dich. Einmal in Lebensgefahr hat er dich schon gebracht«, sagte sie mit jetzt eher weinerlicher Stimme.

»Oma, bitte. Das ist meine Entscheidung, nicht deine. Also?«

Ihre Großmutter hatte eingelenkt und sie verabredeten einen Übergabeort, an dem sie nun vor einer Stunde den Brief ihres Vaters bekommen hatte. Natürlich appellierte ihre Oma nochmal an sie, ihn nicht zu lesen, doch Julia ließ sich nicht beirren.

Jetzt saß sie, den Blick aus dem Bauwagen über die Baustelle schweifend, die seit einigen Tagen bestreikt wurde, unruhig am Tisch und hielt den Umschlag vor sich in beiden Händen. *An Julia* stand mit einer eleganten Handschrift darauf und ihre Oma hatte recht, er fühlte sich wirklich dick an. Sie drehte und wendete ihn in ihren Händen, unschlüssig, ob sie ihn wirklich öffnen und lesen sollte. Bisher war sie blendend ohne Vater zurechtgekommen. Blendend! Sie lachte auf bei diesem Gedanken. Dieses Wort in Verbindung mit einem Menschen, der von Geburt an drogenabhängig war, allein von seiner verbitterten Großmutter aufgezogen wurde, einige Schulabbrüche und noch mehr Schulwechsel hinter sich hatte, sich von einem Aushilfsjob zum nächsten hangelte ... und sie sprach von blendend? Das und einige andere Dinge, auf die sie nicht stolz war, zierten ihre Vita und trotz alledem, trotz eines bisher zerfahrenen und haltlosen Lebens, haderte sie mit sich, ob sie den Brief öffnen und dadurch vielleicht ein neues, besseres Kapitel ihres Lebens aufschlagen sollte.

Kapitel 16

Schneller als erwartet meldete sich Detective Miller erneut bei ihnen. Zwei Tage waren seit seinem Besuch ins Land gezogen, zwei Tage, an denen George hin- und hergerissen war zwischen einem Flug nach Deutschland, um selbst die Ermittlungen voranzutreiben, und dem zermürbenden Abwarten.

Sie klopften an die Glasscheibe seines Büros, in das er sie gebeten hatte.

»Ja?«, hörten sie ihn von drinnen sagen und betraten das unaufgeräumte Zimmer. George konnte an Vanessas Blick ablesen, dass sie sich fragte, wie man in so einer Rumpelkammer effizient arbeiten konnte. Er musste ihr wortlos zustimmen.

»Hi, Detective Miller«, begrüßten ihn die beiden. Er kam um den Schreibtisch herum und räumte ein paar Ordner weg, die auf den einzigen Stühlen im Büro lagen. Wegräumen im Sinne von: Auf einen Stapel in der Ecke legen.

»Nehmen Sie doch Platz.« Er zeigte auf die gerade freigeschaufelten Sitze auf der anderen Seite seines Arbeitsplatzes. George schob einen davor für Vanessa zurecht, danach ließ er sich auf den anderen fallen, der ein bedenkliches Geräusch von sich gab. »Keine Sorge, die halten mehr aus, als man denkt.«

»Sicher. Aber wir sind bestimmt nicht hier, um uns über ihre Einrichtung zu unterhalten, oder?«

»Ah, da kommt der Offizier in Ihnen durch, Mr. Franklin«, sagte Miller lachend. »Kein Geplänkel – gleich zur Sache kommen. Mir soll es recht sein.«

»Ja, bitte. Uns ist bei der ganzen Angelegenheit nicht unbedingt nach Smalltalk zu Mute. Das verstehen Sie sicher.«

»Natürlich«, bestätigte der Cop und hob beschwichtigend beide Hände. »Also: Schneller als erhofft hat Kommissarin Meyer die Genehmigung zur Befragung einiger Soldaten bekommen. Dabei handelt es sich ausnahmslos um solche, die gleichzeitig mit Ihnen und Brown unter einem Kommando gedient haben.«

»Darf ich erfahren, um wen es dabei geht?«

»Nun, warum nicht. Aber entscheidend ist nicht, wen die Kollegen befragt haben, sondern was teilweise ausgesagt wurde.« George wippte mit dem Fuß und aus dem Augenwinkel sah er, dass Vanessa unentwegt mit ihren Fingern an ihrer Bluse nestelte. Es wird langsam Zeit, dass dieser Scheiß ein Ende nimmt, damit wir wieder in ruhiges Fahrwasser kommen, dachte er.

»Ich bin gespannt«, sagte er nur.

»Als Erstes habe ich hier die Abschrift der Vernehmung des Zeugen Major Howard Turner. Zu dem Verhältnis zwischen Ihnen, Mr. Franklin, und Brown konnte er nichts beitragen, aber da Brown seit Jahren unter seinem Kommando stand, konnte er bestätigen, dass Brown zu allen fraglichen Zeiten, an denen damals Ihre Frau Sharon entführt worden war und an den Tagen rund um die Verschleppung Julias nicht im

Dienst war. Wir checken zur Zeit noch ab, ob er sich bei Sharons Tod in den USA aufgehalten hat.«

»Dass Major Turner nicht helfen kann, hätte ich Ihnen gleich sagen können, auch wenn Sie ihn gern als Verantwortlichen hätten.« Detective Miller konterte den Vorwurf mit einem ernsten Blick.

»Mr. Franklin, ich schließe grundsätzlich im Vorfeld einer Ermittlung nichts, absolut nichts aus. Und seinerzeit habe ich selbstverständlich auch in Richtung Turner recherchiert, da er zu Ihren engsten Vertrauten gehört. Aber das ist Schnee von gestern.« Er blätterte in seiner Akte zur nächsten Seite. »Als Nächstes liegt die Aussage von Lieutenant Fulham vor, dem ebenfalls keine Differenzen zwischen Brown und Ihnen bekannt waren. Er setzte Kommissarin Meyer jedoch davon in Kenntnis, dass die Sergeants Miguel Lopez und Ronald Shaw die Einzigen waren, mit denen sich Brown außerhalb des Dienstes abgegeben hat.« Lopez und Shaw, kam es George in den Sinn, klar, die beiden hatte er häufig mit Digger Brown beim Kartenspielen gesehen. Darauf hätte er selbst kommen können. Er zog die Augenbrauen nach oben und bedeutete dem Detective mit einer Handbewegung, fortzufahren. »Ronald Shaw ist von seinem letzten Einsatz in Afghanistan nicht zurückgekehrt, er gilt als gefallen und wurde vor zwei Jahren für tot erklärt.«

»Dieser verdammte Krieg!«

»Da stimme ich Ihnen zu. Doch weiter: Miguel Lopez hat die Army einige Monate nach Ihnen verlassen und lebt seitdem in der Nähe von New York.

Wir konnten ihn lediglich telefonisch erreichen, doch er teilte uns bereitwillig mit, was er darüber wusste.« George spürte eine gewisse Anspannung, möglicherweise käme gleich etwas Licht in das bisherige Dunkel. Er rechnete schon fast mit einem Trommelwirbel, doch der erfolgte natürlich nicht. Stattdessen fuhr Miller in seiner neutralen Stimmlage fort. »Laut Lopez hielt Digger Brown Sie, Mr. Franklin, und ich zitiere ihn wörtlich, für eine ahnungslose Flachpfeife, für eine absolute Fehlbesetzung als Offizier und zu guter Letzt für eine Schande für die Army der Vereinigten Staaten von Amerika.«

Rumms! Das saß. George hatte mit Vielem gerechnet, jedoch nicht mit so einer klaren Aussage, nicht mit einem Kübel Mist, der über ihm ausgekippt wurde. Er starrte den Polizisten mit offenem Mund an und formte lediglich ein:

»Was?«

»Tut mir leid, Mr. Franklin, so seine Worte. Aber nun kommt es: Auf die Frage an Lopez, ob er sich vorstellen könnte, dass Brown Ihnen oder Ihrer Familie etwas antun könnte, verneinte er. Wörtlich sagte er: Wenn Digger mit Franklin abrechnen wollen würde, würde er ihn in seinem Haus in die Luft jagen und nicht seine Familie mit reinziehen. Was ich allerdings dazu sagen muss, ist, dass Mr. Lopez unter einem posttraumatischen Syndrom leidet – wie viele andere Kriegsveteranen auch – und wir deshalb seine Aussage, ich meine seine komplette Aussage, mit Vorsicht genießen müssen.« George musste an die verwahrlosten und vom Staat fallengelassenen Veteranen aus dem Vietnamkrieg denken, die immer noch in den Innenstädten der USA ein teilweise trauriges Leben zwischen Wahnvorstellungen und massiver Medikation fristeten. Einige Sekunden sagte niemand etwas, bevor Vanessa das Schweigen brach.

»Und was meinen Sie nun, Detective, war dieser Digger Brown der Entführer der beiden oder nicht?« Miller streckte seinen Rücken durch und ließ seine Fingerknöchel knacken. Er blickte durch die Lamellen der Jalousie, die vor dem Fenster hingen und sein Büro vom Großraumbüro trennten. Eine Kollegin mit einem Funkgerät in der Hand kreuzte sein Blickfeld. Doch genau so schnell, wie sie zu sehen war, verschwand sie wieder. Nun richtete er seine Augen auf Vanessa und George.

»Soweit ich das beurteilen kann, ist dieser Fall abgeschlossen.«

Kapitel 17

Einige Tage später, es war Samstag Mittag, hatte George das erste Mal seit dem Anruf des Irren das Gefühl, ihr Leben hätte sich wieder normalisiert. Klar, er musste immer wieder an die Taten denken und war generell aufmerksamer als die Wochen beziehungsweise Monate zuvor. Doch mit jedem Tag, an dem nichts passierte, wuchs die Hoffnung in ihm, dass es mit Digger Brown tatsächlich den Täter erwischt hatte. Einige Male telefonierte er mit Howard, den es ebenso überrascht hatte, denn in der ganzen Zeit nahm er Brown zwar als introvertiert wahr, doch er hätte sich im Traum nicht vorstellen können, dass er sich auf einem persönlichen Rachefeldzug befand.

Vanessa verhielt sich ebenfalls deutlich entspannter, seit sie sich wieder frei bewegen konnte, was sich auf ihr Zusammenleben spürbar auswirkte – es könnten natürlich auch die Hormone sein, warf er schmunzelnd gedanklich ein, die sie dazu veranlassten, jede sich bietende Gelegenheit zum Sex mit ihm nutzen. Würde er sie nicht schon viel länger und ganz anders kennen, wäre die Vorstellung nicht abwegig, dass seine Verlobte eine Nymphomanin war. Er lachte laut auf, während er diese absurden Überlegungen anstellte.

»Was ist so lustig, George Franklin?« Vanessa lud ihm gerade mit Rührei und Speck ein spätes Frühstück auf den Teller. Sie hatten das erste freie gemeinsame Wochenende seit vielen Wochen bis vor einer Stunde im Bett verbracht.

»Ach nichts, mir ging nur etwas Unwichtiges durch den Kopf.« Sie beugte sich zu ihm hinunter und küsste ihn, bemüht, ihn nicht mit der heißen Pfanne, die sie noch in der Hand hielt, zu verbrennen.

»Egal was für ein Quatsch dir durch deinen Schädel geht: Ich freue mich, dass ich mal wieder dein Lachen höre.« Sie küsste ihn abermals und rief ihm zu, während sie in die Küche ging: »Und nun mach ihn endlich auf.«

Doch George zierte sich noch und wenn er gewusst hätte, dass vor einigen Tagen Julia mit einem vergleichbaren Gefühl vor seinem Brief an sie gesessen hatte, müsste er wahrscheinlich erneut auflachen. Aber er ahnte davon nichts. Er wusste nur, dass ihn der Inhalt des Umschlags, der neben seinem Teller auf dem Tisch lag, der Umschlag, der vor etwa einer halben Stunde per Bote bei ihnen abgegeben wurde, dessen Absender die Stonefield Laboratories waren, sehr aufwühlen würde. Egal, was er ihm offenbaren würde – ob er nun Julias Vater war oder nicht.

Die Idee, einen Vaterschaftstest machen zu lassen, war ihm spontan in den Sinn gekommen, als er im Krankenhaus vor Julias Bett saß und ihre zerbrechlich wirkende Hand hielt. Sein Blick war auf die Kanüle gefallen, die in ihrem Handrücken steckte, besser gesagt, auf das Pflaster, mit der sie auf der Haut fixiert war. Ein winziger Blutfleck schimmerte durch das Gewebe. George entfernte es vorsichtig, verstaute es in der Plastikverpackung seiner Taschentücher und legte einen neuen Klebestreifen an, den er von der Rolle nahm, die er neben anderen Verbandsmaterialien auf ihrem Nachtschrank fand. Zusammen mit einer Speichelprobe von ihm selbst und einem Büschel seiner Haare schickte er es zu der Institution, deren Ergebnis jetzt vor ihm auf dem Tisch lag. Lediglich das Öffnen des Umschlags und das Lesen der Prozentzahl trennte ihn noch von einer möglichen Vaterschaft.

»Ich weiß nicht«, sagte er und ließ seine Hand darüber gleiten. Vanessa setzte sich über Eck und blickte ihm tief in die Augen.

»Nun komm schon, ich bin auch neugierig, ob unser Baby eine Halbschwester hat.« George atmete tief durch, nahm den Brief und hielt ihn seiner Verlobten vor die Nase.

»Mach du ihn auf. Bitte.« Feierlich grinsend schnappte sie danach, fuhr mit einem Fingernagel die Falz entlang und fischte das Dokument mit einem Pinzettengriff aus dem Umschlag.

»Bist du bereit?«

»Ja«, sagte er unter einem Schlucken. Vanessa blätterte die Zettel auf und überflog die erste Seite.

»Blabla, zwischen den vorliegenden und analysierten DNA-Proben von George Franklin, geboren am blabla, in blabla, und Julia Becker, geboren am blabla herrscht eine Übereinstimmung von –.« Sie blätterte auf die zweite Seite, schaute etwa in die Mitte des Zettels und dann zu ihm. »Herzlichen Glückwunsch, du bist ein Dad. Übereinstimmung von 99,99 %. Blabla, damit gilt die Verwandtschaftsbeziehung als bestätigt und ist, vorausgesetzt, die Proben wurden von allen Parteien freiwillig zur Verfügung gestellt, als rechtlicher Nachweis vor Gericht gültig.« Sie reichte ihm den Brief und lächelte unwillkürlich, da ihn mal wieder sein dümmlicher Gesichtsausdruck zierte. »Lass Julia das nicht sehen, sonst klagt sie den Unterhalt von über zwanzig Jahren nachträglich ein.« Sie zwinkerte und begann, ihre Portion Rührei zu vertilgen.

Tatsächlich, darin stand alles so, wie es Vanessa eben vorgelesen hatte, nur ersetzten dort Worte und Daten das, was Vanessa frei mit blabla übersetzt hatte. Obwohl er sich vorher schon sicher war, dass Julia von ihm sein musste, wühlte es ihn auf, es schwarz auf weiß vor sich zu sehen. Nun gab es keinen Zweifel mehr.

»Ich hoffe nur, dass sie sich irgendwann mal bei uns meldet.«

»Das kann ich nicht beurteilen, da ich sie nicht erlebt habe. Da sie allerdings abgehauen ist und im Krankenhaus vielleicht gar nicht mitbekommen hat, dass du ihr Vater bist –.« Sie beendete den Satz nicht.

»Wenn ihre Großmutter ihr meinen Brief gibt, dann vielleicht.«

»Ja, dann weiß sie es auf jeden Fall. Doch so, wie du die beschrieben hast, würde ich mich nicht wundern, wenn sie ihn direkt im Müll entsorgt hat. Sie scheint ja nicht gut auf dich zu sprechen zu sein.«

»Danke, du verstehst es, mir Mut zu machen«, sagte er sarkastisch.

»Schatz, ich wünsche dir, dass Julia sich meldet und ehrlich, ich möchte sie auch gern kennenlernen. Aber jetzt bin ich halt mal rational, damit musst du umgehen können.« Sie stupste ihn spielerisch an der Schulter. »Gib ihr Zeit, sie wird irgendwann etwas von sich hören lassen. Spätestens, wenn sie dich gegoogelt hat und sieht, dass du reich bist.«

»Ja, genau, George Franklin, der Dagobert Duck von Chicago. Mit eigenem Geldspeicher. Welche Parallele mir dazu übrigens einfällt: Beim alten Duck kommen immer wieder die Panzerknacker ins Spiel, bei mir der irre Psychopath.«

»Nein«, sagte sie und winkte ab, »du hast keinen alliterativen Namen, also vergleich dich nicht mit Dagobert Duck.« Sie überlegte. »Bruce Wayne würde gehen. Der ist auch deutlich attraktiver als dieses zähe Federvieh. Und wenn ich dich mir in deinem hautengen Bat-Suit vorstelle, rrrr ...«

***

Detective Miller telefonierte zum wiederholten Male mit seiner deutschen Kollegin, die ihm, ohne sie jemals kennengelernt oder gesehen zu haben, durchweg sympathisch war. Schnell hatten beide gemerkt, dass sie auf derselben Wellenlänge funkten, so redeten sie nicht um den heißen Brei herum, sondern sprachen die Dinge an, die ihnen quer saßen.

»Hey Charlotte, habt ihr noch etwas herausgefunden?«

»Nein, unsere Untersuchungen sind abgeschlossen, alle aus dem gemeinsamen Umfeld von Franklin und Brown wurden befragt oder sind verstorben. Die Sache scheint klar zu sein.« Er wartete einen Moment mit seiner Antwort.

»Ja, das ist sie. Ich weiß nicht, wie ihr das in Deutschland nennt, doch wir nennen sowas gern Beweisorgie.«

»Diesen Begriff gibt es bei uns auch, nur wird er selten benutzt, da so was wie in diesem Fall bei uns kaum vorkommt.« Sie unterbrach kurz, um zu husten. »Du meinst also auch, dass die Sache nicht ganz koscher ist?«

»Gesundheit«, wünschte er, »oder rauchst du zuviel?«

»E-Zigarette, seit zwei Jahren. Und jeden Tag sehne ich mich nach einer echten Fluppe.« Er lachte herzlich.

»Das kenne ich, bin auch seit einem Jahr pausierender Raucher. Aber zum Thema: Es passt alles zusammen, selbst den Aufenthalt Browns hier in den USA zu den fraglichen Zeiten konnten wir nachweisen. Das einzige, was mir fehlt, ist ein stichhaltiges Motiv oder wenigstens ein Auslöser, der ihn zu diesen Taten gebracht hat.«

»Hast du den Franklins deine Zweifel mitgeteilt?«

»Nein, ich habe ihnen gesagt, der Fall sei für uns abgeschlossen.«

»Du willst sie beruhigen?«

»Zum einen das und zum anderen hat der Typ eine kleine Armee aufgefahren, um sich und seine Verlobte zu beschützen. Dass heißt, falls Brown es nicht oder nicht allein gewesen ist, hat der tatsächliche Täter kaum eine Chance, an die beiden heranzukommen.«

»Du benutzt sie als Köder?« Sie brummte etwas Unverständliches ins Telefon.

»Na ja, im weitesten Sinne. Wir haben natürlich ständig ein Auge auf die beiden. Und was sagtest du noch? Ich hab den Rest nicht verstanden.« Nach einem Räuspern wiederholte sie den letzten Satz und diesmal verstand er ihn klar und deutlich.

»Das sollte ich mir hier mal erlauben, dann könnte ich meine Marke gleich abgeben und würde obendrauf selbst noch zwei Jahre mit Bewährung kriegen.«

»Ja, es hat durchaus Vorteile, als Bulle seinen Dienst in der Geburtsstätte Al Capones und der Mafia zu verrichten. Unsere Grauzone ist sehr breit. Aber zurück zum Fall: Habt ihr von Julia Becker etwas gehört?«

»Vielleicht sollte ich mir `ne Greencard besorgen und bei euch anfangen.« Sie lachten beide. »Nein, seitdem Julia aus dem Krankenhaus verschwunden ist, nicht. Doch ihre Großmutter, mit der sie in losem Kontakt steht, versicherte uns, dass sie wohlauf sei.«

»Das ist gut. Hoffentlich bleibt es dabei.« Er zögerte kurz. »Weißt du, damals hatte ich Major Turner in Verdacht. Ich war mir relativ sicher, dass er dahinter steckt, doch ich konnte ihm nichts nachweisen.«

»Der Typ ist aalglatt, das ist mir ebenfalls aufgefallen. Aber ein Motiv sehe ich bei dem nicht, auch wenn er von hier aus mit seinem privaten Kontakt zu

Franklin natürlich alles hätte steuern können. War er denn damals in Chicago, als das mit Sharon Franklin passierte?«

»Ja, er wusste sogar vor uns von der Sache. Von seinem Freund George, behauptete er natürlich. Er war über alle unsere Schritte informiert, soweit wir sie Franklin mitgeteilt hatten.«

»Nur, welches Motiv sollte er dafür haben?«

»Keine Ahnung, Charlotte, vielleicht ist er neidisch, weil ihm seine beiden Frauen abgehauen sind, mit denen er verheiratet war, oder er stand auch auf Sharon, was weiß ich.«

»Das sind Schüsse ins Blaue, das ist dir klar, oder?«

»Ja, sicher. Aber manchmal bleibt uns nichts anderes.«

»Richtig, manchmal ist das die einzige Möglichkeit, voranzukommen. Aber gut, ich hab hier noch zu tun. Falls du noch einen Geistesblitz hast, meld dich.«

»Natürlich.« Er legte den Hörer zurück, griff nach seiner Tasse und nahm einen Schluck. Kurz war er versucht, ihn wieder auszuspucken, zwang sich jedoch, den kalten Kaffee herunterzuschlucken. Den Rest des Gesöffs, was es in diesem Moment für ihn war, kippte er in den Blumentopf der Zwergpalme, die auf einem Nebentisch stand. Er besah sich die Pflanze, die nur noch ein Blatt trug und deren ehemals braune Rinde zum größten Teil von einem weiß-gräulichen Flaum überzogen war. »Du hattest auch schon bessere Zeiten«, sagte er zu ihr. Schließlich hörte man doch immer, dass man mit seinen Pflanzen reden sollte. Nach einem weiteren begutachtenden

Blick nahm er den Blumentopf samt der Palme und warf sie in den Mülleimer, der unter seinem Schreibtisch darauf wartete, endlich mal wieder ausgeleert zu werden.

***

Miguel Lopez nahm das Gespräch an, bevor der erste Klingelton verhallt war.

»Ich hab alles so gemacht wie besprochen. Wirklich alles. Wann kann ich damit rechnen? Es ist wichtig!«, ratterte er mit aufgeregter Stimme.

»Ja, hast du«, erwiderte der Mann am anderen Ende der Leitung gelassen. »Auch wenn du etwas übertrieben hast.«

»Ich, ich wollte, ich sollte es doch so, oder nicht? Bitte, ich brauch es.« Als der Anrufer nach einigen Sekunden nicht antwortete, schob er flehend hinterher: »Was ist? Sagen Sie doch was. Ich bin am Ende.«

»Bleib ruhig, Lopez«, sagte dieser und er genoss das Leiden des Veteranen.

»Ruhig bleiben? Wie soll ich dabei ruhig bleiben? Es war nie die Rede davon, dass jemand umgebracht wird.«

»Halt deine Klappe«, herrschte der Anrufer ihn an. »Wir sind im Krieg, da sterben Menschen. Darüber hättest du dir vorher Gedanken machen sollen, du Wurm.«

»Ja, aber ich –.« Seine Stimme brach und der Anrufer hörte Lopez weinen. Was war das nur für ein Schwächling?

166

»Hör zu, Lopez, hör ganz genau zu: Deine Kohle kommt morgen per Postpaket. Du holst es ab und machst dich sofort vom Acker. Dein Handy schmeißt du gleich nach unserem Gespräch weg, in der Post liegt ein neues. Und sollte ich in den nächsten Wochen auch nur einen Furz von dir hören, passiert dir und deiner Familie das Gleiche wie Digger Brown.«

»Ja«, kam zögerlich. »Okay.«

»Zu gegebener Zeit werde ich mich bei dir melden. Und jetzt: Reiß dich zusammen, du Weichei!« Der Anrufer beendete das Gespräch, bevor Lopez etwas erwidern konnte, und lehnte sich entspannt in seinem Sessel zurück.

Kapitel 18

Das Wochenende war ruhig verlaufen und George stürzte sich voller Elan wieder in die Arbeit. Die ersten Tage nach seiner Rückkehr aus Frankfurt kam es ihm vor, als würde man ihn wie ein rohes Ei behandeln. Seiner Meinung nach hing das mit den Vorfällen rund um die Entführung seiner Tochter zusammen, die sich wie ein Lauffeuer im Betrieb herumgesprochen hatten, und natürlich mit der Ermordung seiner Sekretärin May Garcia, die in der Belegschaft sehr beliebt gewesen war. Doch mittlerweile hatte sich das gelegt und die Gespräche anderer verstummten nicht mehr in dem Augenblick, in dem er in Hörweite war.

Zu seiner Überraschung schaffte es Josephine, die nach der grausamen Nachricht aus ihrem Praktikantinnenstatus in ein festes Arbeitsverhältnis übernommen wurde, ihr neues Aufgabengebiet bis auf Kleinigkeiten zu bewältigen. Den Feinschliff würden sie auch noch hinbekommen, davon war George überzeugt. Er drückte den Knopf zur Gegensprechanlage.

»Josephine, bringen Sie mir bitte die Akten vom Winfield-Projekt.« Es knackte kurz in der Leitung, dann antwortete sie:

»Sofort, Mr. Franklin.« Zwei Minuten später betrat sie mit drei Ordnern in den Armen sein Büro und legte sie auf dem Rollwagen neben seinem Schreibtisch ab.

»Danke, Josephine.«

»Sehr gerne, Mr. Franklin. Mr. Franklin, draußen möchte Sie jemand sprechen. Aber sie hat keinen Termin.«

»Geben Sie ihr einen für heute Nachmittag, ich muss das hier erst fertigmachen.«

»Natürlich, Mr. Franklin«, erwiderte sie und tapste hinaus, während er den oberen Aktenordner nahm und ihn aufschlug. Kurz darauf meldete sich Josephine erneut über die Sprechanlage.

»Mr. Franklin, die Dame meint, sie würde nicht warten wollen. Entweder, Sie würden sie jetzt empfangen oder gar nicht, sagt sie.« George stöhnte auf und wünschte sich gerade May zurück, die so eine Situation geräuschlos gelöst hätte, ohne ihn aus seinem Arbeitsfluss herauszuholen.

»Na, das muss ja verdammt wichtig sein. Wissen Sie was, ich habe heute meinen guten Tag: Schicken Sie sie zu mir.«

»Ja, Mr. Franklin«, sagte sie und er hörte sie noch zu jemandem sagen: »Sie können jetzt reingehen.«

Als sich seine Tür öffnete und die Frau zögerlich eintrat, konnte er im ersten Moment nichts mit ihr anfangen. Doch nach genauem Hinsehen erkannte er sie.

»Julia!« George sprang auf, kam mit schnellen Schritten um seinen Schreibtisch herum und ging auf sie zu. Er bemerkte, wie sie zusammenzuckte und einen kleinen Schritt zurückwich. Natürlich, du Idiot, sie kennt dich doch gar nicht. Er bremste sich und blieb etwa einen Meter vor ihr stehen. »Du kannst dir nicht vorstellen, wie sehr ich mich freue, dich wiederzusehen. Komm, setzen wir uns.« Er deutete auf eine Sofagarnitur in der Ecke seines Büros und bot ihr einen Sessel an, den er ein wenig in ihre Richtung drehte. Doch Julia blieb wie angewurzelt stehen und ließ ihren Blick durch den Raum schweifen.

»Das ist sehr groß hier.«

»Hier werden auch große Entscheidungen getroffen«, versuchte er, die Stimmung zu lockern, was misslang.

»Es ist alles sehr groß hier: die Häuser, die Straßen, die Autos ...« George war verwirrt. Das Mädchen kam aus Frankfurt. Okay, Chicago ist vielleicht noch eine Nummer größer, aber hey, sie kam nicht vom Dorf.

»Ja, think big sagt man hier. Möchtest du etwas trinken? Oder hast du Hunger? Ich kann dir etwas bringen lassen.«

»McDonalds.«

»McDonalds haben wir unten an der Ecke.« George ging zu seinem Schreibtisch. »Ich sage Josephine, dass sie uns etwas von dort holt. Was möchtest du?«

»Hingehen.«

»Hingehen? Ach so, du möchtest, dass wir jetzt da hingehen.«

»Ja.« George fühlte sich wie ein pubertierender Teenager vor dem ersten Date und er befürchte, er benahm sich auch so. Wenn Vanessa ihn so sehen könnte, würde sie sich schlapplachen. Jetzt merkte er auch, dass er wieder sein dummes Grinsen zeigte. Er räusperte sich und zwang sich, einen geschäftsmäßigen Blick aufzusetzen. Er griff sein Jackett und ging an ihr, die immer noch an derselben Stelle verharrte, vorbei zur Tür.

»Dann lass uns gehen, Julia.« Er wies Josephine an, seine heutigen Termine abzusagen, er wäre morgen früh wieder im Büro. Bevor sie darauf reagieren konnte, war er mit Julia bereits außer Sichtweite.

Aus dem Augenwinkel musterte er seine Tochter verstohlen, während sie im Aufzug abwärts fuhren. Sie hatte nicht mehr viel gemeinsam mit der kränklichen, blass wirkenden jungen Frau, die mit langen, zerzausten Haaren und Kanülen in den Händen im Halbdunkel des Krankenhauszimmers vor ihm im Bett gelegen hatte.

»Du hast eine andere Frisur«, bemerkte er. Das war wahrscheinlich nicht der beste Opener für ein Gespräch, das erste Gespräch mit seiner Tochter, die er über zwanzig Jahre nicht gesehen hatte, doch immerhin besser, als sie danach zu fragen, ob sie einen guten Flug gehabt hä tte. Hoffte er jedenfalls.

»Ja, etwas kürzer«, antwortete sie. Julia stand weiter neben ihm und starrte die geschlossene Tür des Fahrstuhls an. Sie hatte eine gesündere Gesichtsfarbe, war ihm bereits im Büro aufgefallen und sie trug zu ihren Sneakers eine einfache Jeans und über ihrem T-Shirt eine dunkelrote Jacke, wie sie Sportsegler trugen. Alles in allem sah sie älter aus als im Krankenhaus. Das verwunderte ihn nicht, denn er konnte sich vorstellen, wie die letzten Tage, an denen sie untergetaucht war, an ihr gezehrt haben mussten.

»Steht dir.« Toll, George, deine Konversation wird ja immer besser. Reiß dich gefälligst zusammen!

»Warst du schon einmal im Ausland?« Ja, das ist schon etwas besser.

»Mh«, machte sie nur. Dann bremste der Lift ab und sie folgte ihm durch das Foyer. Der Wachmann Pete, der scheinbar immer Dienst hatte, so jedenfalls kam es George gerade vor, nickte ihnen freundlich zu und wandte sich dann wieder an den Mann an seinem Tresen, mit dem er das Gespräch kurz unterbrochen hatte.

Zehn Minuten schlenderten sie durch die Menschenmenge, die in dieser Gegend um die Mittagszeit regelmäßig aus den Bürokomplexen, von denen hier etliche in den Himmel ragten, in die Fast-Food-Restaurants strömten, die ihr Geschäft fast ausschließlich in der Zeit von 11 bis 14 Uhr machten. Anders als die Läden in der City, in denen es zum Abend hin hoch herging. George suchte zwanghaft nach einem Gesprächsaufhänger, doch ihm fiel nichts ein, das nicht banal oder aufgesetzt geklungen hätte. Daher entschied er sich dafür, einfach seine Klappe zu halten.

»Egal«, antwortete sie auf seine Frage, was sie denn essen wollte. Er schlug vor, dass sie ihnen einen Tisch suchen sollte und er das Essen holen würde. Sie nickte und setzte sich an einen freien Tisch am Fenster. Aus der Schlange hinter der Kasse konnte er zwischen den Köpfen der anderen Gäste gerade noch ihren Hinterkopf sehen. Als er endlich dran war, bestellte er ohne viel darüber nachzudenken drei verschieden Menüs mit jeweils einem anderen Getränk dazu. Irgendetwas davon würde sie schon mögen.

Sehr anspruchsvoll schien sie ja nicht zu sein, wenn es ihr egal war. Er reichte der Kassiererin 25 Dollar und gab den Rest als Trinkgeld. Dann schnappte er sich das Tablett und balancierte es zwischen den noch wartenden Gästen hindurch. Ein junger Mann rempelte ihn aus Versehen an, doch George schaffte es gerade so, dass nichts herunterfiel. Er schwenkte in Richtung des Tisches am Fenster, der nur noch drei oder vier Meter entfernt war, und blieb abrupt stehen. Julia saß nicht mehr dort, sie war weg! Ein junges Pärchen hatte den Tisch besetzt. Keine Panik, George, keine Panik! Er überflog alle Tische in seinem Sichtfeld, doch nirgendwo konnte er seine Tochter entdecken. Er durchquerte den gesamten Sitzbereich, ohne Erfolg. Ein ungutes Gefühl beschlich ihn. Dann sah er durch das Fenster nach draußen. Ein dunkler Van mit getönten Scheiben parkte schräg gegenüber der Eingangstür. Genau so einer, wie der, den ich nachts vor unserer Wohnung beinahe gerammt hätte, schoss ihm in den Sinn. Er stellte das Tablett auf den Tisch neben ihn, was zu verdutzten Blicken der beiden Männer führte, die gerade in ihre Burger bissen. Er sprang zur Tür, stieß sie auf und rannte nach draußen. Bevor er ihn erreichen konnte, machte der Van einen Satz nach vorn und fuhr vom Parkplatz. George kniff die Augen zusammen, doch er konnte das Kennzeichen nicht genau entziffern.

»Verdammt!«, entfuhr es ihm und er spürte, wie sein Körper erzitterte.

»Ist das Essen ausverkauft?« Er zuckte zusammen, als er ihre Stimme hörte. Julia hatte sich draußen einen Platz im Schatten gesucht, sodass er sie von drinnen nicht hatte sehen können.

»Nein, natürlich nicht«, sagte er und eilte zurück, um das Tablett zu holen. Ihm war gleichgültig, was die beiden Männer von ihm dachten, die er gerade um ihre unverhoffte Gratismahlzeit gebracht hatte. »Hier, lass es dir schmecken.« Er schob die Menüs in die Mitte des Tisches, setzte sich und atmete erleichtert aus. Langsam senkte sich sein Puls, der eben nach oben geschossen war.

»Was war los? Hast du gedacht, ich wäre schon wieder abgehauen?« Nein, ich dachte, du wärst schon wieder entführt worden! Doch das sprach er nicht aus, zu dämlich kam er sich vor, auch nur in Erwägung gezogen zu haben, dass man sie mitten am Tag aus einem voll besetzten Fast-Food-Bunker verschleppen hätte können, ohne dass es jemandem aufgefallen wäre.

»Ja«, log er. »Aber das ist natürlich Quatsch. Du kommst ja nicht extra den weiten Weg von Deutschland hierher, um mich bei McDonalds zu versetzen.« Julia nickte, während sie sich im Wechsel Cheeseburger und Pommes in den Mund stopfte, die sie mit Cola light herunterspülte.

»Ich habe den Brief bekommen.« Das ist mir klar, wie hättest du mich sonst finden sollen, wenn nicht über meine Visitenkarte, die ich neben 2000 Euro für einen Flug in das Kuvert gesteckt habe.

»Ja«, sagte er nur.

»Du hast geschrieben, dass du mich gern kennenlernen möchtest.« Sie sprach weiter, während sie kaute. »Ich möchte das auch, habe ich mir die letzten Tage überlegt. Und ich glaube dir auch, dass meine Mutter dir vorgegaukelt hat, mich abzutreiben, obwohl meine Oma es anders erzählt.« George nickte langsam.

»Das freut mich.« Er lächelte sie an und war sicher, dass es diesmal so ankam, wie es gemeint war, offen und ehrlich. »Aber iss erstmal in Ruhe, du scheinst ordentlich Appetit zu haben.«

»Meine Ernährung in den letzten Tagen war etwas – einseitig.« Sie kaute weiter. »Aber warum du dich nie wieder nach ihr erkundigt hast, verstehe ich nicht.« George schaute betroffen zu seiner Tochter herüber und seufzte:

»Ich glaube, ich war einfach froh darüber, nichts mehr damit zu tun zu haben. Und dafür schäme ich mich.«

***

Detective Miller kam gerade von der Toilette, da sprach ihn ein vorbeigehender Officer an:

»Erfolg gehabt, Miller?«

»Auf ganzer Strecke, willst du Details?«

»Boah, lass stecken.« Er wedelte mit der Hand vor seinem Gesicht, als würde ihm die Abluft aus dem WC genau dort hingeblasen. »Ach, übrigens, der Captain hat nach dir gefragt.« Miller klopfte ihm auf die Schulter und ging an ihm vorbei in Richtung des größten Büros dieser Etage des Chicago Police Departements.

»Hey, Captain, Sie wollten mich sprechen?«

»Ja, Detective, setzen Sie sich.« Captain Harris wirkte mit seinem schütteren grauen Haar und der eher zierlichen Statur nicht gerade einschüchternd. Doch seine tiefe Stimme, eine Folge der zwei Päckchen Zigaretten täglich, in Verbindung mit seinem stechenden Blick, hatte schon gestandene Schwerkriminelle dazu gebracht, in Verhören durch ihn ganz kleine Brötchen zu backen. Miller folgte ihm und zog sich einen Stuhl heran. »Wie ist der aktuelle Stand in der Franklin-Sache?« Detective Miller war klar, dass dieses Gespräch anstehen würde, doch hatte er frühestens in ein oder zwei Wochen damit gerechnet.

»Die Ergebnisse der deutschen Kollegen und unsere habe ich Ihnen vorgestern ins Fach gelegt.« Captain Harris nickte und bedeutete mit einer Geste, dass er fortfahren solle. »Wir sind an ihm und seiner Frau dran. Und vor zwei Stunden haben wir erfahren, dass seine Tochter – so sie es denn ist – nach Chicago gekommen ist und Franklin aufgesucht hat.« Darüber hatte ihn vorhin sein Kollege informiert, dessen Überwachung fast aufgeflogen wäre, hätte er nicht rechtzeitig den Parkplatz vor dem Schnellrestaurant verlassen.

»Gut und schön. Gibt es einen konkreten Anlass für die weitere Überwachung?« Miller wand sich auf seinem Stuhl und suchte händeringend nach einer plausiblen Begründung. Doch leider konnte er nichts Stichhaltiges vorbringen.

»Chef, ich hab es im Urin, dass die Sache nicht ausgestanden ist.« Clever, Miller, wirklich clever. Da hättest du ihm auch gleich sagen können, du hättest heute Morgen Tarotkarten gelegt, die eine weitere Observation als unerlässlich voraussahen.

»Dem guten Urin wird vieles nachgesagt: dass er desinfizierend sein soll, für Diagnostik wichtig ist und sogar Heilwirkung verspricht man sich von ihm.« Er grunzte. »Was ich jedoch noch nie gehört habe, ist, dass er als Wahrsagemedium taugt.«

»Aber Captain –.«

»Miller, Sie wissen, was in letzter Zeit in der Stadt los ist, die Gangkriminalitäten nehmen überhand. Captain Snow hat um vorübergehende Verstärkung für seine Einheit gebeten und der Deputy Chief hat zugesagt, dass er aus unserem Team acht Leute bekommt. Wie viele haben Sie dran an Franklin?«

»Das ist doch Mist. Sind unsere Fälle auf einmal unwichtig? Und drei sind es.«

»Sie sind natürlich nicht unwichtig, aber Sie wissen selbst, dass es den Bürgern unserer Stadt nicht mehr zuzumuten ist, was auf den Straßen momentan abgeht. Das hat selbst unser allseits geliebter Präsident eingesehen und will uns Feds zur Verstärkung schicken.«

»Ach, dieses weaselheaded Fucknugget von einem Präsidenten. Der soll sich um seine mexikanische Mauer kümmern und uns unseren Job machen lassen. Was sollen die Feds schon ausrichten?«

»Miller, Sie wissen auch nicht recht, was Sie wollen, oder?« Er lachte kurz auf, wurde aber gleich wieder ernst.

»Ich kann mit diesem Selbstdarsteller aus dem Weißen Haus einfach nichts anfangen, tut mir leid.«

»Das muss es nicht, mein Mann ist er auch nicht. Aber zur Sache: Wir können keinen erweiterten Personenschutz gewährleisten, wenn uns zum einen die Stadt um die Ohren fliegt und zum anderen überhaupt nichts darauf hinweist, dass die Franklins noch gefährdet sind – abgesehen von ihrem Urin.« Mit einer Handbewegung würgte er Miller ab, bevor er etwas entgegensetzen konnte. »Franklin soll sein eigenes Team nutzen, er ist doch personell fast besser ausgestattet als das ganze CPD. Und jetzt keine Widerworte: Sie ziehen die drei ab und zwei davon melden sich übermorgen bei Captain Snow. Haben wir uns verstanden?« Detective Miller sah auf seine Hände, die er wie zum Gebet hielt, dann stöhnte er auf, nickte und machte sich wieder auf den Weg in sein Büro.

***

Nachdem sie alles aufgegessen hatten, und in diesem Fall hieß alles, dass auch der letzte Pommeskrümel vom Tablett verschwunden war, brachte George seine unerwartete Besucherin zu seinem Apartment am Lake Shore Drive. Während der Fahrt, gerade in den Phasen, wo sie nicht oder nur stoßweise vorankamen, warf er ihr verstohlene Blicke zu. So ganz schlau war er noch nicht aus dieser schweigsamen, jungen Frau geworden. Er hoffte, wenn sie Vanessa kennenlernte, würde sie etwas auftauen. Er schätzte die Empathie seiner Verlobten deutlich höher ein als seine eigene.

Auf die Frage nach ihrem Gepäck hatte Julia geantwortet, dass sie außer ihrem Rucksack nichts dabei hätte. Dann muss Vanessa wohl morgen mit dir shoppen gehen und du kannst das erste Mal die Kreditkarte deines neuen Dads austesten, dachte er schmunzelnd.

»Auch sehr groß«, sagte Julia, als sie gerade die Wohnung betraten. George runzelte die Stirn. Groß schien eines ihrer Lieblingswörter zu sein.

»Es reicht«, sagte er und dachte bei sich, wie arrogant das gegenüber jemandem klingen musste, der sein Leben lang auf das Geld achten musste. »Ich verdiene ganz gut, und bevor ich alles zur Bank trage, kann ich es besser ausgeben. Findest du nicht? Oder ist das dekadent?« Julias Miene änderte sich nicht. Sie stellte ihren Rucksack ab und schlenderte durch die Wohnung.

»Ich hatte nie Geld. Meine Oma hat mich mit ihrer kleinen Rente und meiner Waisenrente irgendwie durchgebracht.« Obwohl er es ihr nicht übelgenommen hätte, klang auch unterschwellig kein Vorwurf in ihrem Satz. George musste an die Furie von Großmutter denken, deren kleines Haus für ihre vermeintlich geringen finanziellen Mittel doch ziemlich ordentlich auf ihn gewirkt hatte. Aber er wusste auch nicht, wie sich die Immobilienpreise in diesem Stadtteil Offenbachs gestalteten oder ob das Haus überhaupt der Frau gehörte.

»Das hört sich vielleicht etwas platt an, aber auch ich bin in bescheidenen Verhältnissen aufgewachsen.«

»Ja?«, fragte sie neutral.

»Meine Eltern sind mit dem Auto verunglückt, als ich neun Jahre alt war. Meine Kindheit habe auf der kleinen Farm meiner Großeltern verbracht. Das Geld, was sie für ihr Vieh bekommen haben, ging fast komplett für das Futter der nächsten Tiere wieder drauf.«

»Mh.«

»Ich hatte bei meinem bisher einzigen Besuch in Las Vegas das Glück, in einem Casino ordentlich abzuräumen. Von dem Geld konnte ich mich vor einigen Jahren in meine jetzige Firma einkaufen und seitdem geht es bergauf.« Er musste an den Tod seiner ersten Frau denken und fügte hinzu: »Finanziell jedenfalls.«

»Was macht deine Firma? Türstehen vor Diskotheken?« George musste lachen.

»Nein, damit haben wir nichts zu tun. Wir entwickeln Sicherheitssysteme, stellen sie her und installieren sie.«

»Wie das hier im Haus?«

»Ja, genau, das ist auch von uns. Wir sind aber mittlerweile landesweit tätig. Der andere Zweig unseres Unternehmens ist Personen- und Gebäudeschutz, vorrangig Banken und öffentliche Einrichtungen. Und manchen Prominenten haben wir auch unter unseren Fittichen.«

»Kenn ich die?«

»Das fällt natürlich unter die Verschwiegenheitsklausel, die wir unseren Auftraggebern zusichern. Aber einen kleinen Hinweis kann ich dir geben: Was sagt dir *Lose yourself*?« Zum ersten Mal seitdem sie in seinem Büro aufgeschlagen war, zeigte Julia eine Gefühlsregung. George grinste und ihm war jetzt egal, wie er dabei aussah. Er freute sich nur, ein Lächeln über das Gesicht seiner Tochter huschen zu sehen.

»Du kennst Eminem?«, wollte sie wissen, und ja, sie wollte es wirklich wissen.

»Kennen ist übertrieben«, ruderte er zurück. »Wir haben mit seinem Management verhandelt. Die Sicherheitsvorkehrungen auf seiner letzten Tournee lagen in unseren Händen.« Er merkte, wie ihr Interesse verflog, daher fügte er hinzu: »Einmal hab ich ihn gesehen und mit ihm gesprochen, aber nur kurz.«

»Ich würde auch gern mal mit ihm sprechen. Fand ihn früher eigentlich scheiße, aber seit ich *8 Mile* gesehen habe, fühle ich mich irgendwie mit ihm verbunden. Er hatte auch `ne scheiß Kindheit in dem Film.«

»Dafür hat er jetzt Millionen auf dem Konto. Aber Geld ist nicht alles.« George hatte es geschafft, sie während ihres Gespräches zur Couchecke zu lotsen. Nun saßen sie da, wo vor ein paar Tagen Detective Miller seine Fragen gestellt hatte. »Ich bin gleich wieder da«, sagte George und kam kurz darauf mit zwei Gläsern und einer Flasche Cola light zurück. Er setzte sich und goss ihnen ein. »Magst du mir auch etwas über dich erzählen? Was machst du beruflich? Hast du einen Freund? Also, natürlich musst du mir das nicht verraten, aber ich bin schon neugierig.« Sie griff nach ihrem Glas, lehnte sich zurück und betrachtete die schwarze Flüssigkeit, die scheinbar unbeweglich verweilte, obwohl Julia es in der Hand drehte.

»Ich wollte Abi machen und später studieren. Sprachen oder so, die liegen mir irgendwie.«

»Ja, dein hervorragendes Englisch ist mir ist schon aufgefallen. Liegt sicher an meinen Genen, ich spreche vier Sprachen«, sagte er sachlich, als ob es das Normalste der Welt wäre. Er hatte es im Büro sofort bemerkt, dass sie gar nicht erst versuchte, sich auf deutsch zu verständigen, sondern durchgehend, zwar mit kleinen Haken, aber sprachlich einwandfrei, in seiner Muttersprache redete.

»Mag sein. Aber Oma sagte, ich muss runter von der Schule und Geld verdienen. Daher hab ich nach der Zehnten abgebrochen und jobbe seitdem.« Sie trank ihr Glas halbleer und stellte es ab. »Ich bin müde. Kann ich hier schlafen?« George kam sich etwas überrumpelt vor, er hätte sich gern noch weiter mit ihr unterhalten. Aber klar, sie hatte einen langen Flug und eine harte Zeit hinter sich. Er zeigte auf die Tür neben seinem Arbeitszimmer.

»Klar, da kannst du schlafen. Bettzeug bringe ich dir sofort. Das Bad ist nebenan.« Sie stand abrupt auf, holte ihren Rucksack, warf ihn in das ihr zugewiesene Zimmer. Kurz darauf verschwand sie im Bad. George holte oben aus dem Schlafzimmer einen Satz Bettwäsche und bezog das Gästebett. Er hörte das Summen von Julias elektrischer Zahnbürste. Schade, dass sie nicht noch aufbleiben wollte, Vanessa würde in einer Stunde von der Arbeit kommen. Na ja, die beiden könnten sich auch morgen kennenlernen.

***

George telefonierte mit Howard. Er musste seinem Freund einfach die großartige Nachricht von Julias Erscheinen mitteilen. Major Turner schien wenig überrascht.

»Es war mir klar, dass sie irgendwann bei dir aufschlagen würde. Nur der Zeitpunkt war vakant.«

»Natürlich war dir das klar, Klugscheißer.«

»Hey, hey, bitte mäßigen Sie ihren Ton im Umgang mit einem Vorgesetzten.« George wollte gerade einen Konter fahren, da hörte er das Entriegeln der Wohnungstür.

»Vanessa kommt. Lass uns später weiterquatschen.«

»Verstehe, kaum erscheint die holde Maid, ist der alte Howard überflüssig wie ein Pickel am Arsch und wird abserviert.«

»Zieh den Rock aus, du Mädchen.« Ein Lachen beider Männer folgte. »Spaß beiseite: Wann kommst du wieder nach Chicago?«

»Früher als du glaubst, mein Freund. Lass dich überraschen.« Oh ja, ich hab schon ewig keinen überraschenden Besuch mehr bekommen, antwortete er gedanklich. Julias Ankunft lag schließlich auch schon ein paar Stunden zurück.

»Wie du meinst. Bis dann.« Er wartete die Erwiderung Howards ab und beendete das Gespräch in dem Moment, da Vanessa zur Tür hereinkam.

»Hi Schatz, wo ist sie?«, wollte sie wissen. Er hatte sie vorhin per Messenger über ihren Gast benachrichtigt. George deutete in Richtung des Gästezimmers.

»Sie schläft.«

»Schon? Schade, aber vielleicht steht sie ja später nochmal auf.«

»Ja, vielleicht. Sonst musst du dich bis zum Frühstück gedulden.« Er gab ihr einen Kuss und nahm ihr den Mantel ab, den er auf die Garderobe hängte.

»Ist vielleicht besser so, dann muss sie nicht mit ansehen, wie du mir die Füße massierst.« Sie kicherte und schob sich an ihm vorbei, wobei sie es darauf anlegte, dass ihre Brüste seinen Arm streiften.

»Überredet«, sagte er und warf ihr einen lasziven Blick zu. Jedenfalls dachte er das, bis ihr Lachen ihm verriet, dass er auf sie wohl doch anders wirkte.

»Und, wie ist sie?« Sie hatte sich auf die Couch und ihre nackten Füße in seinen Schoß gelegt, die er tatsächlich gekonnt durchknetete.

»Hm«, begann er, darauf achtend, nicht zu laut zu sprechen. »Sie ist noch sehr, sagen wir mal, scheu. Oder defensiv. Jedenfalls spricht sie nicht sehr viel.«

Vanessa hielt sich die Hand vor den Mund.

»Da sagst du was: Wie soll ich mich eigentlich mit ihr verständigen? Ich kenne außer bitte, danke und Bier kein deutsches Wort.« George strich über ihre Unterschenkel.

»Keine Sorge, du kannst dich in unserer Sprache mit ihr unterhalten, sie beherrscht sie sehr gut.«

»Puh, das beruhigt mich. Hast du ihr vom Vaterschaftstest erzählt?« Er schüttelte den Kopf.

»Wir haben bislang nur ein paar Banalitäten ausgetauscht. Ich hoffe, dass sich in den nächsten Tagen die Möglichkeit für ernstere Gespräche ergeben wird.«

»Mit Sicherheit. Spätestens, wenn ich mich ihrer angenommen habe, wird sie wie Wachs in deinen Händen. Apropos deine Hände.« Sie entzog ihm ihre Füße, stand vom Sofa auf, ergriff seine Hand und deutete mit dem Kopf hoch zur Galerie.

»Ich wusste, dass mein Blick ziehen würde«, sagte er stolz. Vanessa stieß ein kleines Grunzen aus.

»Träum weiter, Schatz. Es sind deine Hände.«

Kapitel 19

Die Blase drückte. George rezitierte einige Minuten das Mantra *Dr. Sheldon Coopers* aus der Comedysendung *Big Bang Theorie*, dass er der Gebieter über seine Blase wäre. Doch der Erfolg blieb ebenso aus wie bei dem Protagonisten der Erfolgsserie, dem es nicht gelang, seinen Körper zu überzeugen. Grummelnd stand er auf und tastete sich im Dunkeln – warum mussten Frauen eigentlich immer im Dunkeln schlafen? – zur Tür. Er stutzte kurz. Warum ist sie angelehnt? Wir schließen sie doch immer. Egal, wenn ich nicht schnell auf´s Klo komme, gibt´s hier ´ne Sauerei.

Erleichtert um gefühlte 5 Liter drückte er die Spülung und schlich anschließend die Treppe hinunter, um sich in der Küche etwas zu trinken zu holen. Jetzt erst fiel ihm wieder ein, dass Julia da war. Er stellte das leergetrunkene Glas auf die Arbeitsplatte neben das Ceranfeld des Herds und ging leise zum Gästezimmer. Kurz überlegte er, hineinzuschauen, ob sie wirklich da wäre. Du spinnst wohl!, ermahnte er sich sofort. Du lässt sie in Ruhe und wirst nicht ungefragt in ihr Zimmer gehen! Die andere, neugierige Stimme in ihm versuchte noch, ihn sanft davon zu überzeugen, dass ein kleiner Blick niemanden stören würde, doch die lautere, wesentlich dominantere Stimme der Vernunft siegte mit Leichtigkeit. Trotzdem konnte er es sich nicht verkneifen, sein Ohr an das kühle Holzfurnier zu legen. Doch es drang kein Geräusch aus dem Gästezimmer. George zuckte mit den Schultern und ging wieder die Treppe hoch. Oben angekommen blieb er stehen. Du halluzinierst, dachte er sich, meinte er doch, unten ein Geräusch gehört zu haben. Kopfschüttelnd ging er zurück ins Bett.

***

George spürte den leisen Atem an seinem Ohr.

»Steh auf, Schlafmütze, wir haben einen Gast«, flüsterte Vanessa und beendete damit die zweite Hälfte seines Schlafs.

»Is' ja gut, ich komm gleich«, murmelte er in sein Kissen. Sie küsste ihn auf die Wange und er spürte über die Matratze, dass sie wieder aus dem Bett gestiegen war.

Ein paar Minuten später saß er am Küchentresen und beobachtete seine attraktive Verlobte, die vor ihm umherwirbelte und das Frühstück vorbereitete. Der Geruch von Kaffee und gebratenem Speck lag satt in der Luft und er war froh darüber, dass das Zischen des Kaffeeautomats das Blubbern in seinem leeren Magen übertönte. Er nahm aus dem Augenwinkel eine Bewegung wahr und drehte den Kopf nach hinten. Julia trottete in seine Richtung. Sie trug dieselben Klamotten wie gestern und sah müde aus.

»Guten Morgen, Julia. Hast du gut geschlafen?«, fragte er sie.

»Mh«, sagte sie und setzte sich auf den Barhocker neben ihn. Vanessa hatte sie wegen des brutzelnden Specks nicht gehört und zuckte kurz zusammen, als sie sich zu ihnen drehte und Julia erblickte. Doch auch Julia schien überrascht, wenn er ihren Blick richtig deutete. Vanessa strahlte und steuerte auf Julia zu.

»Hi, ich bin Vanessa. Ich freue mich, dich kennenzulernen.« Sie streckte zur Begrüßung die Hand über den Tresen. Julia schaute von der Hand zu Vanessa, dann wieder zur Hand. Wie in Zeitlupe legte sie ihre Hand in die ihrer Gastgeberin.

»Ja. Julia.«

»Magst du Eier mit Speck?«

»Mh.« George konnte in Vanessas Gesicht lesen, was sie denken musste: George hatte recht, Julia redet wie ein Wasserfall. Doch Julias Maulfaulheit schien Vanessa nicht im Mindesten zu stören. Sie richtete drei Teller an und stellte lächelnd jedem einen hin.

»George meinte, du wärst mit knapper Garderobe unterwegs. Was hältst du davon, wenn wir dir gleich mal ein paar Klamotten kaufen gehen? Du bleibst doch sicher noch etwas hier.« Julia schaute nicht von ihrem Teller hoch.

»Können wir machen.« Vanessa schaute mit gespielter Verzweiflung zu ihrem Verlobten, doch der zog nur die Augenbrauen hoch.

***

Julia und Vanessa stiegen vor dem Water Tower Place an der Michigan Avenue aus dem Taxi. Der Wolkenkratzer bot unzähligen Geschäften verschiedenster Branchen Platz und war ein angesagtes Shoppingziel.

»Hier finden wir alles, was du brauchst. Du musst mir nur sagen, welchen Stil du suchst.«

»Sieht groß aus. Und teuer.«

»Ja, an die ganzen Hochhäuser musste ich mich auch erst gewöhnen, als ich hergezogen bin. Ich komme aus Colorado, das, was ihr in Europa den *Wilden Westen* nennt.« Sie zwinkerte Julia zu und war sicher, den Anflug eines Lächelns bei Georges Tochter gesehen zu haben. »Über das Geld mach dir keine Gedanken, das ist nur bedrucktes Papier.«

»Ah ja.«

Langsam schaffte es Vanessa, die junge Frau aus der Reserve zu locken, und hin und wieder antwortete Julia in ganzen Sätzen und stellte sogar die ein oder andere Frage.

Als sie bereits zwei volle Tüten neuer Kleidung mit sich herumtrugen, schlug Vanessa vor, eine Pause einzulegen und einen Kaffee zu trinken.

»Können wir machen«, sagte Julia. Ohne Vorankündigung wirbelte sie herum und blickte in die Menschenmenge hinter ihnen. Vanessa hielt vor Schreck die Luft an.

»Was ist los?« Ihr Puls ging hoch und sie folgte Julias Blick.

»Nichts. Ich dachte nur ...«

»Was dachtest du?«, fragte sie vorsichtig. Julia schüttelte den Kopf.

»Nichts. Lass uns doch da reingehen.« Sie zeigte auf den Starbucks, der vor ihnen lag.

»Klar«, sagte Vanessa und hoffte, nicht zu beunruhigt zu klingen. Sie suchten sich eine Nische, in der sie sich mit ihren Einkäufen und zwei Cappuccinos verdrückten. Als sie sich nach einiger Zeit mit belanglosem Smalltalk angenähert hatten, fragte sie: »Was weißt du eigentlich über deine Entführung? Ich meine, weil du doch aus dem Krankenhaus getürmt bist. Hast du noch was mitbekommen?« Vanessa befürchtete, eventuell einen Schritt zu weit zu gehen, doch Julia schien das anders zu sehen. Sie erzählte in ihrem mittlerweile für Vanessa und George gewohnt emotionslosen Ton:

»Bevor ich den Flug gebucht habe, hat meine Oma mir gesagt, dass der Entführer bei der Explosion umgekommen sei. Das hätte ihr eine Kommissarin Meyer so gesagt und der Fall wäre abgeschlossen.«

»Ja, das haben uns die Cops hier genauso gesagt. Glaubst du ihnen nicht?« Julia nippte an ihrer Tasse, wodurch sich ein Schnurrbart aus Milchschaum an ihre Oberlippe heftete. Sie fuhr mit der Zunge darüber und wischte den Rest mit dem Ärmel ab.

»Ich weiß es nicht. Manchmal hab ich das Gefühl, beobachtet zu werden.«

»So wie vorhin?«

»Mh.« Sie trank einen weiteren Schluck. »Vielleicht bin ich auch verrückt.« Vanessa legte ihre Hand auf Julias Unterarm.

»Sag doch sowas nicht. Du hast etwas Schreckliches mitmachen müssen. Es dauert, bis du das verarbeitet hast. Gib dir Zeit.«

»Soll ich dir etwas verraten?«, fragte Julia nach einer Pause. Vanessa nickte interessiert. »Weißt du, ich fand es gar nicht schrecklich. Ehrlich gesagt habe ich kaum etwas davon mitbekommen.« Erneut nickte

Vanessa, doch sie fragte sich, ob das Mädchen wirklich so abgebrüht und tough war oder ob sie es sich nur einredete, als Selbstschutz quasi. Doch mehr als Küchentischpsychologiekenntnisse hatte sie nicht vorzuweisen. Daher verbot sich ihr von selbst, irgendwelche Diagnosen mit ihrem gefährlichen Viertelwissen zu stellen. Dafür gab es schließlich Profis, aber dieses Thema hielt sie im Moment nicht für angebracht. Klar, George und sie würden ihr jede Unterstützung und Hilfe zukommen lassen, die sie brauchen und wollen würde. Aber dazu müsste Julia den ersten Schritt machen, sie war schließlich kein Kind mehr, sondern mit ihren 21 Jahren auch in den USA volljährig.

Nach der Kaffeepause schafften sie es nur noch in zwei Geschäfte, dann kehrten sie mit insgesamt vier prall gefüllten Einkaufstüten zum Taxistand zurück, an dem vor einigen Stunden ihr Shoppingmarathon begonnen hatte. Ein weiteres Mal hatte Vanessa wahrgenommen, wie sich Julias Blick hektisch suchend durch die Menschenmenge arbeitete, um wenige Sekunden darauf wieder so teilnahmslos dreinzuschauen wie die überwiegende Zeit. Julias Erklärung beruhigte Vanessa so weit, dass sie nicht die Taschen in die Ecke geworfen hatte und in ihre Blickrichtung gestürmt war, um den vermeintlichen Beobachter zu überrumpeln. Was mit ihrer eher zarten Statur mutmaßlich eh ein vergebliches Unterfangen gewesen wäre.

***

Sie müsste ein besonderes Gespür entwickelt haben, dachte sich der Beobachter, was ihn einerseits amüsierte, andererseits seine Aufmerksamkeit erhöhte. Zwei Mal war das Mädchen im Einkaufszentrum plötzlich herumgeschnellt und hatte in seine Richtung geblickt, obwohl noch etliche Menschen zwischen ihnen standen. Doch beide Male konnte sie offensichtlich den Grund ihrer Besorgnis nicht erkennen. »Umso besser«, sagte er sich, »wir wollen schließlich nicht, dass es zu einfach wird.«

Später folgte er den beiden Frauen in sicherem Abstand nach draußen und sah dem mit ihnen wegfahrenden Taxi hinterher. Er lächelte.

***

»Ziehst du bitte die Karte durch«, bat Vanessa, die wegen der Taschen keine Hand frei hatte. »Du hast sie ja noch.«

»Klar«, antwortete Julia, nahm beide ihrer Tüten in eine Hand und zog mit der freien die Plastikkarte durch den Scanner neben der Wohnungstür. »Den Finger musst du aber drauflegen, vermute ich.« Vanessa lachte.

»Ja, George muss deinen Daumen erst einlesen. Gib mal 22448 ein.«

»Warum gibt es dann den Daumenscan, wenn man auch mit Geheimzahl reinkommt?«

»Gute Frage. Keine Ahnung, was die Entwickler sich dabei gedacht haben. Vielleicht haben sie genau unsere momentane Situation vorausgesehen«, erwiderte Vanessa und zwinkerte der jungen Frau zu. »2-2-4-4-8«, wiederholte Julia laut, während sie die Ziffern auf dem Display antippte. »Jetzt noch Enter.« Das Türschloss entriegelte und die beiden traten ein, ihre vollen Tüten vor sich her tragend. »Schatz, du könntest uns ruhig –.« Sie blieb stehen und schaute verdutzt ins Wohnzimmer. »Oh, Besuch. Hey, Detective Miller, was führt Sie her?« Miller, der gegenüber von George saß, stand auf und kam den Frauen entgegen. Gentlemenlike nahm er Vanessa und Julia je eine Tüte ab.

»Hallo, Mrs. Walker.« Er wandte sich an die jüngere der beiden Frauen. »Und Sie sind sicher Julia Becker.« Sie nickte mit ernstem Blick. »Wohin sollen die Tüten?«, wollte der Cop wissen, doch George hatte ihn schon erreicht und ihm die Einkäufe abgenommen.

»Lassen Sie mich das mal machen.« Er stellte sie unter die Treppe und kehrte zu den anderen zurück. »Der Detective hat von unserem unerwarteten Besuch gehört und wollte es sich nicht nehmen lassen, Julia persönlich kennenzulernen.«

»Das hört sich freundlicher an, als ich es ausdrücken könnte.« Wieder richtete er das Wort an Julia. »Mrs. Becker, ich bin der leitende Ermittler im Mordfall von Sharon Franklin gewesen. Wir gehen davon aus, dass Sie vom selben Täter entführt wurden. Daher würde ich Ihnen gerne ein paar Fragen stellen, wenn Sie erlauben.« George fiel auf, dass sich Julias Augen weiteten, als er den Mord Sharons erwähnte.

Kann es sein, dass sie davon gar nichts wusste? Hab ich ihr das nicht erzählt? Oder die Polizei in Deutschland? Er hatte das dringende Gefühl, sie jetzt in Schutz nehmen zu müssen.

»Julia, du musst gar nichts sagen«, begann er. »Nur, wenn du dazu bereit bist. Das ist kein Verhör.« George fixierte Miller. »Ist es doch nicht, oder?« Der Cop hob beschwichtigend die Hände. »Nein, um Himmels willen. Es ist, sagen wir mal, meiner beruflichen Neugierde geschuldet, um eventuell noch die letzten Stücke ins Puzzle einzufügen.«

»Was wollen Sie wissen?«, fragte Julia unvermittelt. Vanessa zog sich in die Küche zurück, während die anderen um den Couchtisch herum Platz nahmen.

»Nun, laut Kommissarin Meyer von der Kripo Frankfurt liegt keine Aussage von Ihnen vor. Ist das richtig?«

»Ja.«

»Es wäre super, wenn Sie mir einfach alles erzählen, was Sie noch darüber wissen. Vielleicht fangen Sie an dem Zeitpunkt an, an den Sie sich als letztes vor Ihrer Entführung erinnern.«

»Julia, du musst das nur tun, wenn du dich dazu in der Lage siehst. Niemand erwartet, dass du dich nochmal da durch quälst, zumal der Täter doch überführt und tot ist.« George behielt Miller im Blick, während er den Satz aussprach, und ihm fiel auf, dass der Cop nicht wirklich überzeugt davon zu sein schien. Na toll, dachte er, bin ich also nicht der einzige Zweifler.

»Müssen Sie nicht«, sagte Miller. »Nur, wenn Sie dazu bereit sind.«

»Wasser«, sagte sie und als sie die fragenden Blicke der beiden registrierte, fuhr sie fort. »Ich habe Wasser getrunken, in meiner Wohnung. Es schmeckte komisch, irgendwie bitter, glaub ich. Danach bin ich in dem Keller aufgewacht, das heißt, ich war nie richtig wach. Und mir war kalt. Ich schätze, er hat mich unter irgendwelche Drogen oder Beruhigungsmittel gesetzt.« Miller nickte.

»Ja, laut Ihres Blutbefundes im Krankenhaus hat er Ihnen einen ganz speziellen Cocktail gemixt, mit der Hauptzugabe Flunitrazepan, auch Roofies genannt. Dabei handelt es sich um eine Vergewaltigungsdroge, die in Verbindung mit Alkohol häufig zu Gedächtnislücken führt. Alkohol war übrigens ein weiterer Bestandteil des Cocktails.«

»Aha«, sagte sie knapp und holte tief Luft, bevor sie fortfuhr. »Als Nächstes bin ich im Krankenhaus wieder aufgewacht. Das heißt, halt, ich erinnere mich daran, dass es geblitzt hat.« George und Miller hatten denselben Gedanken: Da hatte der Irre die Fotos geschossen. »Und einmal hab ich mitbekommen, dass er im Raum war.« Julia begann zu zittern. Sie setzte sich auf ihre Hände.

»Konnten Sie ihn erkennen? Eventuell seine Kleidung? Oder haben Sie seine Stimme gehört?«

»Nein, Detective. Er hat nur etwas gesummt. Wie bei einem Lied, dessen Text man nicht kennt oder vergessen hat.« Sie blickte auf den Boden vor sich. »Hilft Ihnen das?«

»Danke, Mrs. Becker. Ja, das hilft mir.« Er stand auf. »Länger will ich Sie und Ihre Familienzusammenführung auch nicht stören.« Er zwinkerte George zu, der es nicht erwiderte. Dann gab er ihm und Julia die Hand. Als sie ihm ihre zögerlich reichte und er sie ergriff, glaubte George, ein kaum sichtbares Zucken bei dem Cop gesehen zu haben. Er schüttelte den Kopf. Wenn er sich nicht zusammenreißen würde, könnte er bald einen Termin beim Seelenklempner vereinbaren.

»Alles in Ordnung mit dir?«, wollte er von seiner Tochter wissen, nachdem der Detective die Wohnung verlassen hatte.

»Ja, warum nicht?« Ja, warum eigentlich nicht? Schließlich wurdest du nur entführt und fast ermordet. Nicht zum ersten Mal dachte er, wie abgebrüht sie für ihr junges Alter wirkte.

***

Bis zum Abendessen hatte sich Julia ins Gästezimmer zurückgezogen und hörte eine ihrer Playlists in Dauerschleife. George überraschte es nicht, bei mindestens zwei Stücken davon die Stimme *Eminems* erkannt zu haben.

»Wow«, entfuhr es ihm, als sie in einem neuen Outfit in der Küche erschien. Es war eine Mischung aus Kleid und langem T-Shirt. Er wusste, dass es dafür eine Bezeichnung gab, kannte sie jedoch nicht und er wollte sich nicht die Blöße geben, danach zu fragen. »Das steht dir super.« Und dieses Kompliment sagte er nicht nur so daher, der Schnitt betonte ihre schlanke Figur und passte vom Farbton her zu dem ihrer Haare.

»Danke, das hat Sharon ausgesucht.« Vanessa fiel fast der Kuchenheber und George die Kinnlade hinunter.

»Was?«, fragte er fassungslos. Julia guckte fragend von ihm zu Vanessa. »Du hast gesagt: Das hat Sharon ausgesucht.«

»Nein. Hab ich das?« Sie blickte entschuldigend zu Vanessa und dann auf den Boden vor sich. »Das tut mir leid. Mir spukt das mit dem Mord im Kopf herum, seit der Detective es vorhin erzählt hat. Es war keine Absicht.« George atmete erleichtert aus.

»Alles gut«, erklärte Vanessa lächelnd. »Du hast nichts davon gewusst, richtig?«

»Nein.« George fing den fordernden Blick seiner Verlobten ein und ein Ziehen ging durch seinen Magen. Aber natürlich hatte sie recht und so erzählte er Julia alles, was vor drei Jahren passierte. Und weil er schon dabei war, schilderte er ihr auch noch, was in den letzten Wochen aus seiner Sicht geschehen war, seitdem er die Nachricht von ihrer Entführung bekommen hatte.

Obwohl ihn die Erlebnisse mit Sharon noch sehr quälten, wenn er darüber sprach, nahm er doch beruhigt zur Kenntnis, dass Julia die Geschehnisse durchaus berührten, glaubte man ihrer Mimik und Körpersprache. Jedoch war er perplex, als sie in dem Moment des Endes der Geschichte aufstand und nacheinander ihn und Vanessa kurz umarmte. Bei seiner Verlobten meinte er sogar, eine Träne im Auge aufblitzen gesehen zu haben.

»Ich möchte mich bei euch bedanken«, sagte sie. »Dafür, dass ihr mich so offen aufnehmt, obwohl ihr mich gar nicht kennt.«

»Das ist selbstverständlich, Julia. Du bist schließlich meine Tochter und gehörst zur Familie.«

»Warum bist du so sicher, dass du mein Vater bist?« Komm schon, George, eier jetzt nicht rum, mahnte er sich, keine Ausflüchte wie die Ähnlichkeit der Augenpartie vorzuschieben.

»Ich habe es testen lassen. Als du im Krankenhaus warst, habe ich –.«

»Hast du dir etwas Material von mir mitgenommen«, unterbrach sie ihn. Er nickte, worauf sie ansatzweise lächelte. »Das ist gut. Hätte ich an deiner Stelle auch so gemacht. Ich bin müde und würde jetzt gern schlafen gehen.« Sie trank einen letzten Schluck aus ihrem Glas und verließ die Küche. Die beiden schauten ihr verdutzt hinterher.

Eine Stunde vor Mitternacht, George und Vanessa lagen bereits im Bett, erzählte sie ihm von Julias Panikmomenten im Water Tower und dass sie sich selbst beim ersten Mal ganz schön erschreckt hatte.

»Das kann ich mir vorstellen. So erging es mir auch bei McDonalds, als ich sie auf einmal nicht mehr sehen konnte.« Er seufzte. »Sie hat wirklich viel durchmachen müssen.«

»Ja, ich weiß und sie nimmt es echt gut auf. Jedenfalls scheint es so.«

»Wie es in ihr aussieht, wissen wir nicht. Geben wir ihr die Zeit, die sie braucht.« Nach einer Weile stützte sich Vanessa auf ihren Ellbogen und drehte sich zu ihm.

»Möchtest du, dass sie hierbleibt? Also hier in den Staaten?«

»Hm«, machte George. Darüber hatte er sich bislang keine konkreten Gedanken gemacht. »Von mir aus gerne. Aber sie ist erwachsen und wird ihre eigenen Entscheidungen treffen müssen.«

Kapitel 20

Eine Woche war verstrichen, seitdem Julia bei ihm im Büro aufgetaucht war. Von Tag zu Tag schien sich seine Tochter mehr einzugewöhnen und mittlerweile konnten sie mit ihr auch Gespräche führen, an denen sie aktiv teilnahm und ihren Gastgebern nicht mehr das Gefühl vermittelte, ganze Sätze würden ihr körperliche Qualen bereiten.

»Also, Julia, was meinst du, kannst du dir vorstellen, hier zu leben?«, fragte er sie am frühen Abend. Sie saßen zu dritt bei einer Flasche Wein zusammen, wobei sich Vanessa darauf beschränkte, den beiden nachzuschenken, während sie zwischen Saft und Wasser wechselte. Zum einen war Alkohol in ihrem momentanen Zustand sowieso tabu für sie, zum anderen müsste sie gleich noch zu einem Termin mit einem Kunden, der ihre Expertise über einen geplanten Umbau seiner Villa wünschte. Auch ohne Schwangerschaft wäre sie also abstinent geblieben.

»Du meinst hier? Bei euch?« George überraschte es nicht, dass er kaum Begeisterung über seinen Vorschlag in ihrem Gesicht erkennen konnte. Daher führte er lachend aus:

»Nein, nicht hier. Wir würden dir eine kleine Wohnung suchen und natürlich einen Job. Oder, falls du noch einen Schulabschluss nachholen willst, könnten wir uns erkundigen, welche Wege dir da offenstehen.« Über eine Aufenthalts- und Arbeitsgenehmigung für sie hatte er sich einige Tage zuvor telefonisch bei den zuständigen Ämtern informiert, mit dem Ergebnis, dass es zwar kompliziert, aber machbar wäre. Doch darüber würde er mit ihr sprechen, wenn sie sich dafür entschied, es hier zu versuchen.

»Ja, es gibt echt schnucklige Stadtteile in Chicago, in denen junge Leute sich austoben können.« Er grinste seine Verlobte dankbar für ihre Unterstützung an.

»Das heißt: Es muss nicht Chicago sein, auch wenn uns das am liebsten wäre, weil wir dich dann öfter sehen könnten. Wenn es dich woanders hinzieht, auch gut. Wir unterstützen dich in jedem Fall.« Die Begeisterung Julias hielt sich offensichtlich weiter in Grenzen.

»Hm, vielleicht. Viel zu vermissen habe ich in Frankfurt nicht. Außer Oma.« Sie griff nach ihrem Glas und nippte daran. »Muss ich das sofort entscheiden?«

»Nein«, antwortete George lachend. »Du kannst dir damit Zeit lassen.« Er schaute zwinkernd zu Vanessa. »Oder was meinst du, wollen wir ihr ein Ultimatum stellen?«

»Ja, sicher, du Spinner.« Sie blickte zur Uhr und sprang auf. »Ich muss mich ranhalten, wenn ich pünktlich sein will. Euch noch viel Spaß hier und übertreibt es nicht mit dem Wein. Du musst morgen ins Büro.«

»Danke für die Anteilnahme. Und du sieh zu, dass du den Auftrag an Land ziehst. Viel Erfolg!« Er nahm ihr die Anspielung nicht übel. Genauso wie er wusste auch sie, dass Wein zu den wenigen alkoholischen

Getränken gehörte, von denen er ein bis zwei Gläser trinken konnte, ohne in alte Gewohnheiten zurückzufallen und sich eine Flasche Whiskey hinter die Binde zu kippen. »Ach, bevor ich es vergesse: Ich hab vorhin mit Howard telefoniert. Er ist gerade bei seinen Eltern und kommt morgen vorbei.«

»Gutes Gelingen«, wünschte auch Julia, die Vanessa an zwei Tagen bei ihrer Arbeit über die Schulter geschaut hatte, um schnell zu erkennen, dass Architektur sicher nicht ihr Steckenpferd werden würde.

»Danke euch«, sagte sie und zupfte ihr Shirt zurecht. »Schön, dass ich Howard auch mal wieder sehe. George, du brauchst nicht auf mich zu warten, ich werde hinterher noch in die Firma fahren und erste Entwürfe zeichnen.«

»Du scheinst sehr optimistisch, was den Auftrag angeht.« Er kräuselte die Stirn und grinste schief dabei.

»Wer soll meinem Charme denn bitte widerstehen?« Sie drückte George einen flüchtigen Kuss auf die Wange, schnappte ihre Handtasche von der Anrichte, nahm ihren Mantel von der Garderobe und verschwand zur Tür hinaus.

»Wer ist Howard?«

»Major Howard Turner, mein bester Freund. Er hat mitgeholfen, dich in Frankfurt zu finden, und hat im Krankenhaus auf dich aufgepasst, bis die Polizei das übernommen hat.«

»Sagt mir nichts.« Ihre unveränderte Mimik unterstrich ihre Ahnungslosigkeit.

»Du warst ja auch noch halb bewusstlos und die andere Hälfte von dir war zugedröhnt mit dem Scheiß, den der Irre dir eingeflößt hatte«, sagte er und konnte den Zorn darüber in seiner Stimme nicht unterdrücken.

Auch wenn es nur zwei Gläser Wein waren, die sich George erlaubt hatte, spürte er die ermüdende Wirkung. Julia hatte sich bereits in ihr Zimmer verzogen und aufgrund seiner schweren Lider schleppte auch er sich nach oben und machte sich fertig fürs Bett. Auf Vanessa warten war sowieso sinnlos: Wenn sie sich erstmal in ihre Entwürfe vertieft hatte, zeichnete sie oft bis tief in die Nacht und kam erst nach Hause, wenn sie morgens mit dunklen Augenringen von ihren Kollegen gefunden und freundlich dazu genötigt wurde.

»Ich kann nichts dafür«, hatte sie ihm erklärt, »wenn ich anfange, gerate ich in eine Art Trancezustand und bin selbst immer wieder überrascht, was ich in dieser Phase alles schaffe.« Etwas neidisch war er schon auf dieses Schaffungstalent, musste er sich doch bei voller Konzentration jeden seiner Arbeitsschritte überlegen, die Pros und Kontras kühl gegeneinander abwägen und deren Auswirkungen auf die weitere Vorgehensweise bedenken.

»Du bist halt eine Künstlerin, die es zum Glück schafft, sich ohne Einnahme von bewusstseinserweiternden Mitteln in den nötigen Rausch zu versetzen. Ich bin da eher der Handwerker.«

***

Vanessa fand die Adresse in der Aspen Lane im Norden Chicagos sofort. Die von Waldstücken umrahmten, pompösen Villen auf Grundstücken in der Größe von Football-Spielfeldern hier im südlichen Teil des Larry Fink Memorial Parks boten einen krassen baulichen Kontrast zu den Wolkenkratzern in der City.

Sie lenkte ihren Wagen die Auffahrt entlang, die einen großen Bogen beschrieb, und parkte am Scheitelpunkt vor dem Haupteingang. Mit einer weichen Kurve führte der Weg wieder vom Anwesen herunter.

»Was für eine Luft«, sagte sie und sog das Aroma tief in ihre Lunge, das von dem frisch gemähten Rasen und den Ahornbäumen ausging. Sie warf einen Blick auf ihre Uhr. Sie war pünktlich. Wo blieb Mr. Huffmen?

Die Abenddämmerung sorgte für ein beeindruckendes Lichtspiel, die tiefrote Sonne verschwand langsam hinter den Baumkronen. Vanessa musste an die Kürbisse denken, die zu Halloween auf den Stufen vor den Häusern gruselig grinsten, was durch das Flackern des Kerzenlichts verstärkt wurde. Du hast doch einen an der Waffel, dachte sie lächelnd. Vergleichst einen Halloweenkürbis mit diesem fantastischen Schauspiel. Erneut schaute sie zur Uhr. Jetzt dürfte ihr Auftraggeber langsam mal auftauchen. Sie schnappte sich eine Mappe für Notizen aus dem Wagen und bewegte sich auf das Herrenhaus zu. Ja, hier kann ich so Einiges zaubern, wenn er mich denn lässt. Sie stieg die acht Stufen hoch, die zu der schweren, zweiflügligen Eingangstür führten, die an jeder Seite von einem steinernen Löwen flankiert wurde. Vanessa schaute sich um, sah aber weder einen anderen Wagen noch einen Mann, der Mr. Huffmen sein könnte. Sie griff nach dem eisernen Ring an der Tür, der in einem Maul, natürlich in dem eines Löwen, steckte, und schlug damit einige Male gegen das massive Holz. Beim dritten Mal merkte sie, dass die Tür nachgab. Sie war offen. Hm, ich kann doch nicht einfach, ach, was soll's, dachte sie, trat ein und fand sich in einer Eingangshalle wieder, in der man spielend eine kleinere Hochzeitsgesellschaft hätte unterbringen können. Auf der der Tür gegenüberliegenden Seite führte eine breite, gewundene Treppe nach oben.

»Mr. Huffmen?«, rief sie, doch außer ihres eigenen Echos antwortete niemand. Das Haus war faszinierend, doch mittlerweile war es Vanessa nicht mehr so ganz geheuer, hier im Halbdunkel zu warten.

Ich werde ihn anrufen, entschied sie. Vielleicht habe ich mich auch mit dem Tag vertan. »Wo ist mein Handy?« Sie tastete ihre Taschen ab. »Ach, ja, das liegt auf der Mittelkonsole«, fiel ihr ein und sie schlug sich mit der flachen Hand vor die Stirn. Sie drehte sich noch einmal um die eigene Achse und sog lächelnd die Eindrücke auf, bevor sie nach draußen ging, die Tür zuzog und die Stufen zu ihrem Wagen hinabstieg. Ein Knacken hinter ihr ließ sie zusammenfahren.

***

Detective Miller war restlos bedient: Es wurden ihm nicht nur zwei Leute weggenommen – natürlich nur, bis sich die Situation mit den Gangs beruhigt hätte – er lachte spöttisch auf. Als ob sich das in den nächsten Jahren verbessern würde. Nein, er kam noch dazu mit seinem aktuellen Fall, einer Überfallserie in Chinatown, kaum voran, weil die betroffenen Geschäftsinhaber viel zu eingeschüchtert von der Mafia waren, als dass sie eine brauchbare Zeugenaussage abgeben würden. Sie zeigten die Überfälle nur aus dem Grund an, damit sie zumindest ihre eingeschlagenen Fenster und die zertrümmerte Einrichtung von ihrer Versicherung erstattet bekämen. Die Täter wurden völlig überraschend nie erkannt und wenn die Läden mit cincr Überwachungskamera ausgestattet waren, hatte diese natürlich ausgerechnet zu der Tatzeit ein Defekt ereilt. Miller verstand die Leute, die Angst um ihre Existenz, ihr Leben und das ihrer Familie hatten. Er war hier aufgewachsen und wusste um die Problematik und das brutale Vorgehen der Eintreiber, wenn das Schutzgeld nicht pünktlich und in vorgegebener Höhe gezahlt wurde. Aber es nervte ihn trotzdem, da es für die Polizei ein Kampf gegen Windmühlen war. Es sei denn, man machte es wie einige Kollegen von ihm, hielt einfach die Hand auf und sah weg. Doch das war nicht Millers Stil. Er würde zwar nicht den Helden spielen und sich mit der Familie, wie sich die Mafia gern selbst nannte, anlegen, er war ja nicht verrückt. Trotzdem wollte er in den Spiegel schauen können.

So wickelte er täglich sein Pensum ab, untersuchte die Tatorte und schrieb Berichte in dem festen Wissen, nur als Zuarbeiter für die Versicherungen zu fungieren. Nach Feierabend jedoch wühlte er sich durch die seitenlangen Dokumente, die sich im Fall Sharon Franklin angesammelt hatten. Denn seit seinem letzten Besuch bei George Franklin ließ ihn etwas nicht los, und das hatte mit Julia Becker zu tun. Irgendetwas stimmte da nicht, nur wusste er noch nicht, was.

Seit Tagen recherchierte er bereits, studierte wiederholt jedes Protokoll über die Gespräche, die sie mit Verdächtigen geführt hatten und jene, von denen er sich einen Hinweis versprochen hatte. Er sichtete die Fotos der Spurensicherung, las sich in die Laborbefunde ein, ging Schritt für Schritt jede einzelne Ermittlung durch, die sie in den Wochen und Monaten nach der Ermordung Sharon Franklins getätigt hatten. Nichts. Er fand nichts.

Heute nahm er sich vor, die Berichte der Kollegen aus Frankfurt durchzusehen und auf Verbindungen zum alten Fall zu überprüfen. Er rief sich die Telefonate mit Charlotte Meyer ins Gedächtnis.»Irgendetwas übersiehst du, Miller«, sagte er sich,»aber was?«

Mit einem Mal fiel es ihm wieder ein.»Natürlich! Das muss es sein!« Er klappte den Aktenordner zu und warf ihn zur Seite, dann richtete er den Monitor seines Rechners auf und öffnete per Mausklick den Hauptordner Sharon Franklin, Fall-Nummer 12-3343-ASF-15. Es öffneten sich zahlreiche Unterordner, die er fast auswendig kannte. Schnell fand er den gesuchten, klickte ihn an und es öffneten sich abermals vier. »Da bist du ja«, sagte er und aktivierte die Datei. Dank des älteren Computermodells – das CPD war in dieser Hinsicht nicht gerade auf dem aktuellen Stand – dauerte es einen Moment, bis sich der Videoplayer öffnete. Wenig später spielte er eine etwa dreißig Sekunden lange Sequenz ab. »Bingo!«, rief Miller triumphierend aus, nachdem er das Video bei Sekunde 18 gestoppt und das Standbild vergrößert hatte. Er blickte in die rechte untere Ecke des Monitors und sah, dass es fast Mitternacht war. Verdammt, schon wieder so spät! Er würde gleich morgen früh zu George Franklin ins Büro fahren. Auch wenn ihm nicht behagte, was er ihm zu sagen hatte.

Kapitel 21

In seinem Traum klingelte das Handy und er hörte die blecherne Stimme. Lass mich endlich in Ruhe! Doch so sehr er auf den Mann am anderen Ende einredete, zwischen flehen und fluchen wechselte, der Unbekannte kicherte nur.

George öffnete die Augen und schnellte hoch in den Sitz. Sein Shirt klebte an ihm und er zitterte. Er tastete nach Vanessa und erschrak kurz, als seine Hand ins Leere fasste. Na klar, sie sitzt noch an ihren Entwürfen. Erst jetzt nahm er das Brummen seines Handys auf dem Nachttisch wahr. Es klingelte also tatsächlich. Er blinzelte, bis sich seine schlaftrunkenen Augen justiert hatten und er den Anrufer auf dem Display erkennen konnte. Vanessa. Sie wird doch wohl nicht mit dem Wagen liegengeblieben sein, hoffte er und nahm das Gespräch an.

»Hey, Schatz, was gibt´s?«, sagte er schläfrig.

»Hey, George, es ist Zeit für die letzte Runde.« Was? Von jetzt auf gleich wurde es George speiübel. Die bekannte Eisenfaust quetschte wieder mit voller Kraft seine Gedärme, sodass er kaum atmen konnte. Nein, das konnte doch nicht sein! Nicht Vanessa! Ihm war, als würde jegliche Energie binnen einer Sekunde aus seinem Körper gesaugt. Er fühlte sich wie eine leere Hülle.

»Was willst du Bastard? Krümmst du ihr nur ein Haar –.«

»Ja?«, unterbrach ihn der andere und ließ sein irres Kichern folgen. »Was machst du dann?« Pass auf, mein Freund, hör gut zu, ich sage es dir jetzt nur ein Mal: Wenn du dich an alle Anweisungen hältst, hast du die Chance, deine Familie zu retten. Ich bin schließlich kein Unmensch.« Wieder folgte das verrückte Lachen. »Versuchst du irgendwelche Tricksereien oder informierst die Cops, stirbt deine Verlobte sofort und ich verspreche dir, dass ich nicht ruhen werde, bis ich auch den letzten beseitigt habe, der dir etwas bedeutet.« Jedes einzelne Wort traf ihn wie ein Hieb mit einer Feuerpeitsche und hinterließ unsichtbare Striemen auf seinem Rücken. Mit ohnmächtiger Wut schrie er:

»Ich kriege dich und wenn es das Letzte ist, das ich tue, ich werde dich zur Hölle schicken, du dreckiges Schwein.« Statt des Kicherns, mit dem George rechnete, erwiderte er nur:

»Die Zeit läuft.« Dann war das Gespräch unterbrochen. George lief wie von Sinnen im Schlafzimmer umher. Was soll ich tun? Warum schon wieder? Er holte aus und kurz bevor er das Handy losließ, das er gerade gegen die Wand schmettern wollte, besann er sich. Das muss doch irgendwie gehen, dachte er und suchte die App, mit der man unbekannte Anrufe zurückverfolgen konnte. Sie öffnete sich. Wahllos drückte er hier und da, suchte in den Einstellungen, gab an der einen Stelle etwas ein, setzte ein Häkchen an einer anderen Stelle. Nichts passierte. Wieder war er versucht, das Gerät einfach wegzuwerfen. Er musste sich zwingen, nicht laut aufzuheulen. Ein weiterer Geistesblitz schoss durch seinen Kopf. Dave.

Er scrollte in seinen Kontakten und rief seinen Mitarbeiter an.

»Ja?«, erkannte er dessen Stimme, die etwas genervt klang.

»Dave, ich bin´s, George Franklin. Hören Sie zu, bevor Sie losfluchen: Sind Sie an einer spürbaren Gehaltserhöhung interessiert?«

»Äh, n´abend Mr. Franklin, was? Ich, äh, natürlich. Worum geht es?«, stammelte Dave und die Stimme hörte sich bereits deutlich wohlwollender an.

»Es ist wichtig. Die App, kann die auch bekannte Nummern orten? Und falls ja, wie geht das?«

»Sie meinen die Catch-App?«

»Ja, welche sonst?«, knurrte George gereizt und hoffte, Dave würde es ihm nicht übelnehmen und auflegen.

»Klar, nichts leichter als das.« Er schilderte in wenigen Sätzen, wie er es anstellen müsste. George schüttelte den Kopf und war verärgert darüber, das eben nicht selbst herausgefunden zu haben, denn es war tatsächlich mit wenigen Eingaben zu bewerkstelligen.

»Danke, Dave«, sagte er knapp und legte auf.

Nach wenigen Sekunden öffnete sich das Fenster, in dem die Koordinaten erschienen, und nach der Aktivierung von Google-Maps zoomte die Anwendung heran auf den blauen Punkt, der immer größer wurde, bis er schließlich auf wenige Meter genau zu bestimmen war. »Das kann doch nicht sein.« George zog sich schnell eine Hose und Schuhe über und rannte die Treppe hinab aus der Wohnung. »Komm schon«, sagte er und klopfte mit der Hand gegen die Innenwände des Fahrstuhls, der für seinen

Geschmack viel zu langsam nach unten fuhr. Im Erd-geschoss angekommen zwängte er sich durch den Spalt der sich öffnenden Türen und spurtete den Korridor entlang bis zum Haupteingang, den er mit seiner Schlüsselkarte öffnete.

Die kühle Nachtluft schwang ihm entgegen, doch er spürte die Kälte nicht. Sein Organismus arbeitete auf Hochtouren und Adrenalin flutete seinen Körper. Er lief zur Bushaltestelle, die etwa dreißig Meter vor dem Gebäudekomplex lag, und blieb keuchend stehen, während er sich auf dem Display noch einmal vergewisserte. Keine Menschenseele war unterwegs und die schwache Straßenbeleuchtung erhellte das Wartehäuschen und den Pfeiler, an dem das Buszei-chen und der Fahrplan befestigt waren, nur notdürf-tig. Wie zur Hölle soll ich das finden? Im selben Moment hätte er sich für seine Begriffsstutzigkeit ohr-feigen können. Er wählte Vanessas Nummer. Kurz darauf hörte er dumpf ihren Klingelton. Er kam aus dem Abfalleimer, der unter dem Fahrplan hing. George eilte hin und zog einen braunen Umschlag hervor, in dem er Vanessas Smartphone ertasten konnte. Seine Hände zitterten. Mit Mühe öffnete er ihn, ohne den Inhalt zu zerreißen. Das Telefon hatte aufgehört zu klingeln, da er seinen Anruf abgebro-chen hatte. Sein Blick fiel auf einen Zettel, nein, es waren zwei. Mit Grauen davor, was er zu sehen bekommen würde, holte er sie langsam heraus.

***

Er konnte die Angst in Julias Augen sehen. Oder war es seine eigene, die er auf sie projizierte? Er wusste es nicht. Sie hatte fest geschlafen und diesmal konnte sich George nicht höflich zurückhalten, sondern trat nach dem zweiten Klopfen und Rufen in das Gästezimmer, machte das Licht an und bat sie darum, aufzustehen und schnell ins Wohnzimmer zu kommen.

»Das kannst du doch nicht machen«, sagte sie, nachdem sie den Inhalt des Umschlags angesehen hatte. Zwei DIN-A4-Blätter lagen nebeneinander auf dem Tisch. Auf dem einen ein Bildausdruck, der Vanessa offensichtlich bewusstlos im Kofferraum eines Autos zeigte, auf dem anderen eine Liste von Anweisungen für George – und für Julia. »Das ist doch Selbstmord.« Er lachte hysterisch auf.

»Was soll ich denn machen?«, schrie er. »Hätte ich vor ein paar Wochen so gedacht, wärst du jetzt tot.« Er atmete tief durch und versuchte mit ruhiger Stimme fortzufahren, was nur im Ansatz gelang. »Tut mir leid, ich wollte dich nicht anschreien. Aber wir beide wissen, wozu dieses Schwein fähig ist. Ich habe keine Wahl.«

»Aber wenn er euch beide umbringt?«

»Mich will er nicht töten, mich will er nur quälen. Und selbst wenn, ich werde mir etwas einfallen lassen.« Natürlich wirst du das, fügte er gedanklich hinzu, weil du das bisher auch so großartig hinbekommen hast. »Es gibt keine Alternative.« Er schaute zur Uhr. »Ich muss los.«

»Ich weiß nicht«, sagte sie kleinlaut.

»Hör zu, du machst, was hier steht. Du bleibst wach und gehst an mein Handy, wenn er anruft. Und du öffnest auf keinen Fall jemandem die Wohnung.« Sie nickte zögerlich. »Falls du bis morgen Mittag nichts von mir hörst, rufst du bei Detective Miller an und erzählst ihm alles. Nicht vorher. Ich weiß nicht, wie dieses Schwein es anstellt, aber als ich bei Sharon damals die Cops eingeschaltet hatte, wusste er kurz darauf Bescheid und hat sie kaltblütig umgebracht. Ich will nicht, dass Vanessa und dem Baby das gleiche Schicksal blüht. Verstehst du?«

»Ja.« George griff Vanessas Handy, das er laut Anweisung mitnehmen sollte, zog seinen Mantel über und verließ erneut die Wohnung.

***

Zehn Minuten später hatte er zu Fuß den Bahnhof Addison erreicht. Er sollte die rote Linie Richtung Innenstadt der L nehmen, wie die Einwohner ihre Metro nannten. Fast wäre er auf den Betonstufen ausgerutscht und nach unten gestürzt, doch ein entgegenkommender Passant griff beherzt zu und bewahrte George vor einem unsanften Aufprall auf dem Bahnsteig fünfzehn Stufen tiefer.

»Danke«, sagte George kurz angebunden. Der ältere Herr lächelte ihn warmherzig an.

»Immer mit der Ruhe, junger Mann«, erwiderte er und verschwand aus dem Blickfeld. Und das war gut, denn George hatte Wichtigeres zu tun. Er orientierte sich und las, dass seine Linie in zwei Minuten einfahren würde. Er blickte sich ständig um und beobachtete jeden und alles um ihn herum. Irgendwo würde der Irre sicher sein und ihn umgekehrt genauso im Auge behalten. So zumindest fühlte sich George jedes Mal, wenn er von dem Schwein zu dessen krankem Spiel eingeladen war. Das Telefon klingelte.

»Gut für dich und Vanessa, dass du es pünktlich geschafft hast.«

»Leck mich«, erwiderte George und lauschte trotzdem den Anweisungen der Blechstimme. Wenige Menschen warteten auf die Bahn. George überflog die Köpfe der herumstehenden Leute, was aus seiner Perspektive mit 1,90 m ein einfaches Unterfangen war, und zählte fünf Wartende neben ihm. Keiner von ihnen entsprach dem Profil, das seinerzeit die Experten des FBI erstellt hatten. Der einzige männliche Weiße zwischen 30 und 50 Jahren war George selbst mit seinen 43 Jahren. Außerdem hielt niemand davon gerade ein Handy am Ohr.

Das aus der dunklen Röhre zu ihm dringende Rauschen kündigte die ankommende U-Bahn an. Je näher sie kam, umso lauter wurde das Rauschen und wandelte sich schließlich zu einem Kreischen, als die bremsenden Stahlräder die Schienen entlang rutschten. Der entstandene Windzug ließ George kurz frösteln, doch im nächsten Moment sorgte die Hitze im Waggon, den er gerade betreten hatte, für einen Schweißausbruch. Bereits der Dritte am heutigen, erst gut eine Stunde alten Tag. Trotz des Lärms hatte er alle Instruktionen verstehen können.

»Angenehme Fahrt«, wünschte ihm der Irre und legte auf.

George orientierte sich nach links und durchquerte mehrere Waggons, die jeweils mit höchstens zwei bis drei Personen besetzt waren. Er sah sie sich genau an und versuchte, sie sich einzuprägen, bis er das Abteil erreicht hatte, das sich direkt hinter der Zugmaschine befand. Genau so, wie es der Irre verlangt hatte. Er war sich unschlüssig, ob er es beruhigend oder bedenklich finden sollte, dass er momentan allein darin fuhr. Die Türen schlossen zischend und mit einem Ruckeln setzte sich die Bahn in Bewegung.

George hatte keine Ahnung, wohin ihn der Entführer lotsen, in welchem Zustand er Vanessa vorfinden und was er schließlich mit ihnen vorhaben würde. Er wusste nur eines: Falls sich auch nur die kleinste Möglichkeit böte, ihn zu überwältigen, er würde sie ergreifen und keine Sekunde zögern, das Schwein zu töten. Zur Not mit bloßen Händen.

Einige Stationen hatten sie bereits passiert, doch nichts geschah. Unablässig lief er im Waggon hin und her. Sein Blick klebte gebannt auf dem Display von Vanessas Smartphone, das er mitnehmen sollte. Gerade fuhren sie in den nächsten Bahnhof ein. George war bereit, alle Gesichter zu scannen, die auf dem Bahnsteig warteten, während er aus dem Fenster schauend an ihnen vorbeifuhr. Die U-Bahn stoppte und vor der Tür erschien ein kahlgeschorener Schwarzer, den er etwas jünger als sich selbst schätzte. Der gefährlich wirkende Mann – im Moment wirkten jedoch alle Männer auf ihn gefährlich – drückte außen auf den Türöffner und bestieg das Abteil. Er starrte in Georges Richtung, blieb aber im Eingangsbereich stehen, als sie weiterfuhren.

»Was?«, blaffte er ihn unvermittelt an und erst jetzt wurde George bewusst, dass er den Fahrgast anstarrte und der deshalb gereizt reagierte.

»Nichts, sorry«, beschwichtigte er und zwang sich, seinen Blick abzuwenden und durch die Scheibe nach draußen zu schauen, wo er nur Dunkelheit erkennen konnte. Deeskalation war eine der wichtigsten Lehren, die man zog, wenn man in Chicago aufgewachsen war. Schließlich behaupteten die Statistiken, dass in seiner Heimatstadt allein mehr Morde jährlich begangen wurden als in den beiden größten Städten der USA zusammen. Die gewachsenen mafiösen Strukturen und die immer brutaler agierenden Gangs taten ihr Übriges dazu, dass man hier besser fuhr, wenn man den Ball flachhielt und lieber das Weite suchte, bevor man sich auf Diskussionen einließ. Sicher, George hatte in seiner Army-Zeit gelernt, im Nahkampf zu bestehen, und er hielt sich immer noch für fit genug, mit einem Gegner gut fertig zu werden, doch es ging im Moment um das Leben seiner Verlobten und das seines ungeborenen Kindes. Warum machst du dir jetzt solche Gedanken? Lass den Mann in Ruhe und konzentriere dich auf das Wesentliche!

Fast hätte er das Läuten des Handys nicht gehört, weil es zeitgleich mit der automatischen Ankündigung der nächsten Haltestelle eingesetzt hatte. Er griff in die Tasche und zog es hervor. Doch das Display blieb schwarz. Er drückte an einem der seitlichen Knöpfe und der Hintergrundbildschirm erschien, der ihn und Vanessa in Aspen beim Après-Ski vor einer Berghütte zeigte. Es klingelte weiter, und jetzt erst bemerkte er, dass das Geräusch nicht von Vanessas Telefon ausging, sondern aus dem Bereich unter den vorderen Sitzbänken kam. Umständlich bückte er sich und tatsächlich, in einer provisorischen Halterung klemmte ein Billighandy. Er fischte es heraus und versuchte, den Blick des Schwarzen zu ignorieren, der ihn skeptisch beäugte, wie er aus dem Augenwinkel sehen konnte. George nahm das Gespräch an.

»Das war knapp«, dröhnte die Blechstimme. »Aber gut, hör zu: Du steigst an der State Lake aus und gehst auf direktem Wege zur St. Peter's Catholic Church. Und vorher verstaust du das angeschaltete Handy deiner Verlobten unter dem Sitz.«

»Aber ich bin nicht allein im Wagen«, flüsterte er und warf einen verstohlenen Blick zu dem anderen. Doch der schien das Interesse an ihm verloren zu haben und hatte sich zur Tür gewandt.

»St. Peter's Catholic Church, direkter Weg. Handy unter den Sitz«, wiederholte der Entführer und beendete das Gespräch. Was soll das jetzt? Viel Zeit, darüber nachzudenken, blieb nicht, da der Zug einbremste und der vordere Teil bereits den Bahnsteig erreicht hatte. Ein Gedankenblitz kam ihm, den er schnell umsetzte. Als die Tür sich wieder schließen wollte, sprang er aus dem Waggon. Er pustete durch und musste erstmal kurz darüber nachdenken, wo er sich gerade befand und welchen Aufgang er nehmen müsste.

»Du Schweinehund«, entfuhr es ihm. Der Entführer schien nichts dem Zufall überlassen zu haben, denn sein Weg würde George direkt durch das städtische Regierungsviertel führen, vorbei am Rathaus, dem Gerichtsgebäude und dem Sitz der Landesregierung. Das allein stellte kein Problem dar, dass dort hingegen ständig Polizisten patrouillierten, schon eher. Denn ihm war klar, dass er auf Außenstehende wie ein Verrückter oder zumindest wie ein äußerst nervöser Mann wirken musste. Was natürlich im Moment nicht wirklich weit von der Realität entfernt war. Er steuerte den Papierkorb an, der neben der Aufgangstreppe angebracht war. Seine Pistole, die er in weiser Voraussicht und, wie sich jetzt zeigte, völlig umsonst mitgenommen hatte, wickelte er in ein Taschentuch ein und versteckte sie unter dem Unrat. Er durfte die Waffe natürlich tragen, aber wegen seiner Nervosität war die Wahrscheinlichkeit einfach zu hoch, dass die Cops ihn beiseitenehmen und gegebenenfalls durchsuchen würden. Denn nicht erst seit 9/11 reagierten Ordnungshüter äußerst sensibel auf fahrig wirkende Menschen in der Nähe von Regierungsgebäuden. Am Ende würde sich zwar ergeben, dass sie ihn auch mit Waffe passieren lassen müssten, doch die Zeit, die er dadurch verlieren würde, würde Vanessa das Leben kosten können.

***

George ärgerte sich und spielte einen Moment mit dem Gedanken, zurückzulaufen und die Waffe zu holen. Die diensthabenden Officers hatten anscheinend einen guten Tag und beließen es dabei, vorbeikommende Passanten freundlich anzusehen und ansonsten ihr persönliches Gespräch fortzusetzen.

»Scheiß drauf, dafür habe ich keine Zeit«, fluchte er und folgte dem Straßenverlauf, bis er kurz später vor dem sandsteinfarbenen, bunkerähnlichen Gotteshaus stand, das auf ihn wirkte wie ein einzelner Würfel, der beim Tetris in eine Lücke eingeschoben wurde. Die benachbarten Hochhäuser überragten es um etliche Meter. »Und was jetzt?« Kaum ausgesprochen, klingelte erneut das Wegwerfhandy aus der Metro.

»Du müsstest jetzt da sein, jedenfalls solltest du das, wenn du deinen straffen Zeitplan einhalten willst.« George ignorierte das folgende Gelächter.

»Warum tust du das alles? Das ist doch krank.« Er wunderte sich selbst, im Gespräch mit seinem Peiniger so ruhig bleiben zu können, was aber wahrscheinlich auch daran lag, dass er durch die Hektik und Panik einfach Kraft gelassen hatte.

»Weil ich besser zuhören kann als du. Und jetzt beweise, dass du dazugelernt hast.« In der Folge bekam George neue Instruktionen. Er hatte zwanzig Minuten Zeit, seine nächste L zu bekommen, die von der Jackson Station die Verlängerung der roten Linie bildete, genau derselben, aus der er vorhin ausgestiegen war. Dieses Manöver diente also tatsächlich nur der Verwirrung und dazu, dass George ohne Schusswaffe bei ihrem Date auftauchte.

Besser zuhören als ich? Was sollte das heißen? Darüber nachzudenken blieb keine Zeit. Er rannte los. Es war zu schaffen, doch durfte er keine Pause einlegen. George bemerkte den Mann mit den dunklen Klamotten und der tief ins Gesicht gezogenen Wollmütze nicht, der ihm seit Verlassen des Bahnhofs in größerem Abstand folgte.

Hatte er anfangs noch das Gefühl, jeder würde ihn anstarren, blendete er von Minute zu Minute immer mehr das aus, was nicht in direktem Zusammenhang mit Vanessa stand. Er dachte nur an sie, wie sie vermutlich von Drogen benebelt auf einer kalten Pritsche festgezurrt lag und kaum mitbekam, was um sie herum geschah. Wohin führst du Schwein mich? Er sollte gleich weiter Richtung Süden fahren. George war im Norden der Stadt aufgewachsen und dort kannte er sich aus, jeden Grashalm, jeden Kiesel, wie man so schön sagte, kannte er beim Vornamen. Doch je weiter es in Richtung Süden ging, umso schlechter stand es um seine Ortskenntnisse. Aber das war egal, er würde den Zielort nachher von dem kranken Typen erfahren und dann musste er sich etwas einfallen lassen, irgendwas. Obwohl er bei nüchterner, ihm eigener rationaler Betrachtung und Bewertung seiner derzeitigen Lage mit Sicherheit festgestellt hätte, dass sie absolut aussichtslos war, flackerte neben der Panik und Angst um Vanessa hin und wieder ein zartes Flämmchen des Optimismus in ihm auf. Was ihm jedoch arg zu schaffen machte, war die stetig wachsende Vermutung, die allmählich in Gewissheit überging, wem er am Ziel dieser perfiden

Schnitzeljagd gegenüberstehen würde. Denn er kannte einen Mann, der aus dem Süden Chicagos stammte.

***

Herzhaft gähnend blickte Detective Miller an der Badezimmertür lehnend zum Schlafzimmer auf sein ungemachtes Bett, das sich nicht weiter abhob vom Fußboden, der mit getragenen Socken und achtlos weggeworfenen T-Shirts übersät war. Ich müsste vielleicht mal wieder aufräumen, kam ihm in den Sinn, doch so schnell der Gedanke auftauchte, hatte er auch schon wieder seinen Kopf verlassen und sich in miefige Luft aufgelöst. Ich brauche dringend Urlaub in der Sonne. Weit weg von diesem Smog und dem anderen Scheiß hier. Gerade rollte er sich auf die Matratze und versuchte, seine Bettdecke zu entwirren, als sein Handy schrillte. Verdammte Scheiße, warum vergess' ich Idiot immer, es auf lautlos zu stellen? Mürrisch griff er danach. Obwohl er die Nummer nicht erkannte, nahm er den Anruf entgegen.

»Miller«, maulte er hinein und erwartete, eine Entschuldigung für die späte Störung zu erhalten, von wem auch immer er mitten in der Nacht von seinem Schönheitsschlaf abgehalten wurde. »Hey, wer ist da?«, sagte er, doch niemand meldete sich. Er hörte lediglich ein gleichmäßiges Rauschen. »Leck mich doch.« Er beendete das Gespräch, warf das Gerät wieder auf den Fußboden vor dem Bett und legte sich hin. »Ach, Scheiße.« Er drehte sich auf die Seite und betätigte die Rückruftaste. Nach wenigen Klingel-signalen hörte er die Mailbox:

»Hey ho, das ist meine Nummer, also sprichst du gerade mit Vanessa Walker, das heißt, nein, ich geh ja nicht ran. Wenn es sein muss, hinterlass' mir nach dem Tuten eine Nachricht. Vielleicht rufe ich sogar zurück.« Auf das Knacken folgte der obligatorische Ton und Miller überlegte, ob er etwas draufsprechen sollte. Was sollte das? Warum ruft mich die Trulla nachts an und geht dann nicht ran? Gegen seinen ursprünglichen Impuls begann er:

»Hier ist Detective Miller von der –.«

»Hallo?«, unterbrach ihn eine unbekannte Männer-stimme.

»Detective Miller vom CPD, mit wem spreche ich gerade?« Die Stimme des Gesprächspartners wurde sofort eine Spur höher und dünner.

»Was, Polizei? Ich, ich hab das Handy gefunden, nicht gestohlen. Das müssen Sie mir glauben«, stammelte der Mann. Miller kam kurz in den Sinn, ob das sowas wie versteckte Kamera wäre. Natürlich nicht, konzentrier' dich, Miller!

»Wo haben Sie es gefunden und wann?«

»Na gerade eben. Als es geklingelt hat. Dachte erst schon, es wäre eine Bombe.«

»Wo haben Sie es gefunden?«, wiederholte Miller energisch.

»Hier in der L. Es war unter der Sitzbank versteckt. Aber ich schwöre, ich wollte es nicht behalten.«

»Hören Sie zu, Mr.?«

»Steele, Daniel Steele.«

»Also, Mr. Steele, steigen Sie bitte beim nächsten Halt aus und geben das Gerät bei der Security ab. Sagen Sie denen, ich, also Detective Miller vom CPD, werde es umgehend von einem Officer abholen lassen. Bekommen Sie das hin?«

»Ja, natürlich«, sagte er schnell. Das typische Phänomen, stellte Miller fest. Entweder wünschen sie uns Cops die Pest an den Hals oder sie überschlagen sich dabei, uns zu helfen. Gut, dass das Handy von jemandem aus der zweiten Gruppierung gefunden wurde.

»Welche Station wird das sein?« Daniel Steele nannte ihm den nächsten Bahnhof, woraufhin Miller sich für das vorbildliche Verhalten bedankte und im nächsten Telefonat einen Beamten anwies, sofort dorthin zu fahren. Er saß mittlerweile kerzengerade an der Bettkante und blickte auf das Telefon. Ein äußerst beklemmendes Gefühl beschlich ihn. Hoffentlich ist das alles nur ein dummes Missverständnis, dachte er und wählte die Nummer George Franklins, die er seit der Sache mit Sharon damals eingespeichert hatte.

»Ja?«, meldete sich eine Frauenstimme nach einem Moment, die Miller nach kurzer Verwirrung erkannte.

»Mrs. Becker, Detective Miller hier. Entschuldigen Sie die späte Störung. Aber mir geht eine bestimmte Sache nicht aus dem Kopf und daher muss ich baldmöglichst Mr. Franklin sprechen. Das ist doch seine Nummer, oder?«

»Hey, Detective Miller«, erwiderte Julia zaghaft. »George und Vanessa sind nicht zu Hause, sie sind aus. Ich kann ihm aber was ausrichten, wenn er wieder da ist.« Miller überlegte. Sie log, ohne Frage. Nur warum sie das tat, erschloss sich ihm noch nicht.

»Nein, ich versuche es einfach morgen noch einmal. Oder halt, können Sie mir die Handynummer seiner Verlobten geben? Dann versuch ich es da.«

»Die haben ihre Handys hiergelassen. Also, ich kann Sie Ihnen gern geben, aber dann sprechen Sie eh wieder mit mir.« Ein nervöses Kichern folgte. Die will mich also verarschen. Die Alarmsirenen schrillten bei ihm.

»Das wäre ja ziemlich blöd, auch wenn ich natürlich gerne mit Ihnen plaudere, vielleicht könnte ich dadurch ein paar Deutschkenntnisse erwerben.«

»Ja«, sagte sie kühl.

»Wissen Sie, wo sie hin wollten?«

»Nein.«

»Ach, eine Frage hätte ich noch, das hat jetzt gar nichts mit der eigentlichen Sache zu tun: Wissen Sie zufällig, wann Major Turner wieder in der Stadt ist? Er müsste mir noch ein paar Sachen unterschreiben«, gab er vor und hoffte, aufrichtig zu klingen.

»Da haben Sie Glück, der kommt morgen zu Besuch. Jetzt ist er wohl bei seinen Eltern, hat George gesagt, aber ich weiß nicht, wo die wohnen.« Aber ich weiß es, dachte Miller.

»Vielen Dank und entschuldigen Sie nochmal die späte Belästigung.«

»Macht nichts, ich kann eh noch nicht schlafen.« Miller wollte das Gespräch schon beenden, doch ein Räuspern veranlasste ihn, nachzufragen.

»Ist noch etwas?«

»Ja, nein, ich weiß nicht.« Komm schon, Mädchen, spuck´s aus.

»Was denn nun?«

»Also, ich hab heute nochmal über meine Entführung nachgedacht. Ich hatte Ihnen ja erzählt, dass ich den Täter kurz verschwommen gesehen habe.«

»Ja«, bestätigte er und wartete.

»Ich meine, dass er gehumpelt hat, als er rausgegangen ist. Aber beschwören kann ich es nicht.« Miller presste die Lippen aufeinander und begann bereits, sich anzuziehen. Er hatte das dumpfe Gefühl, dass eine lange Nacht vor ihm liegen würde.

»Das könnte tatsächlich hilfreich sein«, sagte er und beendete das Gespräch.

***

Nein, das konnte nicht sein. Sollte er sich über Jahrzehnte etwa so in einem Menschen getäuscht haben? Lag Detective Miller mit seiner Vermutung von Anfang an richtig, dass er der Hauptverdächtige war? Howard Turner? Der Mann, mit dem er als Jugendlicher im selben Team Football gespielt, mit dem er später gemeinsam die Militärakademie besucht hatte? Klar, George war Quarterback, Howard war an der Linie, George der gefeierte Held bei jedem Sieg, er einer von den Wasserträgern. Sicher hatte er bei den Mädchen dadurch und durch seine imposante Erscheinung deutlich mehr Schlag als die meisten seiner Kameraden. Auch durchlief er recht geradlinig die militärische Laufbahn, wurde pünktlich befördert, während Howard hin und wieder über die Stränge geschlagen hatte und in der Folge deutlich länger warten musste, bis er die nächste Stufe der Hierarchie erklomm. Aber sollten ihn solche Banalitäten zu diesen Gräueltaten getrieben haben? George wollte es nicht glauben, auch wenn Howard immer da war, wenn etwas passierte, wie Detective Miller mehrfach anmerkte. Auch jetzt, als Vanessa entführt wurde, hielt er sich zufällig in Chicago auf. Zufällig? Im Süden Chicagos, wo der Entführer ihn über Umwege hin lotste, vielleicht drei oder vier Straßen entfernt von der, die er gerade hinabging. Warum konnte er ihn nicht erreichen, wenn er mit der Sache nichts zu tun hatte? Viermal hatte George die einzige Handynummer gewählt, die er neben der von Vanessa auswendig kannte, und viermal sprang sofort die Mailbox an. Zufall? Vorhin an der Kirche, als er das letzte Gespräch mit dem Irren hatte, lag ihm die Frage auf der Zunge, ob er es sei. Doch er brachte es nicht über die Lippen. Die Angst hinderte ihn daran, denn wie zur Hölle sollte er mit diesem Verrat umgehen? Nein, er darf es nicht sein, redete er sich weiter ein und konzentrierte sich auf die Anweisungen. Wie befohlen hatte er die L an der Endstation verlassen und befand sich jetzt auf der Wentworth Avenue, die er in südlicher Richtung bis zu ihrem Ende gehen, dann das sich anschließende Wäldchen in der Verlängerung der Straße durchqueren sollte, bis er auf das Ufer des Little Calumet Rivers stieß. Dort würde eine Überraschung auf ihn warten, hatte der Irre gesagt, nicht ohne sein krankes Kichern folgen zu lassen.

Kurz haderte George, als die Wentworth scheinbar in die 127te Straße mündete, doch kurz bevor er in Panik ausbrach, sah er das von einem Baum halb verdeckte Schild, wonach sie als Zufahrtsweg für das Firmengelände auf der anderen Straßenseite diente. Die Straßenbeleuchtung reichte nicht aus, um erkennen zu können, was der Betrieb herstellte oder verkaufte. George erkannte im Zwielicht nur Palettenstapel und verrostete, leere Gitterwagen, die überall auf dem Hof herumstanden. Eine Ordnung wie in Millers Büro, fiel ihm auf und er wunderte sich, über so einen Scheiß nachzudenken. Da vorn begann der Wald, in zehn Metern etwa. Die Schwärze des Unterholzes verschluckte ihn und er musste sich mit Hilfe der Displaybeleuchtung einen Weg durch das dichte Geäst bahnen. Obwohl er schätzte, dass er auf freier Fläche höchstens drei Minuten gebraucht hätte, dauerte es mindestens eine Viertelstunde, bis er das Rauschen des Wassers hörte, das im Licht des Halbmonds funkelte. Und was soll jetzt die Überraschung sein? Die böse Vorahnung, hier auf die Leiche seiner Verlobten zu stoßen, trug er schon länger mit sich herum. Umso erleichterter atmete er auf, als er ein paar Meter weiter rechts etwas am Ufer sah. Ein hölzernes Ruderboot wog im Rhythmus der kleinen Wellen, die durch den Wind und die Strömung entstanden. Als ob der Irre ihn ständig im Auge hatte, brummte in dem Moment das Wegwerfhandy und kündigte den Eingang einer SMS an. Genervt las er: *Eine Bootsfahrt, die ist ..., lassen wir das. Rudere mit der Strömung bis du zwischen den nächsten beiden Brücken bist und leg am Ufer auf der anderen Seite an. Dann hast du es fast geschafft und musst nur noch über die Lichtung. In dem Gebäude wartet jemand auf dich. Beeil dich! Und eines noch: Wirf dieses Handy jetzt angeschaltet in die Mitte des Flusses.* Hastig sah sich George um. Wo ist das Schwein? Von wo aus beobachtet er mich? Seufzend holte er aus und schleuderte das Gerät weg, das mit einem Platschen auf der Wasseroberfläche aufschlug und versank. Dann bestieg er vorsichtig den wackligen Untersatz, stieß sich mit einem der Paddel ab und ruderte flussabwärts.

Es dauerte nur wenige Minuten bis er unter der ersten Brücke hindurch war und er meinte, die nächste auch schon erkennen zu können. Einige Schläge später, er kniff konzentriert die Augen zusammen, bestätigte es sich. George behielt das von ihm aus gesehen linke Ufer ständig im Auge und hoffte, die besagte Lichtung erkennen zu können. Doch er sah nur die schemenhaften Umrisse der Bäume, die auf der gesamten Strecke das Ufer zu säumen schienen. Als er meinte, in etwa mittig zwischen den Brücken angelangt zu sein, ruderte er an Land. Fast wäre er auf dem glitschigen, sandigen Untergrund ausgerutscht, doch er konnte sich gerade noch an einem tiefhängenden Ast festhalten und vor einem unfreiwilligen Bad bewahren. Er griff nach dem Seil, um das Boot anzubinden. Bist du bescheuert?, dachte er und ließ es fallen. Was geht dich diese Drecks-Nussschale an? Kurz sah er dem davontreibenden Kahn hinterher, dann machte er auf dem Absatz kehrt und ging ein Stück parallel zum Flussverlauf entlang. Da ist es! Zwischen drei Baumreihen konnte er in der Ferne Lichter erkennen. Mit wenigen Schritten lief er hindurch und fand sich am Rand der Lichtung in der Größe von ein bis zwei Footballfeldern wieder. Die Lichter, die er gesehen hatte, stammten von zwei Lampen, die an einem Gebäude hingen. Das muss es sein. Dort muss Vanessa sein. Ohne nachzudenken, rannte er los, bis seine Lunge brannte. Je näher er kam, desto deutlicher hoben sich die Umrisse des Gebäudes ab, das mehr und mehr wirkte wie eine alte Werkstatt. George steuerte genau auf die Tür zu, über der ein altes, verwittertes Blechschild hing. Er konnte darauf lediglich schemenhaft zwei Reifen und ein kleines N oder M am Ende ausmachen. Er drückte die Metallklinke herunter, sobald er sie erreicht hatte. Abgeschlossen! Das kann doch nicht sein! Er hielt sie weiter nach unten gedrückt und riss mit voller Kraft an der schweren Eisentür. Sie gab nach und die Scharniere knarzten. Auf den ersten Blick konnte er im Inneren nichts erkennen, trotzdem trat er ein. Was sollte er auch sonst tun?

Im nächsten Moment geschahen vier Dinge fast gleichzeitig: Die Tür fiel wieder ins Schloss, es war die automatische Schließvorrichtung, die das Aufziehen so erschwert hatte. Dann gab es ein Klicken des Schlosses, eine altersschwache Neonröhre flackerte auf und die bekannte Blechstimme hallte durch den Raum.

»Hallo George, schön, dass du es pünktlich geschafft hast.« George musste blinzeln, um sich an die Helligkeit zu gewöhnen, die von der Röhre ausging, welche sich langsam stabilisierte. Was er dann sah, ließ das Blut in seinen Adern gefrieren.

***

Vanessa brummte der Schädel wie sie es zum letzten Mal bei ihrem Highschoolabschluss, beziehungsweise nach der darauf folgenden Party erleiden musste. Was ist passiert?, fragte sie sich, während sie ihren Kopf betastete, der die Ausmaße eines Medizinballs angenommen zu haben schien. Das heißt, sie versuchte es, denn sie konnte ihre Hand nur mit größter Anstrengung anheben, sie wog eine gefühlte Tonne. Nachdem sie ihre Schläfe berührt hatte, sank ihr Arm wie ein Stück Metall nach unten, das von einem gewaltigen Magneten angezogen wurde. Sie zwang sich, die Augen zu öffnen, und selbst das erforderte viel Kraft, die sie nur mit Mühe aufbringen konnte. Doch es blieb dunkel, auch mit halb geöffneten Lidern. Wo bin ich?

Langsam kehrte die Erinnerung zurück: Sie kam aus der Villa des Kunden. Der war nicht erschienen, warum nicht? Sie ging zum Auto und hörte dieses Knacken im angrenzenden Waldstück. Danach verschwamm das Bild vor ihrem inneren Auge. Etwas oder besser gesagt jemand packte sie von hinten und drückte ihr etwas Feuchtes ins Gesicht. Das war's. Als

Nächstes wachte sie mit diesem Hämmern in ihrem Kopf in der Dunkelheit auf. Es dämmerte ihr, sie war entführt worden. Doch warum überkam sie keine Todesangst oder Panik? Stattdessen spürte sie nur diese mächtigen Kopfschmerzen und es war kalt. Und sie war müde, unendlich müde. »Reiß dich zusammen, Mädchen!«, versuchte sie sich aufzurütteln, doch der Drang, die Augen zu schließen und sich einfach der Schwärze hinzugeben, war zu verlockend. Sie fühlte noch etwas Nasses, Kühles an ihren Füßen, dann driftete ihr Geist in eine andere Sphäre ab und sie war wieder umgeben von der sicheren Dunkelheit.

***

Der Mann warf seine Wollmütze in die Ecke. Er lächelte. Georges Gesichtsausdruck, den er groß vor sich sah, erzeugte ein Gefühl des Triumphs und der Vorfreude auf das, was noch kommen würde.

Er empfand es schon fast als zu einfach, wie er ihn einer Marionette gleich durch die Stadt trieb und genau dahin führte, wo er ihn haben wollte. Und seitdem George die L verlassen hatte, glaubte er aus der Entfernung erkennen zu können, wie verzweifelt Franklin war. Doch nun ging es auf das Ende zu, das große Finale. Er rieb sich feixend die Hände und ergötzte sich an der Angst Georges, die er förmlich greifen konnte, die den Raum ausfüllte wie der Geruch von gebratenem Fisch, der durch jede Ritze eines Hauses zog. Wie so oft in der jüngeren Vergangenheit flutete das Gefühl von Unbesiegbarkeit jede Faser seines Körpers. Nicht mehr lange, dann würde sein Durst auf Rache und Genugtuung gestillt sein. Endlich.

***

Kurz nachdem Detective Miller in der Dienststelle eingetroffen war, erschien ein uniformierter Kollege in seinem Büro.

»Hier ist dein neues Handy. Wusste gar nicht, dass du auf Bling-Bling stehst«, sagte der Officer, während er ihm das mit Strasssteinen besetzte Smartphone Vanessas auf den Tisch legte, das er gerade von der U-Bahnstation abgeholt hatte.

»Danke dir. Es gibt so Einiges, das du nicht von mir weißt«, erwiderte er lächelnd. Der Officer verzog das Gesicht.

»Wenn das auch in diese Richtung geht«, er deutete auf das Gerät, »dann verschon mich bitte lieber damit. Nicht, dass du mir noch Fotos von dir im Tutu zeigen willst.« Er legte zum Gruß zwei Finger an die Stirn und ging. Miller nahm das Handy und starrte auf das Display. Falls die beiden wirklich nur auf der Piste sind und ich jetzt in ihren Daten grabe, könnte Vanessa ziemlich angepisst sein, dachte er. Andererseits, wenn nicht die beiden, wer sonst sollte Verständnis dafür aufbringen?

»Scheiß drauf«, sagte er und drückte auf eine Taste, worauf ihn George und Vanessa vor einer Hütte sitzend von irgendeinem schneebedeckten Berg aus anlächelten.

Die Fingerabdrücke auf der glatten Oberfläche zu sichern könnte er sich sparen, nachdem der Finder und sicherlich auch der Security-Mitarbeiter vom Bahnhof auf dem Gerät rumgetatscht hatten. Nein, Miller versuchte, über den Inhalt etwas herauszufinden. Er überflog die jüngsten Chatverläufe des installierten Messengers und das Verbindungsprotokoll der letzten Stunden.

In WhatsApp und Co konnte er nichts Verdächtiges finden, die letzten Nachrichten dort waren auf den gestrigen Nachmittag datiert. Der letzte eingehende Anruf war natürlich seiner, der letzte ausgehende ging ebenfalls an seine Handynummer. Interessant war der Anruf, der um genau 0 Uhr von diesem Gerät getätigt worden war, und zwar an Georges Nummer. Miller fröstelte. Wieder Mitternacht. Die Sache schien eindeutig: Der Entführer hatte Vanessa, und, pervers wie er war, George über ihr Telefon darüber informiert. »Dieses Dreckschwein, das darf doch nicht wahr sein!«, entfuhr es Miller. Zwischen diesen drei Anrufen gab es einen um kurz vor halb eins von einem anonymen Anschluss. In seinen Augen blitzte es auf. »Damit kriegen wir dich, Howard Turner!« Er sprang auf und lief mit dem Gerät in der Hand im Eiltempo über den Flur zu den Kollegen von der Technik. Doch bevor er sie erreichte, summte sein eigenes Handy. Mit verkniffenem Gesicht las er Julias Nachricht, die sie ihm vom Mobiltelefon George Franklins aus geschickt hatte: *George sagte, es könnte vier Tage dauern, bis sie zurück sind ...* »Das hättest du mir auch gleich sagen können, Mädel«, grummelte er und es verwunderte ihn, dass sie sich doch noch entschlossen hatte, ihn indirekt einzuweihen. Aber das änderte an der Gesamtsituation gerade nichts. Er sah zur Uhr.

Kapitel 22

George hatte das Gefühl, in einen Film der *Saw*-Reihe katapultiert worden zu sein. Die Halle war leer, bis auf das quaderförmige Glasgebilde, das ungefähr in der Mitte des Raumes wie ein Monolith gute zwei Meter nach oben ragte. Es war fast vollständig mit einer durchsichtigen Flüssigkeit gefüllt und wirkte dadurch wie ein überdimensioniertes Aquarium. Nur schwammen keine Zierfische oder Wasserschildkröten darin – Vanessa stand aufrecht im Zentrum und ragte mit dem Kopf aus der Flüssigkeit, sodass sie Mund und Nase gerade noch frei hatte, um Luft zu bekommen. An den Kanten war es mit Metallstreben verstärkt und ein stählerner Deckel verschloss es oben.

»Vanessa!« Er rannte auf das Gebilde zu und legte seine Hände an die kühle Glaswand. Vanessa blickte panisch zurück und rief ihm irgendetwas zu, doch er konnte es nicht verstehen, zu dick war die Scheibe. »Ich hol dich raus!« Er stieß sich ab und suchte mit hektischem Blick die Halle nach irgendetwas ab, womit er die Scheibe einschlagen konnte, doch es fand sich kein geeignetes Instrument dazu. Verzweifelt schlug er mit den Händen und Fäusten dagegen, trat danach und zuletzt versuchte er, das Glasgefängnis umzuwerfen. Doch es bewegte sich keinen Millimeter.

»Wenn du dich jetzt beruhigst, erkläre ich dir die neuen Regeln«, erklang es aus einem Lautsprecher, den George kurz darauf im hinteren Bereich unter der Decke ausmachen konnte. Direkt daneben hing eine Kamera, die auf den Glaskasten ausgerichtet war. Jetzt sah George auch, dass noch weitere Kameras unter der Decke angebracht waren. Vermutlich würden auch draußen welche sein, damit der Typ alles im Blick behalten konnte.

»Was willst du Schwein? Lass sie da raus!«, schrie er in Richtung des Lautsprechers, wobei sich seine Stimme überschlug. Nach einem Kichern bekam er die Antwort.

»Zuerst einmal dich darüber aufklären, dass du dir Versuche sparen kannst, das Glas zu zerschlagen. Es ist verstärkt und hält Schüssen mit einer 22er stand.« Er ließ es kurz sacken, dann fuhr er fort: »Wie du siehst, füllt sich der Behälter weiterhin mit Wasser.« George hatte das kleine Rohr unterhalb des Deckels bereits gesehen, aus dem kontinuierlich Wasser floss. »Auf der linken Seite der Halle findest du eine lose Bodenplatte, darunter einen Hebel, der genau auf den Bolzen im hinteren linken Holm passt. Das ist eine Vorrichtung, mit der du Wasser aus dem Gefäß abpumpen kannst.« George suchte den Estrichboden ab, bis er die lose Blechplatte und schließlich die Metallstrebe fand. »Warte«, bremste ihn die Stimme, als er die Strebe auf den Bolzen setzen wollte. »Ich will dir deine Alternativen aufzeigen, schließlich bin ich kein Unmensch. Sobald du mit der Pumpe den ersten Hub gesetzt hast, aktivierst du folgenden

Mechanismus: Die Eingangstür verschließt sich und der Timer am Schloss des Deckels beginnt, herunterzuzählen.« George zwang sich, dem Irren zuzuhören, obwohl Vanessas Blick darum flehte, sie doch endlich zu befreien. »Du hast 30 Stunden bei Sharon genutzt und weitere 42 bei Julia. Ziehe ich die gnädigerweise von deinen vier Tagen ab, musst du nur noch lumpige 24 Stunden überstehen, um glücklich und zufrieden mit deiner Verlobten hier herauszuspazieren und für immer Ruhe vor mir zu haben. Da sich meine Planungen geringfügig geändert haben, erlasse ich dir über die Hälfte. Der Timer wird also von zehn Stunden herunterzählen.« George verstand jedes Wort von dem Geschwafel, hatte aber keinen Schimmer, warum das alles passierte. »Jetzt kommen wir zu den Feinheiten des Spiels. Du musst dich entscheiden, ob du einfach hier verschwindest und damit leben lernst, auch deine zweite Frau auf dem Gewissen zu haben. Sie wird fünf Minuten, nachdem du die Halle verlassen hast, ertrunken sein. Niemand außer dir selbst würde dir einen Vorwurf machen. Oder du bringst die Strebe an und pumpst. Gelingt es dir, die nächsten zehn Stunden genug abzupumpen, damit sie atmen kann, und unterbrichst du es nicht länger als zwanzig Sekunden, läuft der Rest des Wassers automatisch ab, der Deckel und auch das Torschloss entriegeln sich und ihr habt es geschafft.«

»Und wenn ich das nicht durchhalte?«, fragte George, befürchtete jedoch, die Antwort zu kennen.

»Dann werden die Sprengladungen gezündet, die ich im Raum verteilt habe, und alles fliegt in die Luft.

Das geschieht auch, wenn du länger als 20 Sekunden deine Arbeit unterbrichst. Im Übrigen: Solltest du doch die Cops benachrichtigt haben und ich sehe etwas in der Nähe, das nur entfernt danach aussieht, zünde ich manuell.«

»Ich habe mich an die Anweisungen gehalten, du Schwein!«

»Das hoffe ich«, schnarrte er und lachte. »Für dich und deinen Schatz.«

»Warum sollte ich dir glauben, dass du uns wirklich gehen lässt und uns nicht sowieso in die Luft jagst, wie du es bei Julias Befreiung versucht hast?« Ein schallendes Lachen folgte.

»Lieber George, meinst du wirklich, dass ihr da herausgekommen wärt, wenn ich das nicht gewollt hätte?« Ein dumpfes Geräusch aus dem Behälter ließ George aufschrecken. Vanessa hatte geschrien, weil sie es kaum noch schaffte, den Kopf oben zu halten. Ohne über die Konsequenzen nachzudenken, eilte er zum Bolzen, setzte die Strebe an und begann, sie gleichmäßig aufwärts und abwärts zu bewegen. Ein leises Zischen erklang und er konnte sehen, wie aus dem Boden im Behälter Luftblasen nach oben stiegen. Er pumpte schneller, wobei er sich fragte, wie zum Teufel er das zehn Stunden am Stück durchhalten sollte. Aber er hatte keine Wahl. Er wusste, wozu das Schwein fähig war, und zweifelte keine Sekunde daran, dass er seinen Worten Taten folgen lassen würde. Ob er sie tatsächlich gehen und in Frieden lassen würde, sollte ihm das übermenschliche Manöver gelingen, bis zum Ende durchzuhalten, wusste er natürlich nicht. Er würde es darauf ankommen lassen müssen.

Die Minuten vergingen, wie er auf dem neben dem Verschluss angebrachten Timer sehen konnte, der mit leuchtend roten Ziffern zeigte, dass er noch 9 Stunden und 47 Minuten überstehen müsste. Noch ging es ihm leicht von der Hand und er hatte den Wasserstand um einiges senken können, sodass Vanessa, solange sie ihren Kopf gerade hielt, kein Wasser schlucken musste. Ihm war bewusst, dass irgendwann die ersten Blasen an seinen Händen entstehen und jeden Hub zu einer schmerzhaften Qual werden lassen würden, doch viel mehr sorgte er sich darum, ob es Vanessa lange genug im Inneren aushalten würde. Denn er konnte nirgends einen Zuluftschlauch erkennen, der sauerstoffhaltige Luft hineingelangen ließ. Er fragte den Irren auch nicht danach, hoffte einfach, dass der Deckel nicht luftdicht verschloss.

***

Ein triumphierendes Grinsen huschte über Millers Gesicht, auch wenn die Ortung des unbekannten Telefons etwas länger dauerte als erwartet. Sein Kollege musste der Mitarbeiterin vom Telekommunikationsunternehmen gut zureden, bis sie die dazugehörige Nummer herausgerückte, doch sein Charme in Verbindung mit der subtilen Aussicht, ihr das FBI auf den Hals zu schicken, hatte Wirkung gezeigt.

»Gute Arbeit und guter Bluff«, lobte ihn Miller, denn so einfach gestaltete es sich nicht, das FBI mit ins Boot zu holen. Doch selbst wenn sie erneut vier Tage hatten, war Zeit ein wichtiger Faktor. Je schneller sie zugreifen würden, umso wahrscheinlicher dürften sie Turner damit überraschen und die Aussicht, Vanessa lebendig aus der Sache zu bekommen, würde steigen. »Sind das die Koordinaten von jetzt?«

»Ja, die sind aktuell und scheinen sich nicht zu verändern. Jedenfalls die letzten Minuten nicht.«

»Dann lass uns mal schauen, wo wir hin müssen.« Der Techniker drückte auf ein paar Tasten und kurz darauf erschien ein kleiner Punkt auf dem virtuellen Stadtplan Chicagos. »Ha, ich wusste es!«

Sie lokalisierten ein Eckhaus in West Pullman, einem südlich gelegenen Stadtteil. Und nachdem Miller den Namen der Straße gelesen hatte, war ihm alles klar. Er sah zur Uhr. Das SWAT-Team bräuchte ungefähr zwanzig Minuten, das heißt, er müsste sich beeilen, wenn er bei der Festnahme dabei sein wollte.

Drei Straßen vom Ziel entfernt schaltete er seine Sirene aus, die er gebraucht hatte, um schnell genug durch den Verkehr zu kommen. Er wollte jedoch verhindern, dass Howard Turner vom Lärm gewarnt und ihm dadurch die Chance geboten werden würde, sich dem Zugriff zu entziehen und Vanessa etwas anzutun.

Zwei Mannschaftswagen des SWAT-Teams erwarteten ihn in einer Querstraße vor dem Elternhaus Turners.

»Hey, Miller«, begrüßte ihn der Teamleiter, der sich gerade die Schutzausrüstung anzog. »Wir konnten drei Personen per Thermoscan im Haus lokalisieren:

zwei in einem Raum, eine weitere in einem anderen, alle im Obergeschoss, und sie scheinen zu schlafen. Garage und Wirtschaftsgebäude sind leer.«

»Danke, Will.« Miller neigte den Kopf etwas zur Seite. Wahrscheinlich schliefen die Eltern und Howard ebenfalls. Er hatte nicht damit gerechnet, Vanessa im Haus aufzufinden, da er für seine Spielchen Ruhe und Abgeschiedenheit brauchte. Aber dass Turner einerseits George durch die Nacht jagen und sich dann entspannt aufs Ohr hauen sollte, fand er suspekt. »Wie gestaltet sich der Zugriff?«

»Falls sie wirklich schlafen, wird es ein Spaziergang. Wir können direkt durch die Fenster hinein und sollten sie eine Alarmanlage haben, ist es vorbei, bevor sie anschlägt«, erläuterte der Teamchef. »So jedenfalls die Theorie, doch du weißt selbst, dass immer etwas Unvorhergesehenes eintreten kann.« Miller nickte.

»Also, sollen wir?«

»Ja, zieht es durch.« Will drückte auf einen Knopf seines Headsets.

»Zugriff in 60 Sekunden.« Bis auf zwei Kollegen, die an den Wagen blieben, setzten sich die Cops einschließlich Miller in Bewegung und hatten innerhalb einer halben Minute die Distanz überbrückt. Gemeinsam mit dem Teamleiter beobachtete er angespannt, wie sich zwei Gruppen den Fenstern näherten. In dem Moment, wo jeweils die Leitern angelegt wurden, sprangen die um das Haus verteilten Bewegungsmelder an und erhellten einen Großteil des Grundstücks. Doch nur Sekunden später hatten die

Spezialkräfte die Fenster eingeschlagen und verschwanden blitzschnell im Inneren des Hauses. Das Aufschrillen einer Alarmanlage blieb aus. Jetzt rückte ein drittes Team vor und drang durch die Haustür hinein.

Zwei Minuten später war das Schauspiel beendet und nacheinander wurden die Eltern Turners und er selbst von den Polizisten mit Handschellen aus dem Haus geführt und zu dem Mannschaftswagen gebracht, der in der Zwischenzeit auf das Grundstück gefahren war.

»Die hier brauchen wir nicht«, sagte Miller und zeigte auf die Fesseln der Eltern, die völlig verunsichert schienen und eng aneinander standen, worauf der SWAT-Mann sie ihnen wieder abnahm. »Bringen Sie die beiden bitte ins Wohnzimmer. Ich komme nachher zu ihnen.«

»Soll das ein Witz sein?«, fragte Turner mit überraschend ruhiger Stimme. »Ach, Detective Miller, jagen Sie immer noch Ihren alten Hirngespinsten hinterher?«, richtete er das Wort an Miller, der sich Nase an Nase vor ihm aufgebaut hatte.

»Wo ist sie?«, fauchte er den etwas kleineren Major an.

»Wo ist wer?«

»Wo haben Sie Vanessa Walker versteckt?« Speicheltropfen trafen den Soldaten im Gesicht.

»Nein«, sagte Turner leise und die Veränderung seines Gesichtsausdrucks irritierte Miller.

»Tun Sie nicht so scheinheilig, Turner. Packen Sie aus. Jetzt!« Doch der Angesprochene wandte sich etwas zur Seite und ließ den Kopf sinken. »Das kann doch nicht wahr sein«, flüsterte er. »Vanessa? Oh mein Gott.« Millers Gedanken rasten. Entweder stand ihm gerade ein begnadeter Schauspieler gegenüber oder der Mann wusste tatsächlich nichts davon. Ein Cop stieß zu den beiden und reichte Miller ein Wegwerfhandy.

»Das haben wir im Vorgarten gefunden.«

»Danke«, sagte Miller und beobachtete Turner, der zu dem Gerät in der Hand des Polizisten schaute.

»Das lag in unserem Garten?«, wollte er wissen.

»Ja, so ein Zufall, nicht wahr? Das Handy, mit dem George Franklin seine neuesten Instruktionen vom Entführer seiner Verlobten erhalten hat. Von Ihnen, Turner.« Der schüttelte den Kopf.

»Merken Sie noch was, Detective? Warum sollte ich ein Beweisstück in meinem Garten offen rumliegenlassen? Da will uns jemand gewaltig verarschen, sehen Sie das nicht?« Miller kam nicht umhin, beginnende Zweifel einzugestehen.

»Wo waren Sie von 22 Uhr gestern Abend bis jetzt?« Turner lachte humorlos auf.

»Na, hier, bei meinen Eltern, Sie Experte. Wir haben nach dem Essen ein paar getrunken und sind gegen halb eins ins Bett. Fragen Sie die beiden und entschuldigen Sie sich bei ihnen für diese erbärmliche Aktion. Und dann lassen Sie uns zusehen, dass wir Vanessa Walker aus den Klauen dieses Irren befreien.«

»Sie warten hier!«, wies er Turner an und verschwand im Haus, aus dem er wenige Minuten später zu ihm zurückkehrte und mit einer Kopfbewegung dem sichernden SWAT-Kollegen bedeutete, dem Major die Handfesseln abzunehmen. Die Eltern bestätigten glaubhaft seine Aussage und es war unvorstellbar, dass sie ebenfalls mit in der Sache stecken würden. Miller fühlte sich wie ein Vollidiot und war vollkommen überrascht davon, dass Turner keine Schimpftirade über ihn ergoss, sondern ihn verständnisvoll anschaute.

»Kommen Sie mit, vielleicht hab ich etwas, das uns weiterhilft.« Turner deutete auf eine unscheinbare Öffnung im Holz des Dachüberstands nahe der Haustür. »Überwachungskamera«, erklärte er. »Wir sollten uns die Aufnahmen ansehen.« Er marschierte los und nach einem kurzen Moment der Unentschlossenheit winkte Miller den SWAT-Teamleiter heran, ihm und dem Major zu folgen.

Er führte sie in das Arbeitszimmer seines Vaters, in dessen Ecke ein Monitor auf einem rechteckigen Kasten stand, der leise brummte und an dessen Frontseite Miller ein paar Drehschalter und zwei Kasetteneinzüge erkennen konnte.

»Ein analoges System?«, meinte Will vom SWAT-Team überrascht. »Wo haben Sie das ausgegraben, bei Ebay-Nostalgie?«

»Man muss nicht jeden Fortschritt mitmachen. Erst recht nicht, wenn das Bewährte so gut funktioniert.« Er schaltete den Monitor an und wenig später erschienen darauf in der Splitscreentechnik zwei verschiedene Perspektiven: eine zeigte den Bereich vor, die andere den hinter dem Haus. Nach einem weiteren Knopfdruck hörten sie das Zurückspulen der Videokassette. »Ab wann müssen wir gucken? 0 Uhr?«, fragte er Miller.

»Halb eins reicht, da muss der Entführer das Telefon noch gehabt haben.«

»Okay.« Turner zählte leise, stoppte den Rücklauf und spielte das Band ab. Die Aufnahme begann bei 0:24 Uhr. Er stellte vierfache Geschwindigkeit ein.

»Geht das nicht schneller?«, wollte Miller wissen.

»Sicher, Detective. Doch einerseits sehen wir auf dem Monitor dann nur noch Streifen und andererseits erhöht sich dadurch die Gefahr eines Bandsalats.«

»Was soll das sein, Bandsalat?«, fragte Will und outete sich dadurch, deutlich jünger als die beiden anderen zu sein und dieses häufige Phänomen sich verheddernder Trägerbänder von Musik- oder Videokassetten nicht mehr miterlebt zu haben.

»Egal jetzt, konzentriert euch«, sagte Miller und drei Augenpaare folgten dem Zeitraffer der Stilllebenaufnahme vor dem Haus. Minutenlang passierte darauf nichts, außer dass eine streunende Katze über den Rasen schoss und einzelne Blätter vom Wind umhergewirbelt wurden.

»Da!«, sagte Turner und zeigte aufgeregt zum Monitor. Sie sahen eine jüngere Frau, die sich auf dem Gehweg dem Grundstück näherte. Miller war elektrisiert, dachte er doch sofort an die alte Aufnahme, die er vor kurzem auf der Dienststelle gesehen hatte. Komm zur Kamera, Schätzchen, versuchte er, sie gedanklich zu steuern, und sie tat ihm den Gefallen. Allerdings drehte sie sich vom Haus weg, sodass sie nur ihren Rücken sehen konnten, die Beine waren von einer hüfthohen Hecke verdeckt.

»Verdammt«, sagte Turner und seufzte wie auch die beiden anderen, als sich die Frau eine Zigarette angezündet und sich wieder auf den Weg gemacht hatte.

Sie mussten nicht lange warten, bis sich die nächste Person näherte. Dieses Mal handelte es sich klar erkennbar um einen Mann. Auch er blieb vor dem Grundstück stehen, fast an derselben Stelle wie die Frau eine halbe Stunde zuvor.

»Da! Habt ihr es gesehen?«, rief Miller und deutete mit dem Zeigefinger auf die Rasenfläche vor dem Haus. »Das Handy!« Die beiden gaben murmelnd zu verstehen, dass auch sie gesehen hätten, wie der Mann etwas auf das Grundstück der Turners geworfen hatte. »Komm schon, guck in die Kamera«, flehte er. Doch den Gefallen tat er ihm nicht, sondern lief mit Blick nach unten in die Richtung, aus der er gerade aufgetaucht war. »Fuck! Fuck! Fuck!«, entfuhr es ihm. »Warum hat er nicht in die Kamera geschaut?«

Langsam streckte Turner seinen Rücken durch, sodass die Wirbel knackten, schob seinen Stuhl zurück und drehte sich zu den beiden Cops.

»Das weiß ich nicht.« Ein freudloses Lächeln erschien auf seinem Gesicht, seine Augen wirkten traurig. »Aber das war auch gar nicht notwendig.«

Kapitel 23

George musste noch 7 Stunden und 34 Minuten durchhalten, wenn er dem Timer und vor allem seinem Peiniger glauben konnte. Zu sehen, wie Vanessa in diesem Behälter damit kämpfte, den Kopf über Wasser zu halten, tat ihm in der Seele weh, zerriss ihn fast. Weitaus mehr, als seine wunden Handflächen, die er mittlerweile mit dem Stoff seines T-Shirts umwickelt hatte. Seine ursprüngliche Angst, dass sie zuerst aufgeben würde, schlug langsam um. Neben den schmerzenden Händen, die er ignorieren konnte, hatte er bereits zweimal die Vorboten eines Krampfes in seiner Schultermuskulatur gespürt. Sollten die sich verstärken, so war ihm klar, könnte er sich nicht mit purer Willenskraft antreiben, weiter zu pumpen.

Doch seine Hoffnung ruhte auf Detective Miller. Ursprünglich hatte George den Plan gefasst, ihn mit Vanessas Handy anzurufen, sobald er in ihrer Nähe wäre und die Lage einigermaßen abschätzen könnte. Den Plan entwickelte er, nachdem er sich selbst verflucht hatte, kein Zweithandy von zu Hause mitgenommen zu haben. Es ging einfach zu schnell und er hatte, direkt aus dem Tiefschlaf gerissen, nicht richtig nachgedacht. Seine Zuversicht zerschlug sich in dem Moment, als er das Telefon in der L lassen sollte. Daher wählte er Miller an, bevor er es wie befohlen unter dem Sitz verstaute. Er hielt den Cop für clever genug, in diesem Falle eins und eins zusammenzählen zu können, Vanessas Telefon ausfindig zu machen und über den letzten Anruf des Entführers dessen Aufenthalt orten zu können. So würde er Vanessa und ihn finden. Und weiter hielt er ihn für umsichtig genug, nicht mit einer ganzen Armee hier aufzutauchen, sondern die Fallstricke des Irren mit in seine Überlegungen einzubeziehen. Viele Wenns und Abers, dessen war George sich bewusst, doch welche Wahl war ihm schon geblieben? Keine.

Ein klitzekleiner Funken glomm auf, seit er diese monotone Aufgabe des Pumpens ausführte, der ihm zwar keine Hoffnung, dafür etwas Frieden schenkte. Da er es nicht ertrug, die ganze Zeit über seine leidende Verlobte anzuschauen, die gerade mal einen Meter von ihm entfernt, allerdings von einer massiven Glasscheibe getrennt, um ihr Leben kämpfte, waren seine Blicke immer wieder durch die Halle gewandert. Wenn der Irre einen Fehler gemacht hätte, müsste er ihn einfach finden. Nach und nach fielen ihm die Fugen im Estrichboden auf, der innerhalb des Rechtecks, in dem sie sich befanden, heller war als im äußeren Teil. Auch fand er auf dem dunkleren Teil einige Ölflecken. Für George war klar, dass hier eine Grube zugegossen worden war, wie er sie von Autowerkstätten kannte. Nach und nach fügten sich die Puzzleteile zusammen. Und obwohl es ihm nicht half, besänftigte ihn die Erkenntnis, dass nicht Howard Turner der Killer war. Er musste den Kopf darüber schütteln, das überhaupt nur in Erwägung gezogen zu haben, wusste er doch, dass sein Freund mit Technik in etwa soviel zu tun hatte, wie Nordkorea mit der Basisdemokratie. Um das, was der Killer hier veranstaltete und schon bei Sharon und Julia geleistet hatte, musste man schon ein kleines – wenn auch geistesgestörtes – technisches Genie sein. Howards Genialität hingegen beschränkte sich auf taktische Qualitäten in der Kriegsführung und die Vernichtung von hochprozentigem Alkohol ohne sichtbaren Kater am Folgetag. Ein kurzes Lächeln huschte über sein Gesicht und er hoffte inständig, dass Vanessa es nicht gesehen hatte. Der Blick zu ihr ließ ihn zusammenzucken. Sie war weggerutscht und saß mit ihren Armen rudernd auf dem Boden des Behälters. Reflexartig ließ er den Hebel los und trat an die Scheibe, worauf sie ihn mit weit aufgerissenen Augen ansah und mit den Lippen Worte formte, die er nicht verstand. Er sah nur die Luftblasen aus ihrem Mund nach oben steigen, aber auch ihren ausgestreckten Arm, der in Richtung der Pumpe zeigte. Sie fing sich und brachte ihren Kopf wieder an die Luft. George sprang zu seinem Arbeitsplatz und pumpte wieder.

Er musste irgendetwas tun, bevor der Irre die Lust verlor und einfach die Sprengung auslöste. Er müsste ihn in Sicherheit wiegen, bei Laune halten und hoffen, dass ein Wunder geschehen würde. Er räusperte sich. »Hörst du mich?« Keine Reaktion. »Hey, Arschloch, hörst du mich?«

»Aber natürlich«, sagte die Blechstimme, die einen seltsamen, unverständlichen Klang hatte. Vielleicht war die Verbindung instabil, dachte er. Doch wäre das gut? Könnte er die Sprengladung dann nicht zünden? Oder würden sie sofort hochgehen, wenn die Verbindung unterbrochen werden würde? Eine Schweißperle rann von der Stirn in sein Auge. Er blinzelte, um das Brennen zu beseitigen.

»Warum erzählst du mir nicht, was das Ganze hier soll?« George atmete tief durch und fügte hinzu:»Wir sind doch unter uns, Fulham.«

Stille. Dann ein Rauschen. War das ein taktischer Fehler, der Vanessa und mich das Leben kosten wird?, dachte er und befürchtete, im nächsten Moment einen gewaltigen Knall zu hören, der ihn in die ewigen Jagdgründe befördern würde. Doch es kam anders.

»Entschuldigung, ich musste erstmal meine Pizza herunterschlucken. Glückwunsch, George«, hörte er zum ersten Mal die Stimme des Entführers ohne den Verzerrer.»Ich muss zugeben, dass ich etwas überrascht bin. Wie bist du darauf gekommen?«, fragte Fulham im Plauderton.

»Dein Onkel Paul erzählte, dass er früher eine kleine Autowerkstatt im Süden der Stadt betrieben hat und auf dem Schild draußen konnte ich ein paar Buchstabenfetzen erkennen. Und da Howard Turner für diese Schweinerei nicht in Frage kommt, bliebst nur noch du übrig.« Fulham lachte, was sich ohne den Verzerrer genauso verrückt anhörte, und klatschte in die Hände.

»Großartig, da hast du ja doch mal zugehört. Wobei ich nicht sicher bin, ob du deinen Freund so gut kennst, wie du glaubst.« Er will dich nur reizen, geh nicht drauf ein, sagte sich George.

»Fulham, uns beiden ist klar, wie das hier enden wird: Entweder schaffe ich es nicht bis zum Schluss oder Vanessa verlassen ihre Kräfte. Egal, wie sehr wir kämpfen, wir werden hier nicht lebend rauskommen. Warum sagst du nicht, was die ganze Scheiße soll, hm?«

»Lieber George, ich setze meine ganze Hoffnung in euch, dass ihr es nicht schafft, auch wenn ich das Finale bedauerlicherweise nicht live miterleben werde. Mein Flieger hebt pünktlich ab, aber ich werde mir morgen genüsslich die Aufzeichnung ansehen.«

»Du glaubst doch wohl nicht, dass du damit durchkommst? Spätestens, wenn es hier knallt und sie unsere Leichen finden, werden sie auf dich kommen.«

Wieder lachte Fulham.

»Ach George, für wie dumm hältst du mich? Das ist mir völlig klar, deswegen geht es für mich nicht nach Ramstein zurück, ich hasse Deutschland und dieses Dreckswetter da. Nein, ich habe neue Geschäftsfreunde, die mich und meine Informationen über die US-Stützpunkte im Nahen Osten sehr zu schätzen wissen. Sie erwarten mich schon sehnsüchtig.« George wusste nicht, was er darauf erwidern sollte. Fulham war also nicht nur ein Entführer und Killer, nein, er war auch noch ein Vaterlandsverräter, der möglicherweise tausende Soldaten das Leben kosten würde.

»Aber was hab ich mit dem Nahen Osten zu tun und vor allem, was haben Sharon, Julia und Vanessa in deiner kranken Gleichung verloren?« Kurz vergaß er über die Gedanken hinweg, weiter zu pumpen, doch ein dumpfer Schrei und leises Klopfen aus dem

Behälter riss ihn wieder zurück und er zog weiter an der Stange. Er warf Vanessa einen entschuldigenden Blick zu und kämpfte mit den Tränen.

»Wie ich schon mehrfach sagte: Weil du nicht so gut zuhörst wie ich.«

Warum konnte er ihm nicht einfach sagen, was ihn antrieb? Gab es möglicherweise gar keinen triftigen Grund dafür? George beschloss, eine andere Taktik zu versuchen.

»Das habe ich mittlerweile verstanden«, sagte er in neutralem Ton. »Woher wusstest du von Julia?«

»Ach George, denk doch einmal in deinem Leben nach. Du hast es mir selbst erzählt.«

»Was?«

»Es war auf einem unserer ersten gemeinsamen Einsätze. Erinnerst du dich nicht mehr an den neuen Scharfschützen, den wir zugeteilt bekamen: Angus Baker?« George kramte in seinen Erinnerungen. Baker? Angus Baker?

»Ja, so hieß mal einer, oder so ähnlich jedenfalls. Und weiter?«

»George, George ...« Er hörte Fulham seufzen. »Er hieß genau so und nach unserem zweiten Einsatz, als wir im Camp einen drauf gemacht haben und du schon 'ne Flasche Whiskey intus hattest, bereichertest du unsere Runde mit deiner Geschichte, dass du um ein Haar Vater geworden wärst, wenn eine Antje Becker nicht abgetrieben hätte. Du meintest, Angus Baker würde dich wegen der Namensähnlichkeit immer daran erinnern.« Wieder unterbrach George für einen Moment seinen Auftrag, machte diesmal aber weiter, bevor Vanessa panisch wurde. Tatsächlich hatte er wegen diesem Kameraden hin und wieder an seine Verflossene denken müssen. Aber daran, im Suff davon erzählt zu haben, hatte er keine Erinnerung. Fulham schien über den Monitor genau zu verfolgen, wie es in George arbeitete. »Na, langsam kommt es hoch, was? Das Lustige daran ist, dass ich eigentlich Antje Becker finden wollte und wahrlich entzückt darüber war, dass sie deinen kleinen Wonneproppen ausgetragen hat. Das hat mir ungleich größere Möglichkeiten eröffnet.« Er erzählte mit stolzer Stimme, als würde ein Sohn seinen Eltern den unerwartet guten Highschoolabschluss oder die überraschende Nominierung ins Profiteam der Chicago Bulls präsentieren. Gut so, dachte George.

»Und wie hast du Digger Brown dazu gebracht, dir zu helfen? Was habe ich ihm getan?« Fulham grölte förmlich in sein Mikro, dass der Ton in der Halle kurzzeitig übersteuerte und in ein ohrenzerfetzendes Schrillen überging.

»Digger was getan? Digger hielt dich für einen großartigen Vorgesetzten«, führte er aus, nachdem er sich wieder beruhigt hatte.

»Aber Miguel Lopez sagte doch aus, dass er mich verachten würde.«

»Miguel Lopez ist ein Junkie. Und da seine Versehrtenpension nicht ansatzweise dafür ausreicht, seinen Bedarf zu decken, springe ich immer wieder mal ein, für die eine oder andere Gefälligkeit. Allerdings sollte er nicht so dick auftragen, wie er es wohl getan hat.

Aber was willst du machen? So sind die Drogen-konsumenten.«

»Und warum musste Digger Brown sterben?«

»Du hörst immer noch nicht richtig zu, oder? Wann wirst du es endlich lernen? Ich bin doch das beste Bei-spiel dafür, wie wichtig das ist. Man brauchte bei dem Penner zwar einiges an Hochprozentigem, um ihm die Zunge zu lockern, doch wenn er erstmal anfing, hörte er nicht wieder auf. Du glaubst gar nicht, was er mir unbewusst an medizinischen und sprengstofftechnischen Raffinessen beigebracht hat. Allein diese Versuchsreihe mit seiner Kommilitonin, chapeau. Obwohl ich mir bei deiner Sharon damals gar nicht so sicher war, ob ich es richtig dosiert hatte.«

Sharon. Du elendes Schwein. Berichtest davon, als ob du den Nobelpreis für Medizin dafür verdient hättest, wobei du nur feige eine wehrlose Frau abgestochen hast. Meine Frau. Er zwang sich, ruhig zu bleiben.

»Und er musste sterben, damit er dich nicht belasten können würde, sollte es ihm wieder ein-fallen? Und gleichzeitig als Sündenbock herhalten?«

»Du machst Fortschritte, langsam, aber sie sind erkennbar.«

»Meine Sekretärin May war dann deine Informa-tionsquelle über mich und musste deshalb sterben.«

»May? Welche May?« Ein Kichern folgte – oh Mann, wie sehr er es hasste. »Ja, sie war sehr hilfreich. Aber auch sehr verliebt in Miguel, sie wollte sogar zu ihm ziehen. Hast du das gewusst? Na ja, mir war klar, dass er irgendwann mal plaudern würde, wenn sie wirklich zusammengezogen wären – es war übrigens nicht einfach, die beiden über Facebook zu verkuppeln, das kannst du mir glauben. Daher musste ich sie leider entsorgen, nachdem sie mich, also über Miguel, von deiner anstehenden Verlobung informiert hatte. Und hätten die Cops in ihrem Rechner nachgeforscht, wären sie vielleicht sogar über Miguel auf mich gekommen, wenn nicht der schlaue Fulham einen Tag später einen weiteren Raubmord an jemandem, der nicht mit dir in Verbindung zu bringen war, auf dieselbe Art begangen hätte.« Merkst du nicht selbst, wie krank das alles ist, was du da von dir gibst?, brannte es ihm auf der Zunge, doch George erwiderte:

»Clever. Du hast wirklich nichts dem Zufall überlassen. Dann warst du also der neue Kunde, den Vanessa gestern treffen sollte.«

»Natürlich. Die Villa liegt in der Nachbarschaft von Onkel Paul, deinem Partner, der übrigens immer in den höchsten Tönen von dir spricht. Und er spricht viel. Zum Beispiel, dass du damals mit Sharon eure Familienplanung begonnen hattest.«

»Und deswegen hast du mich auch in die Firma manövriert? Damit du mich besser im Auge behalten kannst?«

»Na, na, na, jetzt enttäuschst du mich ein wenig. Damals mochte ich dich noch, ehrlich. Und ich hab dich empfohlen, weil ich dachte, das würde eh nur eine kleine Klitsche bleiben. Doch dank einiger Entwicklungen von mir ist die Firma ganz schön steil gegangen. Onkel Paul redete vor kurzem gar von einem möglichen Börsengang.«

»Aber du sagtest damals, du hättest mit Technik nicht viel am Hut.«

»Sei nicht dumm, George. Denkst du etwa, dass ich nicht damals schon gewusst habe, dass die Chinesen, Russen und Saudis das Vielfache von dem zahlen würden, was ich in eurer Firma hätte verdienen können? Auch wenn ihr mittlerweile ordentliche Umsätze macht.« George schwirrten die Gedanken im Kopf umher. Langsam verzogen sich die Nebelschwaden, wie Fulham das alles angestellt hatte, wobei ihm nach wie vor der eigentliche Grund fehlte, warum gerade er und seine Familie in dessen Schusslinie geraten waren.

***

Die Cops blickten gebannt auf Howard Turner herab.

»Was wollen Sie damit sagen?«, zischte Miller und befürchtete, eine irrwitzige Erklärung Turners zu bekommen, weshalb sie zu spät wären. Dass Franklin und Walker bereits tot in einem See treiben würden und er dies mit einem wahnsinnigen Gelächter unterstreichen würde. Doch stattdessen sagte dieser nur:

»Ich habe ihn erkannt.« Daraufhin sackte er in sich zusammen, als ob man ihm den Stecker gezogen hätte.

»Nun spannen Sie uns nicht auf die Folter!«, herrschte Miller ihn an, während er ihn an den Schultern packte und rüttelte.

»Es ist Lieutenant Fulham. Aber warum nur?«

»Fulham? Ihr Kamerad aus Ramstein? Was macht der hier? Wussten Sie, dass er sich in Chicago aufhält?«

»Nein«, sagte Turner mit brüchiger Stimme. »Er ist für den Lufttransport zuständig und pendelt immer zwischen den Staaten, Deutschland und den Standorten, an denen unsere Truppen stationiert sind. Er ist mir nicht direkt unterstellt, daher bin ich über seine Dienstpläne nicht im Bilde. Aber ich weiß, dass er in Chicago Verwandtschaft hat, und ich glaube, er hat hier auch eine Wohnung.«

»Wie heißt er mit Vornamen und wissen Sie, wann er geboren wurde?«

»Frederic und er müsste jetzt Ende dreißig sein.« Miller nickte grimmig und gab die wenigen Daten an eine Kollegin in der Dienststelle weiter. Nach einem Moment rief sie zurück. Miller hörte ihren Ausführungen zu, beendete das Gespräch und wandte sich an den SWAT-Teamleiter.

»Hier müssen wir hin«, sagte er und nannte ihm die Zieladresse.

»Ich komme mit«, sagte Turner entschlossen.

»Vergessen Sie es, was das hier angeht, sind Sie Zivilist.«

»Hören Sie zu, Miller, falls es irgendwie zu Verhandlungen mit Fulham kommt, kann ich nur nützlich sein, schließlich kenne ich ihn – zumindest besser als Sie.« Der Detective schluckte, kniff die Augen zusammen und sah zu seinem Kollegen. Der zuckte nur mit den Schultern.

»Solange Sie meinem Team nicht dazwischenfunken, soll es mir egal sein.« Miller nickte und taxierte Turner, der jetzt vor ihm stand, vom Kopf bis zu den Füßen. »Okay, aber ziehen Sie sich vorher etwas Ordentliches an. So gehe ich mit Ihnen nirgendwohin.«

***

Noch 6 Stunden und 25 Minuten galt es zu überstehen, doch Georges Zuversicht schwand minütlich und auch Vanessas Blick wirkte zunehmend glasig. Die gigantische Eisenfaust, die sich um seine Eingeweide geschlungen hatte, drückte jedes Mal erbarmungslos zu, wenn er ihren Blick suchte und die Verzweiflung darin erkennen konnte. Halt durch, Schatz, bitte halt durch, rief er ihr seit Stunden tonlos durch die Scheibe zu, doch ihr stoischer Blick suchte schon länger nicht mehr seinen, sondern starrte scheinbar auf einen Punkt hinter ihm an der Wand.

»Hey, Arschloch. Du scheinst zu gewinnen. Dann klär mich wenigstens darüber auf, womit ich deinen gottverdammten Zorn auf mich und meine Familie gezogen habe, wenn ich hier schon verrecken werde.« Es knisterte im Lautsprecher. Kurz darauf antwortete Fulham mit einer Eiseskälte in der Stimme, die George noch mehr unter die Haut fuhr, als es die verzerrte Stimme jemals vermocht hatte.

»Du hast wirklich keine Ahnung, was? Dann werde ich dir mal auf die Sprünge helfen: Erinnerst du dich noch, wir bekamen den Marschbefehl, in vier Tagen unsere Stellung zu räumen und nach Hause zu fahren. In vier Tagen sollte die gottverdammte Stellung aufgegeben werden, weil wir die ISIS zurückgeschlagen hatten und die afghanische Nationalarmee unsere Aufgaben übernehmen sollte. Erinnerst du dich daran, wie ich zu dir sagte, dass wir die Patrouillen einstellen sollten, um ein überflüssiges Risiko zu vermeiden?« George spulte seine Erinnerungen zu der damaligen Situation ab, aber sie waren äußerst vage.

»Nein, ich –.«

»Unterbrich mich nicht!«, herrschte er ihn an.

»Nein, natürlich nicht, weil du nicht zuhören kannst. Aber ich kann es. Du sagtest darauf, dass wir die vier Tage spielend überstehen würden und schon nichts passieren würde. Spielend!« George wusste, worauf Fulham hinauswollte: Bei einer dieser Fahrten gerieten sie in einen Hinterhalt und eines der Fahrzeuge fuhr auf eine Bodenmine – Fulhams Fahrzeug.

»Aber ich dachte, deine Verletzungen sind verheilt?« Fulham lachte zum wiederholten Male spöttisch, fast hysterisch auf.

»Ja, äußerlich sind nur drei Narben auf meinem Bauch geblieben. Aber innen haben die Bombensplitter alles zerstört, was mich zum Mann machte, alles, was ich gebraucht hätte, um eine glückliche Familie zu gründen. Hör zu, du Arsch, wegen deines bescheuerten Diensteifers bekomme ich ihn nicht einmal mehr hoch! Ich hatte dir gesagt, wir müssen nur ans Kommando durchgeben, dass die Hälfte unserer Fahrzeuge defekt wäre, damit hätte sich alles erledigt gehabt. Wir wären schadlos nach Hause gekommen – wir alle. Aber du wolltest nicht hören! Und jetzt frage ich dich, George Franklin, warum glaubst du, sollte ich dir dein Familienglück lassen, wenn du meines unwiederbringlich zerstört hast?« George, den zunehmend die Kräfte verließen, die körperlichen und die mentalen, wusste nichts darauf zu erwidern. Das hatte er nicht gewusst. Und in Ansätzen konnte er Fulhams Hass auf ihn nachvollziehen, aber keinesfalls, dass er dafür seine komplette Familie mit hineingezogen hatte. Krampfhaft überlegte er, was er sagen sollte.

»Dass das passiert ist, tut mir leid, aber –.«

»Es tut dir leid?«, brüllte Fulham. »Es tut dir leid? Das ist mir scheißegal! Mir tut es kein Stück leid, dass du und alle, die dir etwas bedeuten, draufgehen und – nein, nein!«

***

Zwischen dem Elternhaus Turners und dem Haus Fulhams lagen nur wenige Meilen, sodass sich Miller, Turner und das SWAT-Team eine Viertelstunde später ihrem Zugriffsziel näherten. Lediglich eine Straßenkreuzung entfernt davon stoppten sie die Fahrzeuge und die ersten Cops tasteten sich an das mit großem Baumbestand bewachsene Grundstück heran, in dessen hinterem Bereich das kleine Einfamilienhaus von der Straße aus kaum zu erkennen war. Die Polizisten nahmen sich Millers Warnung zu Herzen, dass sie mit allen erdenklichen Alarmanlagen rechnen müssten, so konnten sie die Schwachstellen der Überwachungskameras ausfindig machen und auch die Infrarotstrahlen lösten sie nicht aus, die um das Haus herum verliefen.

»Team 1 an Teamleiter. Wir sind vor dem Objekt in Zugriffsnähe. Zielperson konnte im hinteren Bereich des Erdgeschosses lokalisiert werden. Keine weiteren Personen anwesend.« Miller, der wie Turner im Mannschaftswagen mithörte, ballte die Faust.

»Teamleiter an Team 1: Wartet auf Team 2 und 3.« Will nickte zwei Einsatzkräften zu, die sofort mit ihren Teams in Richtung des Hauses aufbrachen. Er richtete das Wort an Miller: »In drei Minuten sind sie soweit. Dann brauchen wir nur noch dein Go.« Miller schaute von Will zu Howard, der grimmig nickte und wieder zu Will.

»Go.«

***

Was war jetzt? George hörte Geschrei verschiedener Stimmen im Hintergrund, gefolgt von mehreren Schüssen, die wiederum laute Schreie nach sich zogen.

»Was ist da los? Fulham, rede mit mir, verdammt!« Einen Moment später hörte er nach einem Räuspern eine bekannte Stimme über den Lautsprecher:

»George, hier ist Miller, wir haben Fulham. Halten Sie durch. Wo sind Sie?« George war stockheterosexuell veranlagt, doch in diesem Moment hätte er den Detective am liebsten umarmt und geknutscht.

»Wir sind in der ehemaligen Autowerkstatt von Paul Fulham, sie liegt südlich vom Little Calumet River, am Rande einer Lichtung oder eines Parks, die genaue Adresse weiß ich nicht.«

»Alles klar, wir sind unterwegs.«

»Halt!« Fast hätte George in seiner Erleichterung einen verhängnisvollen Fehler begangen, doch Miller hörte noch zu.

»Ja?« George erzählte dem Cop vom Sprengmechanismus und den Überwachungsmaßnahmen, die Fulham wahrscheinlich außerhalb des Gebäudes ergriffen hatte.

»Und deswegen«, schloss George seine Ausführungen, »können Sie und Ihre Leute hier nicht einfach hereinspazieren. Dann gehen wir alle drauf. Im Moment sind es nur Vanessa und ich, und ich habe keine Ahnung, wie wir das überstehen sollen.« Seine Resignation wurde torpediert, als er über den Lautsprecher die Stimme seines Freundes hörte.

»Darf ich?«, sagte er und Miller schien nichts dagegen zu haben. »Hey, mein Freund, in was für ein Schlamassel hast du euch da wieder gebracht?« Auch wenn George sicher war, dass Howard ihnen nicht mehr helfen konnte, freute er sich, dessen Stimme zu hören.

»Wie üblich in ein aussichtsloses«, antwortete er knapp.

»Das wollen wir erstmal sehen. Wir können von hier aus den kompletten Raum überblicken, aber jetzt geht es um jedes Detail, das du sehen kannst und was Fulham dir erzählt hat. Und George, konzentrier dich, dann holen wir euch da raus.« Er tat wie ihm befohlen und ratterte alles runter, von der Beschaffenheit der Wände, des Bodens und des Behälters, soweit er es wusste, von den Sprengladungen, Kameras und vor allem, dass Vanessa nicht mehr lange durchhalten würde.

»Falls ihr irgendwas tun könnt, tut es schnell.«

»Der Helikopter mit einem Team ist in wenigen Minuten bei euch«, klärte Miller auf. »Wir haben einen Techniker hier, vielleicht können wir von Fulhams Computer aus irgendetwas steuern.«

Kapitel 24

Die Minuten verrannen und George pumpte mit Leibeskräften, denn Vanessa schien kurz vor einer Ohnmacht zu stehen. Wenn es ihm nicht gelang, den Wasserstand noch um mindestens einen Meter abzusenken, wäre es um sie geschehen.

Er hörte das sich nähernde Schlagen von Rotorblättern. Endlich, das wurde auch Zeit. Wie in Trance bearbeitete er weiter das Pumpgestänge und musste mehrfach mit den Augen blinzeln, weil der Wasserpegel fiel. Deutlich sogar. Erst jetzt sah er, dass aus dem Rohr unter dem Deckel kein weiteres Wasser in den Behälter floss. Wie kann das sein?, dachte er und bekam prompt die Antwort durch den Lautsprecher.

»Zwei gute Nachrichten: Das Team ist eingetroffen und wir konnten über die Stadtwerke für eine Viertelstunde die Leitungen dichtmachen lassen. Länger könnten sie es nicht, da sonst die ganze Versorgung der Südstadt gefährdet wäre. Es dürfte also momentan nichts mehr ankommen.«

»Stimmt«, keuchte George, »aber das allein reicht nicht, weil Vanessa gleich trotzdem untergehen wird. Habt ihr mittlerweile eine Idee, wie wir hier herauskommen?« Nach einer Pause antwortete Howard:

»Wir haben eine Vorstellung, aber die ist äußerst gewagt und wir können nicht dafür garantieren, dass es klappt.«

»Howard, mein Freund, ich kann dir garantieren, dass Vanessa in spätestens zehn Minuten tot sein wird und ich eine Minute darauf ebenfalls. Also, tut, was ihr tun müsst. Ich vertraue dir.«

»Gut, hör zu«, begann Howard und erklärte den irrwitzigen Plan. Sie könnten über einen Störsender für ungefähr 15 Sekunden die Sprengung hinauszögern. Gleichzeitig würden sie von außen mit panzerbrechender Munition einige Schüsse durch die Blechwand abgeben, mit dem Ziel, den oberen Bereich des Behälters zu treffen und ihn damit zu zerstören. Sie hatten im Computer Fulhams unter anderem die Bestellung des Materials für den Wasserbehälter gefunden und konnten anhand der Dicke, die aus dem Lieferschein hervorging, in etwa abschätzen, welche Feuerkraft sie dazu benötigten. Zusätzlich würden sie mit einer Haftbombe ein Loch in die Außenwand der Werkstatt hinter dem Aquarium sprengen, die sie mit einer Art Schleuder daran werfen konnten, ohne Alarm und die daraus resultierende Explosion auszulösen. Durch dieses Loch müssten George und Vanessa nach draußen gelangen. George dankte Gott in diesem Moment dafür, dass Howard mit seiner militärischen Erfahrung dem Rettungsteam angehörte. Da jedoch keiner der Cops freiwillig in diese Bombenfalle laufen würde, blieb es an George, seine Verlobte schnell aus den Trümmern zu bergen und noch schneller mit ihr rauszukommen.

»Toller Plan«, sagte George ernüchtert. »Eine Frage dazu: Meinst du, die Munition durchschlägt den kompletten Behälter oder nur die erste Wand?«

»Das würde ich dir gern verraten, damit du weißt, von welcher Seite du am besten herankommen kannst, aber tut mir leid, ich weiß es nicht.«

»Was sagt dein Gefühl, Major?«

»Sie geht durch.«

»Okay, wann seit ihr soweit?« Er blickte zu Vanessa, die immer weiter absank und nur noch die Nase über dem Wasser hatte.

»In fünf Minuten.«

»Das ist zu spät«, sagte er trocken. »Jetzt oder nie.«

»Warte«, erwiderte er und Miller übernahm. »Ich stehe in direkter Verbindung. Sie starten in exakt 30 Sekunden ab jetzt.« George schaute zum Timer, wie die Sekunden dahinschlichen. Noch 25. Vanessa sank weiter, nur noch die Augen schauten heraus. Noch 15, George atmete tief durch, noch 5, Vanessa saß regungslos auf dem Boden. Halt durch, Schatz, flehte er abermals. Er wich etwas vom Behälter zurück, duckte sich und hielt die Arme schützend über seinen Kopf.

Statt des erwarteten Knalls hörte er ein Pfeifen, gefolgt vom dumpfen Aufprall dreier Geschosse. Er nahm den Kopf hoch und sah mit Schrecken, dass sie zwar, wie von Howard vermutet, an der zweiten Seite wieder ausgetreten waren, doch zerbarst das Glas nicht, obwohl es Risse bis zum Boden aufwies, sondern schien dem Angriff standzuhalten.

Im nächsten Moment kam doch noch der erwartete Knall und er konnte auf der anderen Seite das Loch in der Außenwand der Werkstatt sehen, das sie hineingesprengt hatten. Umsonst, völlig umsonst. George schloss die Augen und bereitete sich auf das Unvermeidliche vor. Doch die Druckwelle der Explosion an der Außenwand gab dem durchschossenen Glas den Rest. Im selben Moment brach das Wasser durch die ramponierten Scheiben und verteilte sich mit tausenden Scherben in der Halle. George katapultierte sich hoch, machte einen Satz zum Behälter, riss die regungslose Vanessa über die zerbrochene Glaswand hinweg und zog sie hinter sich zu dem rettenden Loch. Zu spät, dachte er, als er plötzlich den Druck an seinen Schultern spürte. Er hatte es nicht geschafft.

»Los! Los!«, schrien die beiden SWAT-Männer, die ihn und Vanessa gepackt hatten und vom Gebäude wegzogen. Sie kamen vielleicht fünf Meter weit, dann warfen sich die beiden über sie, sodass George nicht mehr auseinanderhalten konnte, was schwerer wog: die Druckwelle der großen Explosion oder das Gewicht der Cops.

***

Als die anderen Teammitglieder davon ausgingen, dass keine weitere Explosion mehr folgen würde, eilten sie zu den beiden Kollegen und George und Vanessa, die unter ihnen begraben waren. Die beiden Polizisten schüttelten sich kurz und auch George stand verhältnismäßig schnell auf den Beinen. Nur Vanessa lag regungslos vor ihnen. Sofort kümmerten sich ein Arzt und eine Rettungssanitäterin um sie und begannen mit der Reanimierung.

»Bitte, Sie müssen sie retten«, flehte George und zitterte am ganzen Körper.

»Sie tun was sie können«, redete ihm einer der Cops gut zu, konnte ihn damit jedoch nicht beruhigen.

»Wir haben sie«, sagte der Arzt und George fiel ein Felsblock der Erleichterung vom Herzen. »Sie ist stark unterkühlt und sehr schwach. Sie muss dringend in die Klinik!«

»Aber, aber sie kommt doch durch?«, fragte George mit brüchiger Stimme. Der Arzt schaute ernst zu ihm hoch.

»Das hoffe ich.«

Der Helikopter brachte sie zusammen mit George, der ebenso wie Vanessa einige Schnitt- und Brandverletzungen erlitten hatte, in das nächste Unfallkrankenhaus.

***

Howard Turner eilte sofort zur Klinik, nachdem ihnen die Nachricht des geglückten Zugriffs mitgeteilt worden war. Detective Miller bot an, Julia zu informieren, was der Major erleichtert annahm, da er die junge Frau praktisch nicht kannte.

Eine halbe Stunde etwa verstrich, bis Miller den Wohnkomplex am Lake Shore Drive erreicht hatte, in dem Franklin wohnte. Julia versuchte, ihn abzuwimmeln, doch nachdem er ihr unmissverständlich erklärt hatte, dass sie ihn gefälligst reinzulassen habe, gab sie nach und ermöglichte ihm den Zugang zum Haus und die Nutzung des Aufzugs.

»Sind Sie überrascht, mich zu sehen?«, wollte er von ihr wissen, nachdem sie ihm die Wohnungstür geöffnet hatte.

»Ja.« Er trat ein und ging zur Couch.

»Kommen Sie, setzen wir uns.« Zögerlich folgte sie ihm und nahm ihm gegenüber Platz.

»Warum sind Sie hier? Ist etwas passiert?« Miller lehnte sich zurück und beobachtete die junge Frau genau.

»Wir konnten Mrs. Walker befreien.«

»Oh, das ist ... großartig«, antwortete sie und lächelte. »Wie geht es ihr? Und was ist mit George?«, schob sie hinterher.

»Mr. Franklin ist wohlauf. Bei Mrs. Walker sieht es wohl nicht so gut aus.«

»Mein Gott! Sie muss durchkommen!« Julia schluckte. »Und, und der Entführer?«

»Tot. Er wurde bei der Festnahme erschossen.«

»Gott sei dank«, brach es aus ihr heraus, »dann ist der Albtraum jetzt endlich vorbei? Für immer?«

»Ja. Interessiert Sie gar nicht, wer es war?« Er musterte sie weiter, doch ihre Miene verriet nichts über ihr wahres Innenleben.

»Ehrlich gesagt: Nein. Solange es vorbei ist, ist es gut. Ich kann mir nicht vorstellen, dass ich ihn kannte. Eigentlich möchte ich jetzt auch nur schnell zu George und Vanessa.«

»Eines nach dem anderen, Mrs. Becker. Es handelte sich um einen ehemaligen Militärkameraden ihres Dads, einen Frederic Fulham.«

»Aha.«

»Sagt der Name Ihnen was?« Julia schüttelte den Kopf. Sein Bauchgefühl fuhr gerade etwas Achterbahn, ob er ihr glauben sollte oder nicht. »Okay«, sagte er und stellte den Laptop auf den Tisch, den er mit nach oben gebracht hatte. Er stellte ihn an, suchte die richtige Datei, drückte auf Play und schob ihn so, dass beide den Monitor einsehen konnten. »Können Sie mir das erklären?« Beide sahen die Aufnahme einer Überwachungskamera, die eine junge Frau zeigte, welche an der Haustür klingelte. Kurz darauf erschien eine weitere Frau im Bild, die die Tür öffnete und nach einem kurzen Gespräch die jüngere Frau hineinbat. »Erkennen Sie jemanden auf diesem Video?« Julia blickte auf ihre Hände, die sie ineinandergefaltet hatte, dann sah sie Miller in die Augen.

»Ja. Das bin ich vor dem ehemaligen Haus von George und die Tür hat mir Sharon Franklin geöffnet, seine damalige Frau. Ich hatte gefragt, ob ich deren Toilette benutzen dürfte. Wie sind Sie darauf gekommen?« Miller spulte etwas zurück und stoppte die Aufnahme. Er vergrößerte das Bild, bis man einen halbmondförmigen Fleck auf ihrem Handrücken erkennen konnte. Julia nickte und schaute wie zum Beweis auf ihre rechte Hand, die von genau so einem Muttermal geziert wurde. »Ich schätze, Sie erwarten jetzt eine Erklärung von mir, richtig?«

»Eine verdammt gute«, bestätigte er. Sie atmete tief und geräuschvoll durch.

»Vor einigen Jahren bekam ich einen Brief von einem Unbekannten. Darin waren ein paar Fotos von George, seine Adresse und die Kopie eines Labortests, der bestätigte, dass er mein Vater ist. Daneben lag ein maschinengeschriebener Brief, in dem mir der Absender mitteilte, was für ein schönes Leben mein Vater führen würde, da er sich nicht mit einem Unfall wie mir herumschlagen müsste. Natürlich war ich erst wütend und wollte mit meiner Oma darüber reden. Doch die hat eh nie ein gutes Haar an meinem Erzeuger gelassen, daher hab ich ihn erstmal weggelegt. Ich muss dazu sagen, dass ich in der Zeit mehr Drogen konsumiert habe, als gut für mich war.« Sie blickte zum Fußboden. »Können Sie sich vorstellen, wie es ist, wenn man schon drogenabhängig auf die Welt kommt und einem nichts im Leben geschenkt wird? Und dann erfahren Sie, dass Ihr Vater vermögend ist und glücklich am anderen Ende der Welt lebt? Natürlich war ich zornig und ja, als ich eine cleane Phase hatte und mir der Brief wieder eingefallen ist, beschloss ich, zu ihm zu fahren und ihn zur Rede zu stellen. Und natürlich sollte er Kohle rausrücken, denn ich wusste selbst, dass ich es nicht lange ohne Stoff aushalten würde, und der ist teuer.«

»Und dann schmiedeten Sie einen Plan.«

»Was? Einen Plan?«

»Zwei Wochen nach dieser Aufnahme wurde Sharon Franklin entführt und schließlich ermordet.«

»Davon habe ich erst erfahren, als ich hier ankam. Keine Ahnung, was Sie gerade denken, aber mein

Plan war, herzukommen, ihn anzupöbeln und mein gutes Recht zu beanspruchen. Ich dachte, zwanzig- oder dreißigtausend Euro könnte er locker machen. Aber dann öffnete mir Sharon die Tür und bat mich wie selbstverständlich hinein. Sie hat mir sogar noch einen Tee gekocht, weil ich so mitgenommen ausgesehen habe. Sie versprühte etwas, das ich bis dahin nie kennengelernt hatte, sie versprühte Liebe und Wärme. Im ganzen Haus fühlte es sich so an. Ich war überwältigt davon, hielt es kaum aus, trank hastig meinen Tee und verschwand wieder. So etwas hatte ich mir immer in meinen Träumen vorgestellt. Aber in diesem Moment brachte ich es nicht übers Herz, ihr die Wahrheit zu sagen. Mit dem nächsten Flieger ging es wieder nach Frankfurt zurück, und auch wenn ich oft an Sharon und George denken musste, kam mir nie wieder in den Sinn, nochmal Kontakt aufzunehmen. Und dann wurde ich entführt. Den Rest kennen Sie.« Millers anfängliche Skepsis hatte sich in eine Form der Betroffenheit gewandelt. Es klang plausibel. Er würde die Flugdaten checken lassen und sollten sich ihre Angaben bestätigen, könnte er wohl endgültig die Akte schließen.

»Mrs. Becker, ich rate Ihnen, George und Vanessa davon zu erzählen.« Julia nickte und lächelte schüchtern.

»Würden Sie mich wohl zum Krankenhaus bringen?«

***

Kaum dort angekommen trafen sie auf George, der zusammengesunken vor einem Krankenzimmer saß. Als sie sich näherten, drang sein Schluchzen zu ihnen. »Hey«, begrüßte ihn Julia leise und erschrak, als sie seine tränengefüllten Augen erblickte. Sie nahm die Hände vor den Mund. »Ist etwas mit Vanessa?« George schüttelte den Kopf. »Vanessa kommt durch«, sagte er und seine Stimme brach, »aber sie hat das Baby verloren.« Spontan schlang Julia die Arme um ihren Dad und drückte ihn. Miller, der etwas abseits die Situation beobachtete, stand erneut die Betroffenheit im Gesicht. Er räusperte sich.

»Mr. Franklin, wir können auch morgen alles besprechen, vielleicht ruhen Sie sich erstmal aus.«

»Nein«, erwiderte George und wischte sich die Tränen und den Dreck von der Hütte aus dem Gesicht. »Lassen Sie uns das jetzt zu Ende bringen. Ich möchte mich dann gern ungestört um meine beiden Frauen kümmern.« Miller nickte und fragte eine vorbeikommende Schwester, ob sie einen ungestörten Raum für ihn hätte. Sie überlegte kurz und nannte ihm dann die Nummer eines derzeit nicht belegten Krankenzimmers.

Etwa eine Stunde lang fasste George für den Detective die Ereignisse der Nacht und die Aussagen und Erklärungen Fulhams sowie dessen Motiv zusammen, wobei er ungeschönt auch sein eigenes Zutun ausführte. Mehrfach musste sich Miller zwingen, sich nicht die Haare zu raufen. In seinen Augen war er immer ein hartgesottener Cop gewesen, den nichts so leicht umwerfen konnte, doch dieser Fall hatte auch ihm gehörig zugesetzt.

»Reicht Ihnen das?«

»Die Frage sollte eher lauten, ob es Ihnen reicht, Mr. Franklin. Von meiner Seite aus sind alle Fragen beantwortet und falls ich doch eine Ungereimtheit finde, melde ich mich. Ansonsten kommen Sie mit Vanessa in meinem Büro vorbei, wenn es Ihnen beiden wieder besser geht, und unterschreiben die Aussagen.«

»Okay, ich würde dann gern wieder zu Vanessa und Julia gehen.«

»Ja, natürlich.« Er stand auf und verließ hinter ihm das Zimmer. Auf dem Korridor kam ihnen Howard entgegen, der George kurz in den Arm nahm und dann vor dem Detective stehenblieb. Miller schaute ihm in die Augen und streckte die Hand aus. »Ich muss mich wohl bei Ihnen entschuldigen, Major.« Der Soldat ergriff die Hand und schüttelte sie kräftig.

»Seien Sie nicht albern, Detective, ohne Ihren Einsatz wären George und Vanessa jetzt tot. Gute Arbeit, Miller.« Er schlug ihm kameradschaftlich auf die Schulter und marschierte an ihm vorbei in Richtung Ausgang.

George blickte aus einigen Metern Abstand zu den beiden. Dann öffnete sich die Tür zu Vanessas Zimmer und der Arzt trat auf den Flur.

»Mr. Franklin, Sie können zu ihr, sie ist jetzt stabil.«

»Weiß sie Bescheid?«

»Ja, sie weiß, dass sie es verloren hat.« Der Arzt legte ihm tröstend die Hand auf den Oberarm und ging weiter. George stand auf und schaute erwartend zu Julia.

»Was ist los? Kommst du nicht mit rein?«

»Ich denke, du gehst besser erst allein. Ich komm später nach.« Okay, dachte George und trat in das abgedunkelte Zimmer, das ihn sofort an das erinnerte, in dem er Julia zum ersten Mal gesehen hatte. Er setzte sich zu ihr aufs Bett und drückte ihre Hand. Sie schaffte es unter großer Anstrengung, ein Lächeln auf ihr Gesicht zu zaubern.

»Julia?«, fragte sie leise.

»Wartet vor der Tür.«

»Mach dich nicht verrückt, Schatz«, flüsterte sie mit dünner Stimme. »Wenn wir das geschafft haben, können wir alles schaffen. Und jetzt hol Julia rein, sie gehört schließlich zur Familie.«

Danksagung

Da ich für meinen letzten Thriller *Von Hass getrieben* überwiegend positives Feedback bekommen habe, folgt mit *Dein Glück stirbt in 4 Tagen* der zweite Titel dieses Genres. Ich hege die Hoffnung, dass das Lesen dieser rasanten, interkontinentalen Story ebenso viel Spaß macht, wie es das Recherchieren und Schreiben getan hat. Für mich heißt es jedenfalls, dass ich zukünftig neben meiner Maria-Fortmann-Krimireihe immer wieder mal einen neuen Thriller veröffentlichen werde.

Nun ist es aber an der Zeit, mich bei vielen Menschen zu bedanken, ohne die ich in meiner Autorenlaufbahn nicht da stehen würde, wo ich mich gerade befinde.

Als Erstes muss ich – wie immer – meine Lektorin und Korrektorin Tanja Loibl erwähnen. Sie steckt mindestens genauso viel Energie und Herzblut in jeden meiner Titel wie ich und ohne sie hätte es überhaupt keine Veröffentlichung von mir gegeben.

Auch das Team von Zero-Wa hat meine Erwartungen vollends übertroffen mit diesem genialen Cover. Vielen Dank dafür!

Ganz wichtig, um schlimmste Logiklöcher und Kapriolen aufzuspüren, ist mein Team an Testleserinnen. Diese sind: Beate Majewski, Drea Summer, Linda M. Berg, Iris Freinberger und Anja Lang.

Nicht unterschlagen möchte ich viele liebe Kolleginnen und Kollegen, die mit wertvollen Tipps und Ratschlägen einen nicht unerheblichen Anteil daran haben, dass mittlerweile weit über 30.000 Menschen meine Bücher (oder zumindest eines davon) gelesen haben.

Über den Autor

Der Autor, 1970 geboren, lebt im niedersächsischen Vechta und ist Vater zweier erwachsener Kinder. Der Krimi *Von Hass getrieben* ist seine siebte Veröffentlichung. Die Idee, Geschichten zu erzählen und Bücher daraus entstehen zu lassen, kam quasi über Nacht.

Selbst ist er großer Fan von Büchern Stephen Kings, Dean Koontz und John Grishams. Natürlich hat auch die Harry Potter-Reihe von J. K. Rowling einen festen Platz in seinem Bücherschrank.

Besucht ihn bei Facebook und folgt ihm auf der Autorenseite Marcus Ehrhardt. Oder abonniert ihn auf Instagram unter Marcus.Ehrhardt.Autor und verpasst keine Neuerscheinung mehr.

Bisher erschienen:
- *Fremde Angst – Burns Creek* (08/2017)
- *Fremde Angst – Nemesis* (10/2017)
- *Der Tote vom Stoppelmarkt* (12/2017)
- *Im Namen des ...* (02/2018)
- *Die Klaviatur der Gerechtigkeit* (05/2018)
- *Mordseerauschen* (07/2018)
- *Von Hass getrieben* (10/2018)
- *Mordseeflüstern* (11/2018)
- *Mordseegrollen* (01/2019)

Der siebte Krimi »Mordseegrauen« mit Maria Fortmann und Peter Goselüschen erscheint im April 2019.

Eine Bitte am Schluss

Liebe LeserInnen des Buches *Dein Glück stirbt in vier Tagen:* Jeder hat andere Vorlieben und Sichtweisen. Und ich maße mir nicht an, ein Buch schreiben zu können, das jedem gefällt. Jedoch bin ich bestrebt, dass jeder gut unterhalten wird, der eines meiner Bücher liest. Daher würde ich mich darüber freuen, nach Beendigung des Buches eine Rezension oder eine persönliche Bewertung zu bekommen. Ich werde jede seriöse Kritik lesen und sie gegebenenfalls in mein weiteres Wirken einfließen lassen.

Dafür im Vorfeld bereits vielen Dank!